水辺の神々・断片

莉 啓
Ri Kei

文芸社

この小説は、普通の人たちが戦った第二次世界大戦の記憶をもとにして書かれました。戦陣に倒れた多くの人々、日本人、英国人、中国人、オランダ人、ムラユ、そのほかの区別なく、その時代に生きたすべての人々に捧げるものです。

水辺の神々・断片／目次

一章　川を渡る神話

1　簗山印刷

「今日は何と寒いな」

冬に入ったばかりの、備後灘《びんごなだ》にほど近い海岸の町は、夕刻が近づくにつれて山手から吹き降ろす風が冷たさを増していった。

簗山秀作《つきやましゅうさく》は、この町で小さな印刷店を営んでいた。簗山印刷などという小さな看板を店の前に掲げて、一応は印刷所のようにしていた。だが、さほど商売熱心ではなく、どちらかといえば趣味の方に気を取られるような人物だった。読書が好きなので、この商売を気に入っていたのだが、そんな状態で何とか暮らしていけることは、喜ぶべきことだったろう。

「寒いな」と言ってはみたが、店の中には他に誰もいなかった。妻の君子は昼間パートに出ていた。年賀状や選挙ビラの印刷などの少し忙しいときにだけ、家族と知り合いが手伝いに来てくれるという状態だった。

移転挨拶の葉書の校正をしているときに、近所のおばさんが話をしに立ち寄った。たまに仕事を手伝ってくれる女性だったが、彼女にしても暇つぶしのようなものだった。

「築山さん、寒うなったね」

「そうだな。僕は、どうも寒いのが苦手で」

「あら、あたしは暑いより寒い方が好きよ」

「はあ」

「寒けりゃストーブだってあるし」

「そうだな。でも、僕は夏に山奥の温泉につかるようなのが好きというか」

「あたしは暑いと夏バテするのよ」

「そりゃあいけませんね」

世間話の前段の、時候の挨拶といったところだったろうか。こうしたことから話は始まって、町内の噂話とか時事ニュースなどになっていくものだろう。しかし、この日はどうしたものか、店の奥の方に積んであった本に彼女の目が行ってしまった。

「築山さん、これ、何?」

「何って、それはいつかもらった本だな」

「そう、ずいぶん古いわね」

「二十年以上になるかな」

「たくさんあるわね」

彼女が言うとおり、そこには簡易製本されたものが、無造作に積み上げられていた。築山は、家業を引き継いでから手掛けた本のうち、特に印象に残ったものは手元に置いていたのだ。製本の仕事など多くはないが、やはり二十年以上にもなれば相応にあった。そして、何かの縁でもらった本なども一緒に積んであった。

その時、彼女が取り出した本は、築山にとっても特に記憶に残るものだった。ある退役軍人が、短歌を中心にして、戦時中の思い出を記したものだった。短歌そのものは現地で詠んだものであり、文章は戦後間もない時期に書かれていた。ある人は大東亜戦争と呼び、またある人は太平洋戦争と呼ぶ時代のものである。世界史では第二次世界大戦の一部とでもいえようか。

この歴史的な大事件を生き抜いた人たちも、今ではその多くがすでに帰らぬ人となっている。戦時中の記憶を記した本は、築山印刷でもこれまで何度か取り扱ったことがある。平成の平和な世の中から見れば、どれも血わき肉おどる内容のものだった。だが惜しむらくは、それらの本の多くは普通の人の読書意欲に訴えるところが不足していて、今の時代に顧みられる機会が少ないことだった。それでも、実際の体験を感じたままに記したこれらの文章には、築山の心を魅惑してやまないものがあった。そしてその本に関して言えば、商売を抜きにして、一人の読者として実に面白かったのだ。殺伐とした戦場の記録どころか、溢れる叙情が、人と人の殺しあう戦場を舞台にして表現されていると、築山には感じられたのだ。もちろん高名な将軍の伝記のようなスケールの大きさもないし、国を指導した人物のような多くの人に対する影響力といったものもみられないだろう。だがそれは父祖の時代の、直接われわれに、われわれの命につながる人たちの記憶なのだ。無骨な軍人が詠んだ、技巧も何もない短歌は、そのときの雰囲気をそのまま伝えていると感じられたのである。

その本は、著者から戦友などに配られたものだった。受け取った市田常立《いちだつねたち》という人は、築山の父の旧い友人だった。父と市田さんとは中国山地の農家の出身で、同郷のため親しくしていた。そして築山は、市田さんから戦争中の話などを、たまに聞くこともあった。

築山は彼女が取り出した本を目にして、そこに込められたメッセージ、あるいは逸話などに思いが及んだ。それから市田さんの人となりにも思いを馳せた。

「どんなことが書いてあるの」

彼女はいいかげんな態度でページをめくりながら築山に問うた。どうやら彼女はその手の本に興味はあっても、読んでみようか、などとは思わないようであった。

「どうって、まあ、戦争中のことだな」

「あら、戦記物ですか」

「うん、結構面白かったよ」

「どんなに」

「話せば長くなる」

「そう。ページも多いし字も小さいわ」

「アヘン戦争ではね」

「アヘン戦争。何、それ」

「あれはね、上海《シャンハイ》あたりでイギリスが清国《しんこく》と戦った」

「それで」

「そのときはシンガポールを基地にしていた」

「あら、シンガポールであった戦争のことを言いたかったのね」

「ふふふ。分かった」

「分かるわよ」

「その本を読んで思ったんは、戦争がどうして大がかりになったんかいうことかな」

「あら、そう。あたし帰る」

そう言うと彼女は、そそくさと帰ってしまった。歴史認識とかいった内容の話になると、とたんに全くお断りといった態度に変わってしまう。それは簗山が話し下手のせいなのか、あるいは彼女の方に歴史的なことを考えようとする気がなかったからなのか。そこのところはよく分からないが、とにかく彼女はそうした話を好まなかった。

そして簗山は一人、その本を手にして思索の海に沈んでいった。

2　市田常立

市田常立という人は市井の片隅でつつましく生きてきた、ごく平凡な人物といえた。いや、平凡というべきではなかったかもしれないが、その年代の人たちの一人としてごく当たり前に生きてきた人であったろう。少なくとも築山にはそう見えていた。その古い歌集やら戦記やら知れぬ本が築山の手に渡ったのは、五年くらい前の晩秋のことだった。市田常立は秋祭りの後、枯れ木が倒れるようにして他界した。枝葉を落として幹を軽くして、眠るがごとく冥土へと旅立っていった。家族が言うには、遺品などというものはほとんどなかったそうである。自分の死を予期して身辺整理をしたものか、あるいは整理が億劫になって捨ててしまったものか。ただ、古いタンスの中に軍服のようなものが数着残されていたそうだ。

いつだったか、気持ちの良い春の日に、市田さんは息子に伴われて築山のところへ来たことがあった。そして、いきなり立派な菓子折りを築山に手渡して言った。

「築山さんには長いことお世話になりました」

「いえ、そんなことは」

「これはほんのお礼の印と思うて」

「水臭いことせんでも」

「わしも身体が弱おうなってしもうて、再々は会えんようになるかもしれんから」

「まだまだ元気ですよ」

それはもう、明日にでもお迎えが来そうな口ぶりだった。確かに身体は弱っていて、歩くのもしんどそうではあった。だが旧軍で鍛えた身体は、そう易々と朽ち果てるものではなかった。その頃に親戚や知人への挨拶回りを済ませ、一安心して息子に言ったそうだ。

息子の目の前に三本の指を突き出して、

「わしはもう、これだ」

息子はその三本の指にどういう意味があるのか測りかねた。

「これ、というんは、どういう」

息子の疑問に答えて言った言葉が、後から聞いて皆が笑えるものだった。

「わしはあと三日でお迎えが来る」

本人の確信した態度に息子はひどく胸騒ぎがしたそうである。それはもう、人間の命のすべてを見切ったとでもいおうか、悟りきった様子であったらしい。

しかし人間は死ぬときには死ぬけれど、死なないときには、なかなか死ねるものではない。市田さんは、それから三年以上も生きた。三日と三年を間違えたわけではなかったであろうが。その間に市田さんは身辺の整理をして、悠然と冥土に旅立ったのであった。

そして例の本は、三日後ならぬ三年後の葬式の後で、息子の嫁さんから築山のところへ届けられたのだ。

「この本は、わしが死んだら簗山さんにあげてくれ」

そう言っていたそうだ。まあもらって邪魔になるものでもなし、菓子折りなどよりはいい。あの人の遺品としてありがたく頂戴することにした。

晩秋の備後灘を巡る島々は、みかんが色付いて、華やかな彩りを見せていた。島にも命があるものならば、婚姻色に包まれる時期とでもいえようか。この空の下で天寿を全うしたのであるから、市田さんの死に方は満足のいくものであったに違いない。

何かいわくありげなその本は、和歌を主にした戦争中の手記といったものだった。表紙は今を盛りのみかん色の紙で、そこに手書きの地図が印刷されてあった。マレー半島とシンガポール、それにスマトラ島の地図であった。その地図は正確ではないにしても、地形はほぼ正しいものだった。実際に現地を頭の中に思い浮かべられる人物によって描かれたもののようだった。少なくとも簗山にはそう思われた。クアラルンプール、シンガポール、メダン、パレンバン。この程度の都市名は簗山も知っていたが、そのほかに知る地名はなかった。それらが手書きのローマ字で記されている表装は、なぜだか簗山の心を強い力でとらえるのだった。

市田さんには、別の機会に白木の杖を一本作ってもらったことがある。そんなものを作ってもらった理由というのは、市田さんに誘われて島四国巡りを一緒にしたからであった。

町内の有志の人たちが集まって島の札所をお参りして歩くのは、春の瀬戸内海の風物詩といえる。日本古来、圧倒的な人気を誇る弘法大師の霊とともに春の島道を歩くのは、何とも楽しい娯楽のひとときであった。瀬戸内海では多くの島で、四国八十八箇所をならって小規模の札所を設けている。春の瀬戸内海の陽光を浴びて、島の札所を巡って歩くこと、それは実に楽しい行楽行事だった。まだ体力が残っていた頃の市田さんは、これをとても楽しみにしていた。かといって特別に信心深いわけでもなかった。生前に聞いた話では、戦地での従軍僧の態度に不信を持ったようだった。宗教というものを、あくまでも世俗の尊ぶべき習慣の一部としてとらえていたと思われる。しかし、口ではそう言いつつもお寺さんのやるべきことには精通していて、普通の人よりも仏さんを敬う行動が多かったと感じられた。それでもやはり市田さんの心の救いというものは、宗教によってなされる部分は少なかったように思われた。

築山はそんな市田さんと連れ立って、島四国を打ちに出たことがある。どういうわけか、八十八箇所の札所巡りに出かけることを「打つ」という言葉で表現することがある。それはそうとして、そのときに市田さんが作ってくれた遍路の杖は、粗末なものであったが丹念な作りだった。杉にカンナを丁寧にかけて整形し、お決まりの言葉が手書きしてあった。

「南無大師遍照金剛」

もともと字は下手であったし、年のせいで震える手で書かれたものだ。しかしそれは、築山が市田さんを偲《しの》ぶよすがとして、大切にしているものだった。こうしたものを手作りしているときの市田さんは、実に楽しげだった。粗末な手作りの杖ではあったが、築山にとっては島四国巡りと市田さんの思い出を運ぶ、心の中の小さな舟に見えた。

また、市田さんとは、山陰地方へ温泉旅行に行ったことがある。それから、思い出のシンガポールへも行った。

山陰へ行ったときは市田さんも元気な頃で、いろいろと昔の話をしてくれた。なかなか面白い話もあったが、格別に話し好きというわけでもなかった。中でも興味深く聞いたのは、やはり戦争の話だった。その時代に生きた人の話を直接本人から聞くことは、やはりどこか違うと感じた。戦記物などの本は意外と多くて、市田さんの話は常識の範囲だったかもしれない。けれど、人が違えば感じるところも、また微妙に違っていた。言いにくいことは言えなかっただろうし、自慢したいものは多少大げさになったかもしれない。そして市田さんの話の内容は、どこがどうとはいえないが、断片的に築山の心に残っていた。

3 日本庭園

山陰旅行で最初に行った所は、田舎には珍しい有名な美術館だった。観光バスで田んぼの中を走って行く途中では、まさかこんな所に大きな美術館があるなどとは思えなかった。ところがそこにはあったのだ。

「市田さん、立派な建物ですね」

「そうじゃな」

バスの中で市田さんは、ステッキの上に両手とあごをのせて、窓の外を眺めていた。一見すると、静かに座ったその姿は一つの置物のようにも見えた。ところがこの置物は、築山が話し掛けると返事をするのだ。その返答がなんとも絶妙というか、時に気がきいていて、時に間《ま》が抜けていた。息子の市田義保に付き添われてバスを降りるときも、実にゆったりとしたペースであった。見ているこちらの方がせわしい態度を反省したくなるようなものだった。

この美術館には日本画の良いものが多く収蔵されてあった。日頃は美術鑑賞などに縁遠い者たちばかりだったが、この時ばかりは、一流の作品を目の当たりにして感心することしきりだった。

「素晴らしい日本画ばかりですね」

「そうじゃな」

築山が問うと嬉しそうに返事をする。市田さんは、特に美人画を気に入ったようであった。小さなホールになった所では、セーラー服の娘を描いた日本画が展示してある。これもなかなか素晴らしい日本画であった。

「僕は、あっちの方にも行ってみます」

「はいはい」

築山はせっかく来た美術館であるから、全部見ておこうという気持ちであった。けれども市田さんはホールの日本画が気に入ったのか、そこでゆっくりすると言ったきり、動かなかった。しかし、市田さんの方が、築山より何倍も多く楽しんだのではなかっただろうか。

築山は急いで美術館の中を見て回り、ホールのところへ戻ってきた。そこは外の日本庭園に面しており、よく手入れされた園芸美を見るのにも、絶好の場所となっていた。市田さんは、息子と一緒に長椅子に座って日本庭園を眺めていた。急ぐ旅でもなし、ゆっくり庭でも眺めることに価値があるのだろう。築山も隣に座って庭園の美を目に入れた。

この日本庭園の遠く、目に入る山肌には借景として人工の滝がしつらえられていた。いや、築山にはそう見えたということだ。自然には、とても存在し得ないものに見えたのだ。山の頂上付近から一条の水が流れ落ちていた。この小さな滝が見えることによって、その日本庭園の鑑賞の趣が奥深いものになっていた。ただ、滝そのものは、それだけを取って見ればむしろ不自然な造作だった。あり得べからざるものとして目に入った。しかし、その美術館の日本庭園を眺めるときにはごく自然に視野の中に入ってきて、いかにもといった感じを受けるのだ。それはもう、風景の中へ自然に溶け込んでいるように見えるのだった。むしろ不自然なところがアクセントとさえなって、異常な美しさを日本庭園の景観に添えているようにも見えた。造園の意志を見せつけようとする存在に思えたりした。これを作った人の熱意まで、評価したくなるような気がするのだった。

「よくぞここまで」

そういった感覚だった。

日本庭園を感心して眺めていたとき、市田善保が話し掛けてきた。

「築山さん、ここは絵も凄いけど庭も立派ですね」

「そうだね」

「凄くお金がかかっただろうな」

「うーん」

「いや、全く」

「ところで」

「何か」

「向こうに見える滝のことだけど」

「ああ、あれ。庭にちょうど合うてるな。ええ所に滝があったもんだ」

どうやら善保は滝のことを、全くの天然自然のものとして見ていたようである。人の手によって作られたものかもしれないなどと、毛の先ほども疑ってはいなかった。

「あれは人工のもんだと思うんだが」

「えっ、人が作ったもの」

「そう。あんな山の頂上から先に、川の流れがあるとは思えん」

「まさか、そんなとこまで」

善保が滝を自然のものと信じていたことで、築山は自分の考えに自信が持てなくなってきた。同じ時に同じ滝を見た二人の感じたことは、かなり違っていた。しかし、その日本庭園の景色の中に存在する滝についての印象は違っていても、それが素晴らしいものだと感じる点では同じであった。そこに滝がなかったとしたら、庭全体から受ける印象の中に、一点の物足りなさを感じたことは確かだったろう。滝はそう感じられる存在だった。三人は休憩所の長椅子に座って、しばし早春の日本庭園を楽しんだ。

美術館で過ごした後、この日は玉造《たまつくり》温泉に向かった。バスの中ではガイドが因幡《いなば》の白兎《しろうさぎ》のこととか妻木晩田《むきばんだ》遺跡のこととかを話した。

「この近くに弥生時代の遺跡があるんだな」

築山は古代遺跡のことには少し興味があった。だが市田さんはフンフンとうなずくけれど、そんなことには何の興味もないようであった。善保の方は、少し話を合わせてくれた。

「かなり大規模なもんらしいですね」

「海岸に近かった集落跡か、それとも墓地だったんかな」

「さあ」

このときは、弥生時代の大きな遺跡があることは知らされたが、その内容については皆目分からなかった。このあたりは出雲神話の舞台として知られており、日本の古い時代において、先進的な地域であったことは確かだろう。神話が形づくられた時代のことを考えるのは楽しくて、ついつい他の人にはよく分からない話をしてしまうところがあった。

「弥生時代には、日本人の心に大きな変化があったんかな」

「はあ」

築山は時に脈絡のないことをしゃべりだすので、話を聞く方も大変だ。どうしてそういうことに興味をつなぐのか、なかなか理解しかねる内容のことも多かった。

「縄文時代の文化は、あれでなかなか立派だったと思うとるけどな。だけど、あんまり国を造ろうとせんかったんじゃなかろうか」

「それが何か」

「いや、弥生時代の大きな集落とか聞いてね。まあ、その頃から国家というものができはじめて、最終的に大和朝廷というものが成立したんでしょう」

「そんなふうに習ったな」

「国家という概念があるとないとじゃ、人間の精神には大きな差があるんじゃないかな」

「そりゃあそうでしょうけど」

「因幡の白兎にもちょっと興味があるしね」

「そうですか」

築山は一人で考えを楽しんでいるようだった。どういう話のつながりがあるのか、善保にはそこのところが測りかねた。それは、市田さんが静かに考えに沈んでいるときと同じようにも見えた。

4 玉造温泉

築山たちの一行を乗せて、バスは国道9号線を西へと走って行った。神話の里の神さびた景色は、その古代ロマンとは別に、日本の他の地方とあまり違うようには見えなかった。ただ、松の防風林に囲まれた散村の家屋の屋根のラインが、朝鮮半島や中国大陸のものと似ていることに特徴がある。つまり屋根の両端が高くなっているのだ。そんな窓外の景色を見るともなしに眺めているうちに、バスは旅館街の近くまで進んでいた。

玉造という地名のこの場所は、その名のとおり古代から玉を造っていた伝統の地である。メノウという宝玉は実に多彩な色合いを持つ石だ。カドミウムレッドからマラカイトグリーンまで、その色合いの多彩なことに、築山はいつも新鮮な驚きを覚えた。彼が地球上で一番きれいではなかろうかと思うものは別にあったが、それを思い起こさせるものとしてメノウの色の多彩さがあった。

さて、その最もきれいな色彩だと思うもの、それは若いアサリ貝の文様だった。それも、きれいな海のきれいな砂の中で育ったものに限る。知っている人には説明の必要もないものなのだが、知らない人にはどう言えばいいのか、とても難しい種類の色彩なのである。メノウの良品を並べて見たときに、辛うじてその豊かな色彩を想像することができる、そういった種類のものだった。

玉造温泉は山陰地方の名湯として知られているが、宍道湖《しんじこ》に注ぐ小さな谷川に沿って、旅館が並んでいた。落ち着いた雰囲気を漂わせている旅館街だ。国道沿いにあったメノウの土産物店に寄った後、築山たちは旅館に入った。

築山たちは割り当てられた部屋で一休みした後、頃合を見て露天風呂に入るがよかろうということになった。温泉旅館に来たからには、何はともあれ風呂に入ることが一番の楽しみであろう。それぞれが浴衣《ゆかた》に着替えて風呂場に行くと、湯の香りが皆の胸の中に流れ込んでくるようだった。こんなときは日本人なら誰でも、温泉に来て良かったなと思うのだろう。

露天風呂は確かに気持ち良かった。大きな花崗岩に囲まれ、空の下で熱い湯の中にいると、狭い部屋に押し込められたときのような気分は全くしない。すがすがしくて気持ち良いのだ。この場所でくつろいだときに、築山は少し変な気持ちになっておかしかった。ガイドから聞いたワニ鮫のことが思い出されたのだ。水中に並ぶワニ鮫の姿が、今しも露天風呂の中でくつろぐ自分たちの姿のように感じられたのである。

「築山さん、気持ちええなあ」

善保も大変気分良くしていた。

「そうだね、こりゃあ気持ちええわ」

「ほんまに」

「ところで、どう思うかな」

「はあ」

「メノウというのは宝石なんかな」

　簗山は、またいきなり脈絡のない話を始めた。彼にとっての宝石というものは、ダイヤにルビーにエメラルドなどのような、曇りのないモノトーンの輝く硬い石というイメージが強かった。この点でメノウは宝石らしからぬ文様があった。静かにこれを眺めて見れば実に味わいのあるものなのだが、宝石のイメージからは少しズレているような気がしていた。

「宝石と思うけど、何か」

「いや、何となくそうじゃないような気がして」

　善保の方はそんなことについて何の疑問も持ってないようであった。

「ガイドさんが言うとったが」

　簗山は次に話を振った。

「大国主命《おおくにぬしのみこと》が因幡《いなば》の白兎《しろうさぎ》を助けた話だけど」

「それが何か」

「あれで思い出したことがある」

「何を」

　簗山はバスの中で考えたことがあった。それは、以前読んだ本の中に、書かれてあったことだった。

その大半は忘れてしまっていたが、少し気になる点があった。

「あれは隠岐《おき》の島から因幡《いなば》に渡るときに、ワニ鮫の上を渡っていったんだな」

「そうですね」

「日本神話じゃあ兎がワニ鮫の上を渡っていくことになっとるけど、外国じゃあちょっと違う」

「ほう、どんなに」

「後漢書の中では東夷伝《とういでん》の夫余国《ふよこく》、つまり朝鮮半島にあった国に、東明王というのがおってね。魚やすっぽんを集めて、川の上を渡ったという話がある」

「よう似てるな」

「そうだろ。でも、東南アジアじゃあもっと違うものがある」

「どんなに」

「川を渡るのは同じだけど、あっちの方じゃ本物のワニを並ばせて鹿が行く」

「本物のワニが」

「そう、ワニが。朝鮮半島では王が渡ったけど、イスラムのところでは鹿が渡る。鹿というのは聖者のお使いか何かと思うけど」

「そうですか」

「うん、まあ、宗教的な権威と結びついた説話があったように思うたけど」

「神様のお使いみたいなもんかな。どこか共通してるね」

「ところがインドネシアでは、鼠鹿《ねずみしか》がワニの上を渡るんだな。この小さな鼠鹿というのはずる賢いやつでな。善良なワニをいつもだましたりするんだ」

「どうしてかな」

「何かの寓意《ぐうい》かもしれんけど、強いワニがだまされて弱い鼠鹿がだますところに、庶民の気晴らしみたいなことが感じられるけどな」

動物を水の上に並ばせて、何か宗教的な権威の使いが渡っていくという話のモチーフは、共通しているのかもしれない。一度聞けば忘れられない話の一つだ。そこには多くの人々の心の底にある、何か奥深い感性に訴えるものが感じられる。水に落ちてはならないというタブーがあり、水中の生き物を並ばせて、その上を渡っていく者がいる。とても分かりやすい話だ。小さな子供に語って聞かせるにしても、その光景をたやすく思い浮かべることができる。また大人が聞くにしても、一つの約束ごとのストーリーとして印象に残るものだ。つまり誰が聞いても面白くて、印象に残る話なのだ。

マレーの豆鹿も、インドネシアの鼠鹿も、民話の中で頭が良いことが共通している。それを実見したことはないけれど、インドネシアの切手で見る限りでは、耳の短い兎にしか見えない。日本神話とインドネシア民話を知ってその絵をみれば、不思議の感に打たれることは間違いない。

「それから」

築山は話を継いだ。

「素兎《しろうさぎ》の話で一番肝心なところがある」

「ほう、それは」

「やっぱり、嘘がバレて海中に落とされるところと思うんだ。本当はそこで素兎が死んで、話は終わっているじゃないんかな」

「ふうん、そうかな」

「ずるい兎が制裁を受けるというのが神話のテーマと思う。それだから大勢のワニ鮫が、寄ってたかって兎を攻撃するんだろ」

「じゃ、大国主命《おおくにぬしのみこと》が傷を治すというのは、大きいテーマじゃないのか」

「いいや、それも中心だった。結局二つの話をつないだんだろう」

「そういうもんかな」

善保は築山の意見に同意はしたが、いい年をしてつまらぬことに興味を持つやつだと思ったかもしれない。築山自身も、そう思ったのだから。

この後に善保は、ワニに関しての忘れられない話をした。それは神話に劣らず大きな印象を残す話であった。

「最初に言うとくがな、これは本当に本当の話なんだからな。嘘ではないよ」

「本当に本当の」

「おうよ」

「どんな」

「友達の医者に聞いた話だ。その人がフロリダに行ったときの話でね」

「アメリカのフロリダか」

「そうだ」

「パチンコ屋じゃないのか」

「いいや、フロリダ半島のフロリダ。アメリカがロケットを打ち上げるところだ」

「知っとるよ」

善保の話の始まりは、この時ばかりは少々気負っているように感じられた。大体がそんなにヨタ話などする人間でもなかったのだが、久しぶりの温泉旅行ということもあったのだろう。このときは講談師のような意気込みで話し始めた。露天風呂で講談を聞くというのも、そりゃまあ悪いことではなかったのだが。

「だからこれは、本当に本当の話なんだからな」

「分かっとるよ。それで、フロリダがどうしたいうんね」

「あのあたりは、そら、熱帯地方で沼が多いからワニがたくさんいるんだな」

「知っとる。それで、ワニが川に並んで昼寝でもしようたんか」

「真面目に聞け」

「だからどうした」

「友達の医者がフロリダのホテルに泊まったときのことだ。夜中に目が覚めて、何気なくホテルの庭にあるプールの方を見ていたんだと」

「プールでワニが並んどったんか」

「いいや。そのホテルの庭にワニが一頭来たんだな。そのあたりは特に沼地が多かったから、そういうこともあったらしい」

「ワニが多いというわけか」

「そのワニが、何と」

善保の話しぶりは、いかにももの凄いことがあったような意気込みだった。フロリダのワニが、フロリダのワニがと言うばかりで、肝心の話はなかなか前に進まなかった。

「ワニがどうした」

「そのフロリダのホテルでは、豚を飼っておったんだな。それはプールの奥の方にある小屋だったらしい。そこにワニがコソコソと入っていったと思うてくれ」

「コソコソとか」

「ふふふ。コソコソとだ」

「それで」

「その豚小屋からワニが出てきたとき、ふふふ」

善保はそのとき、いかにもおかしくてたまらないといったふうに、身体をよじって笑った。それからやっとのことでその話の核心を話して、一人で笑いころげた。

「そのワニは後ろ足で立ち上がって、豚を小脇にかかえてプールの横をコソコソと歩いて逃げたんだと。あははは、あははは」

話す方もおかしかっただろうが、築山の方も笑いが込み上げてきた。話の真偽はともかくとして、イメージの中で、ワニが豚を小脇に抱えてコソコソと歩き去るところを考えてみるのは、たまらなくおかしかった。あの恐ろしいワニがである。

「おい、そりゃあ本当の話か」

「だから最初に言うたろう。本当に本当の話なんだと」

「そりゃあそりゃあ、ははは」

こうした話は、それが本当か嘘かなどと詮索してもはじまらない。ワニという動物に対してわれわれが持つイメージから、とんでもない意外性を見つけるところにおかしさがあるのだろう。その部分にこの話の価値があるのではなかろうか。

神話にしろ何にしろ、おそらくは最初に川に並んだワニのイメージがあったのだろう。その上を渡るときの、ワクワクするようなスリルを想像すると確かに面白い。それが現代の話では舞台がフロリダになって、二本足で立って豚を小脇に抱えて逃げていくというのだ。それが説話の進歩というのかもしれなかったが、そのときの築山は、ただ面白い話としか感じなかった。

「市田さん、露天風呂はいいですね」

「ほんに」

市田さんは露天風呂の湯に浸かって、泰然として築山たちの話を聞いていた。こうしたときの心地よさは、温泉好きの人なら容易に想像できるだろう。くつろいだ時間の中で、市田さんは実に気持ち良さそうに湯に浸かっていた。

5　戦争体験

三人はそれから、湯から上がって宴会場に行った。お決まりの料理が並べられていたが、築山たち三人は美味しくいただいた。一流のものではないにしても、常にはない旅館の料理は、めったなことでまずいものには行き当たらない。

「最近は商売の方はどうですか」

食事をしながら、善保は築山に問うた。

「うん、あまり良うないね。どこも不景気な話ばかりだ」

「そうですか。大変ですね」

「大変か。でも、まあ、何とか食うていけるだけましかな」

普通の場合、まっとうに生きている人間にとって、世の中は可もなく不可もなくといったことが多かろう。どちらかに行き過ぎる人間というのは、ごく少数派に属する。その点で築山たちは、ごくありきたりの人間といえた。たまに誘い合って温泉に浸かることができるのであるから、少しくらいは恵まれた方かもしれないなどと思ったりした。そして築山と善保は少しばかりグチをこぼしたりなどした。まあそれはこうした場合のお決まりの話題なのかもしれなかった。

「景気が悪いときには、われわれのような零細な者のところには金が全然回ってこないな」

「はあ。政治が悪いんかな」

「そういうわけでもなかろうが、何とかならんかな」

築山のぼやきは、ごくありふれた感覚だったろう。誰が悪いなどということはちょっとやそっとで分かるものではなかった。不景気などという社会全体を覆う現象を解明することなど、そこに居合わせた人間にはどだい無理なことだった。いや、政府はもちろんのこと有名なシンクタンクのスタッフにも、正確なところは分かっていなかったのだろう。政策が悪いのか人間生活の総体がそちらに向かわせるのか、それは神のみぞ知ることかもしれない。

「昔だったら、景気が悪うなってきたら、戦争でも起こそうという気になったんかな」

これはまた話が危険な方に行きだしたものだ。酒を飲んで気が大きくなってきたのかもしれない。無責任な話を粋がって大きくするのは、酔っ払いの特徴であろう。

「戦争すると景気が良うなるというんは、本当かな」

善保が築山に問うた。

「最初だけ一時的に景気が良うなるといわれとる。でも、すぐにもっと酷いことになるようだがな」

「そうですか」

「何にもしないと、もっと根本的に悪くなる場合もある。精神的に落ち込むのかな」

「そんな」

「いや、あくまでも一般論だがな。そうでしょう、市田さん」

「いやいや、そうかもしれん」

本当の戦争の経験者にも気を使ってはいたが、知らないということで気楽に話すことができるのかもしれない。真に悲惨な経験というのはあまり話されることもないし、たとえ話されても真実が伝わるわけでもない。このときの市田さんは、戦争のことなど何も知らんくせして、などと思ったかもしれない。ただ、市田さんにとっての戦争体験は青春の血をたぎらせた、語っても語り尽くせぬ人生の一大事だったから、快く聞いてくれる人さえいれば語りたいことでもあった。

温泉旅行で露店風呂に入り、少し良い気持ちになって会話することは、得難い機会だったろう。会話の内容が、辛く苦しい経験のことであっても、今このときの平安な気持ちを幸せなものとして感じるための記憶になっていた。そうするうちにも会食の時間は過ぎていき、皆は部屋へ帰っていった。

三人は部屋に戻ってからも話を続けていた。間もなく善保は、布団に入って寝てしまった。そして築山は一人で市田さんの話を聞くことになった。以前に築山の店で話したときに、言い置いていたことがあった。

「いつか戦争の話でもしてください」

それは、人生の先輩に対する、小さなお世辞のようなものかもしれなかった。

「そおの」

市田さんはそのときのことを、よく覚えていたのだろう。まだ少年だった市田さんが、軍隊に入隊したいきさつから話し始められた。

「わしはな、十五のときに志願して軍隊に入った。農家の次男じゃああったし、どうせ召集されて軍隊に入るんなら、ひとつ志願してやれという気持ちじゃった」

市田さんは農家の次男として、大正の初めに生まれたそうである。農学校を卒業して、とりあえずは軍隊にでも入ろうか、といったことは珍しいことでもなかったらしい。当時は男として兵役の義務にどう対処するか、各自の人生にとても大きな問題として背負わされていた。法律で決められた、普通の人には避けようもない運命として存在していたのだ。早めに兵役の義務を果たしておけば、その後の社会生活に中断が入らないという心積もりだったという。だが、昭和初めの日本を取り巻く歴史の流れは変転極まりなく、そうした判断が予想どおりの結果をもたらすことはなかった。結果として市田さんは、二十年も軍隊生活をすることになってしまった。しかし、それで不幸だったかというと、そうともいえないようなのだ。二十歳を過ぎて入隊した同級生には、ニューギニア戦線に送られてほぼ全員戦死の部隊に所属しなくてはならなかった者も多くいたらしい。一国の運命が乱されるとき、また人々の運命も変転常なきものとなるのであろう。

それはそうとして、市田さんの話には、時々疑問に思うところもあった。農学校を卒業して十五歳で志願した、ということもそうである。だが、それは話の大筋に影響のないことなので、あまり気にならないことだった。

「志願して軍隊に入ったはええが、これで大変なことになってしもうた」

「そうですか」

「まあ、中国では長いこと転戦したが、どうにか生きて帰ることができた。宇品《うじな》に帰る船の中じゃあ嬉しゅうて、家のことなど考えておったな」

「広島の宇品へ」

「そうじゃ。やっと除隊になれるいうて、同年兵も皆喜んでおった。ところがだな、誰かが言うておった。みんな日本に生きて帰れたいうて喜んどろうが、この中で二人だけは憲兵隊に採られるいう話じゃ。そう言うておった。それを聞いてわしは自分のことじゃと思うた。その中じゃあ二人だけが志願兵だったからな」

「憲兵に」

「そうよ、憲兵に。そのときは、こりゃあ志願して兵隊になったんは失敗したと思うた」

「憲兵にはなりたくなかったんですか」

「そうよな。農学校を出たもんだから、やっぱり農業関係の仕事をしたかったたな」

「農業を」

「米を作ったり、果物を作ったり。それから蜜蜂を飼うてみたかった」

農業に対する夢を語るときの市田さんは、年老いた体の中に一つだけ、夢見る瞳を持っていた。自然の中で生き物を育てていくことは、とても楽しくてやりがいのある仕事といえる。そして一国の安全保障を考えるときに、それは絶対に譲ることのできない産業でもある。軍隊を無事に務め上げてから、農業関係の仕事をやる心積もりだったのだ。それが長々と軍隊生活を続けなくてはならなくなったのは、その時点での一つの誤算だった。兵役の義務を志願によって果たそうとしたことによって、運命の歯車が大きく動き出したというわけだ。

それから市田さんは、荷物の中から古ぼけて粗末なアルバムを取り出した。いや、数枚の写真を貼り付けた厚紙とでも言えばよかっただろう。

「いつぞやは、戦争の話をしてくれ言いようたな」

「はあ」

「写真を持って来たんで」

「わざわざここまで」

「ほうよ、これを見てみんさい」

市田さんが示した写真には、校舎らしき建物とグラウンドが写っていた。見たところでは、何かの学校のようであった。

「これはどこですか」

「中野だな」

「東京の中野ですか」

「そうだ、東京の中野だな。あそこらに陸軍の施設が多かったな。わしらはそこで憲兵の勉強をした」

そう言いながら、市田さんは古ぼけて粗末なアルバムを築山に見せた。アルバムの写真をたどる市田さんは、懐かしむように、いとおしむように、記憶の小道をたどっていった。クリーム色がかったモノクロの小さな写真は、市田さんの人生の大切な記憶装置といえた。ただ、中野で憲兵の勉強をしてから先のことについては、少し話しにくいようではあった。それはやはり戦争に行って、そして負けて帰ったのだから、言いにくいことは多かったに違いない。

6 神戸憲兵隊

憲兵になった市田さんが、どういった所へ赴任していったか詳しくは聞かなかったが、新婚時代を神戸で過ごしたということは聞いた。

昭和十四年十一月に、市田さんは大阪憲兵隊神戸憲兵分隊に赴任している。その少し前に、神戸憲兵隊は驚くべき事件に遭遇していた。中野の憲兵学校の横にあった陸軍中野学校の教官が実行しようとした事件である。中野学校の生徒の卒業演習と称して、教官がイギリス領事館襲撃の計画をしていたのである。日本はこの時期に、アメリカやイギリスから何かと圧迫を受けていた。それに憤慨した一人の教官が、イギリス領事館に潜入、破壊工作を行おうとしたのである。

しかしこれは間違いなく国際問題となる計画である。真珠湾攻撃を待たずして戦争の始まるような計画だった。中野学校長の連絡によって、神戸憲兵隊が、襲撃に出発しようとしていた教官たちを逮捕している。学生たちは、演習としか知らされていなかったようである。

当時の、日本の軍人たちの雰囲気が、伝わってくるようなエピソードである。こうした驚くべき事件の後すぐに、市田さんは神戸憲兵隊に赴任した。

また、その旅行の時とは別の機会に、奥さんから聞いた話が一つあった。

神戸の憲兵隊に赴任した市田さんは、夫婦で湊川《みなとがわ》神社の近くに新居を構えたようである。憲兵隊の近くで借家を借りたそうだ。

神社の縁日か何かの日に、二人して出かけてアイスキャンデーを買い求めたときのことだった。市田さんは、店の人から受け取ろうとしたアイスキャンデーを、誤って落としてしまったそうだ。そして、落としたアイスキャンデーには目もくれずに、昂然《こうぜん》として立ち去ったそうだ。付いて歩く奥さんも気恥ずかしくて、夫の変なプライドをいぶかしく思ったそうである。まわりの人にお辞儀をしながら夫の後を追う若き日の奥さんの目には、いかついサーベルが揺れていたことだろう。その情景を考えてみたとき築山の頭の中には、ほほえましい憲兵の若夫婦の姿が浮かんでくるのだ。よく言われるような、鬼の憲兵といったイメージでは決してない。

憲兵というのは、他の人から見ればとても恐れられた存在であったようだ。少々軽蔑されていたかもしれない。そして職責は確かに重かった。若き日の市田さんが、憲兵という職業の責任の大きさに、懸命に耐えようとしている姿が目に浮かぶようだ。憲兵も他の職業と同じように、プライドを持った正しい人が多かったはずである。世界大戦に突入する頃から、とんでもない軍紀の乱れに巻き込まれてしまったのは、同情すべき事実である。あの時代は誰がどうというわけではなく、世界中の人が、大なり小なり狂気の道を追い立てられて走り抜けた時であったように思う。

憲兵はまた、特高警察と同様に、思想的なことでも捜査する場合があったので、こういった点でも嫌われることが多かった。共産主義思想や敗戦観を持つ人物には、特に厳しく当たらなくてはならなかった。裏を返せば戦前の日本では、表向き共産主義思想や敗戦観を持つ人物には、特に厳しく当たらなくてはならなかったわけだ。個人の内面ではどうあれ、憲兵たるものそうした方針で職務に当たらなければならなかった。それは大変気疲れする仕事ではなかったろうか。その頃の市田さんの話を聞く限り、自分の性格さえも律して仕事をしていたように思えるのだ。

市田さん夫妻の神戸でのアイスキャンデー事件は、特に新妻の驚きの記憶の中に生き続けたのだ。神戸時代のそのほかの思い出は、聞いた限りでは楽しげなことばかりだった。新居の隣の親切な人たちのこと。今と違って、隣人同士が助け合うことの多かった時代である。新居の庭にあった大きな桐の木のこと。その木を見上げて、新婚の市田さんたちは何を思っただろうか。どれも若い日の思い出として、いつまでも心の中に生き続けていたようだった。そして、その後の世界大戦の開戦から敗戦後のかなりの期間は、悪夢のような時間が次々と押し寄せてきたのだ。もちろん開戦の時のような、喜びに沸き立つ時間もあったのだが、人生の収支決算は一体どのようになるのであろうか。

7　戦争責任

温泉旅館の一室でお茶を飲みながら、市田さんは昔の記憶を築山の前に並べようとしていた。遠くを見るような、あるいは夢見るような瞳は、確かに長かった軍隊生活のことを見つめていた。

「十五からじゃあ、軍隊生活がずいぶん長かったんですね」

「長かった」

「大変でしたね」

「大変ではあったが、あの頃には皆そうじゃったからな」

「戦争はもう嫌ですか」

「ふふふ。今は原爆とかがあるからな。もうしとうはない。じゃが、若いときに軍隊に入るのは悪いことじゃあないがの」

「へえー、そう思いますか」

「軍隊があるからというて、皆がすぐ戦争を始めるわけじゃない。自衛のための最低限の軍隊は必要だろう」

「自衛のための」

「まあ、相手に攻め込まれんようにせんとな」

市田さんは軍隊のことに愛着があるように見受けられた。戦争などもうしたくないとは言いながら、その時代を懐かしむ気持ちを、持ち続けていたようだ。世界大戦に敗れたことを無念とはしながらも、戦争自体を悪とは考えていなかったろう。人類の長い歴史の中で、常に戦争は繰り返されてきた。戦争はないに越したことはなかろうが、そこから離れられなかったのも、また人類の歴史の真実だ。毎日伝えられるニュースの中には、必ず戦争のことが含まれていると、市田さんはそういった認識であった。

だいたいが市田さんは、政治的なことで政府なりを批判するようなことは少ない人だった。公職追放が解除されてから後に勤務した町役場でも、国の方針によく従って、定年まで大過なく務め上げている。

その市田さんにして、一度だけ国の、いや戦争責任について断片的ではあるが不満を漏らしたことがあった。戦史を紐解《ひもと》けば、第二次世界大戦中わが国は、開戦から半年過ぎたあたりから早くも劣勢に陥っている。二年も経過すれば劣勢の挽回は不可能なことが明らかであったという。少しでも有利な条件で戦争を終わらせることこそ、そのときの指導者に課せられた、最も重要な課題であったという考えだ。それを後回しにしたことに、大きな不満があったようだ。市田さんが体験した時代の話は、戦後生まれの簗山には歴史上のことであるから、素直に聞くしかなかった。

天皇の存在については、そのことに言い及んだことは記憶にある限り一度もない。家庭の中でお写真、つまり御真影を拝んだようなこともなかったようである。市田さんの経験を思えば、おそらく言葉に出し難い複雑な気持ちであったろう。そのことにはあまり触れたくない様子だった。それをひとことで言うならば、敬愛すれど言及せず、ではなかったかと思われる。天皇陛下ご自身があまり目立ち過ぎるのはよくないし、かといって国民の幸せをお祈りされる祭儀は欠かしてほしくない。そういった考えではなかったかと想像している。


「他に戦争ではどんなことがありましたか」

話のつれづれに築山は、自分も過ぎし日の世界大戦のイメージを膨らませてみたかった。実際の体験がないのであるから、先人のくぐり抜けてきた労苦を話に聞くことは有益であると思われた。

「そうよなあ、中国のことだが」

「はい」

市田さんは古い記憶をたどって、若い日に過ごした中国大陸での戦争体験を少しずつ話しだした。

「中国はとにかく広いところでな。長江いうのは揚子江のことだが、上流で大雨が降ったいう話があってひと月以上たって、やっとこさ水かさが増えてくるんで」

「そうですか」

「追跡戦でも感じたのう。正規軍が隊列を組んで逃げた後にはな、麦畑の麦が踏み倒されとる。それが枯れておったら大体一週間前にそこを通ったもんよ。何日も追跡して行ってのう、倒されとる麦が青うなってきたら、こりゃあ近いぞということになる」

築山たちの年代の者が描く戦争のイメージとは、少し違っているような気がした。小麦畑の中を、踏み倒された麦の色を頼りにひたすら行軍する、そんなことが戦争の時間の多くを占めるような印象だ。ただ、その話で中国大陸の大きさを実感したことは確かだ。あまり面白い話とは思っていなかっただろうが、市田さんにとってはカルチャーショックのような印象深い体験であったろう。築山も、この話によって大いに刺激されるところがあった。つまらないような話でも、実際に体験した人から聞く話は何か得るところがあるものだ。これが日本であったらどうだろうか。そもそも田んぼの中を行軍することはできなかっただろうし、一週間も隊列を組んで行くことのできる平野などありはしない。その広さを推して知るべしということになる。


市田さんが次に話したのは、敵前での移動についてであった。それは一人一人の人間性というか、性格の違いというものが透けて見えるようで興味深かった。

「塹壕《ざんごう》から敵前脱出するときにはな、最初のと最後のが一番危険なんじゃ。敵に狙い撃ちされる」

この話に築山は質問した。

「じゃあ安全なのはどこですか」

「真ん中の集団よ。そこが比較的安全じゃな」

それでは、市田さんは果たしてどこだったのだろうか。最初の人間か最後の人間か、それとも安全性が比較的高いという集団の中なのか。

「わしはいつも最後じゃった」

そう言うと市田さんは偏平足の足裏をさすった。痛む膝をさすった。その足で何千キロという道のりを、重い荷物を担いで歩き抜いたのだ。偉大なる偏平足といえた。

人間は精神の持ちようで、その行動がおのずから違ってくる。歩兵小隊という小さな集団の中では個人の性格によって、異なった戦闘場面でも似たような行動をとるものらしい。精神の持ちようの違いはまた、目の光に表れるという。

「初年兵というのはな、とにかく実戦を知らんからえらい不安がある。それが一度でも経験したら、とたんに兵隊らしくなるもんじゃ。そりゃあ、全く違う」

市田さんのそうした感想は、戦争経験者の等しく語るところである。経験者の間では、常識というものであろう。その話の中に築山は、ある種戦場の雰囲気といったものを感じた。何かと緊張を強いられていた初年兵は、人と人との殺し合いでさえ、一度の経験で克服してしまうのだ。その話に築山は、人間の精神の適応力といったものを考えさせられた。それは哀しい包容力なのかもしれない。市田さんはこうした話を、戦争映画のように勇ましく語るのではなく、ただ淡々と話した。

中国戦線で最も危険な目に遭ったのは、場所も覚えていないような田園地帯でのことだった。あるとき、土塀に囲まれた大きな家に便衣隊《べんいたい》、つまりゲリラが潜伏しているという情報が入った。

「そこにわしらの小隊が討伐《とうばつ》に行ってな、表と裏で待つことになった。表から行けば裏から逃げるもんじゃから、わしらは裏手で待ち伏せることになった。ところがあのときは勝手が違うた。裏口で待つわしらの横手から、いきなり便衣兵が現れたんじゃからな。至近距離から小銃を撃たれて、小隊の何人かはそのとき戦死した」

「はあ」

市田さんはそのとき、築山の目の前で話していたのだから、戦死した何人かの中には入っていなかったということになろう。

「まあ、あれだけの至近距離から撃たれれば十中八九はやられるもんじゃ。わしもさすがにあの時には、もうこれまでかと思うたな」

淡々とした話しぶりだったが、血も凍りつく瞬間であったに違いない。

「あとで分かったんじゃが、そこには表と裏の出入り口の他に横の方に小さいのが一つあったようでな。低う小そう作ってあったから、よう分からんかったんじゃ。そこから便衣兵が抜け出してきたようだな。何事にもよう観察するということは大切なもんじゃな」

習慣や環境の違う他国での地上戦は、やはり現地軍に地の利があるだろう。ゲリラを制圧するためには、十五倍以上の兵力が必要であるそうだが、もちろん常にそうであるとは限らない。だいたい、そんな所まで戦いに行かなければならなかった当時の日本というのは、やはりどこか歯車が抜け落ちていたのかもしれない。中国とは不思議な国で、何回も少数の他民族によって征服された歴史を持っている。それでいて中国大陸の大部分を覆うように一つの民族が存在する不思議さがある。

山陰の温泉宿で、築山は旧軍兵士の市田さんから、いろいろな戦争の話を聞かせてもらった。戦記物を読むことも面白かったが、断片的なものとはいえ、実体験を直接聞くことは興味深いことだった。目の前に座っている平凡で年老いた老人が、築山たちの年代の者には逆立ちしても及ばない体験を、その身体のなかに秘めていたとは。しかもそれは特別な人の特別な体験ではなくて、普通の人の普通の体験であることも驚きであった。この非力に見える老人が、である。築山は、その大きな落差に、言い知れぬ驚きを呼び覚まされる気がした。

このときの温泉旅行とは別に、市田さんとはシンガポールへ一緒に旅行したことがある。何かの話の端に、死ぬまでに一度行ってみたいという希望を持っていることを、築山が聞いたからだ。南国のその街は、日本人にもよく知られている。美しい街並みとショッピングと安全性によって、観光客に人気がある。日本とその島との間に、不幸な時代があったことは知られているが、今の若い人は互いに好ましいイメージを持っている。完全ではないにしても、悲惨な過去を長い年月が浄化しつつあるのだろう。その街に市田さんは行ってみたいというのだ。そこに、その街に、旧軍時代に体験した印象深い思い出があるというのだ。

市田さんの南方での活躍の場所は、シンガポールの次はスマトラ島だったという。そこで敗戦を迎えたそうだ。その印象深い場所は、帰国後も忘れ難く、大阪万博のときには開場してすぐにインドネシア館に足を運んだそうである。青春の感懐に浸った市田さんは、スマトラこそ、人生最大の思い出の場所であることを再確認したそうだ。南方の自然と、そこに住む人々との思い出は、死ぬまで市田さんの心の中に宿っていたのである。

二章　歌日誌の旅

1　因縁の地

シンガポールに行くときの市田さんは、一体どんな心境だったろうか。今となっては聞くこともかなわないけれど、相当な期待をもっての旅行だったことは確かである。市田さんにとってのその街は、若い日の思い出の場所なのだから当然のことだったろう。そしてそこは、生涯最も大きな事件に立ち会った、因縁の地でもあった。

築山と市田さんがシンガポール旅行に出かけたのは、夏の暑い盛りの頃だった。天候も良くて、ツアーのメンバーも、安心して話し合えるような人たちばかりだった。

市田常立は八十にもなろうという年齢で、一行の中でも最年長であった。長年の労苦で節くれ立った手指、張りを失った皮膚、そして肉が落ちて硬くなった身体をシンガポール行きの飛行機のシートに沈めていた。窓からチャンギ国際空港のあたりを見る目も、加齢のためかうっすらと白濁していた。

五十年近くも前、市田常立はその地で多くのことに出合った。そして、たくさんの人の生と死を見たのだ。じっと窓の外を見つめる一人の老人から、懐かしさが身体の奥底からにじみ出てくるような、そんな感覚が築山に伝わってきた。しかし、その姿は他の人の目にどう映っていただろうか。そのときの市田常立には、静かなる世界がもう近くまで来ていたのだ。若い人のように、溢れる感情の高まりを表に出すこともなかった。海外旅行には少ししんどそうな老人が、付き添い二人と連れ立ってシンガポール観光にやってきた、ただそれだけのことに見えただろう。

飛行機から降りた一行は、入国ゲートを通り抜けるとすぐに、地元の観光会社が用意したバスに乗り込んだ。ガイドは中国系の女性で、とても流暢な日本語を話した。シンガポールの案内を、次々と流れるようなリズムで紹介していった。バスの車窓から見える景色も庭園のように整備されていて、一行は概してこの小さな島国に良い印象を持った。空港と市街地を結ぶ高速道路は素晴らしく、明るい太陽の下で目に入る景色の中には、暗い影など少しも見当たらなかった。それにしてもよく口の回るガイドだった。一行がホテルに着く頃には、すでにシンガポールの大部分を知った気にさせられるほどだった。

高速道路の街路樹として植えられていた木も、整然と並んでいた。

「あれは、旅人ヤシというんじゃ」

日本では、お目にかかれない街路樹を眺めていると、隣に座っていた市田さんがポツリと言った。大きな葉が、扁平に幹の両側にくっついている様子は、いかにも南国の物珍しい街路樹にふさわしかった。

「暑いときに、あの木の陰で休んだもんじゃ」

何事かをその木の陰に認めて、懐かしそうに市田さんは言葉を漏らした。目につく物の中に、過ぎ去った思い出を見つけようとする市田さんの心は、そのとき五十年の時空を超えていた。そしてよく口の回るガイドは、旅人ヤシの説明をした。

「あの大きな葉の付け根には、雨水がたまります。そこに蚊が育ちますから、シンガポールでは穴を開けて水を抜くことが義務付けられています。個人の家で、旅人ヤシの葉に水をためていたら罰金を取られます」

話には聞いていたが、美しく街を保つために規制の多い所だった。小さな一つの島が国となっていて、人目も規制も多い街のように思えた。それは、国民一人当たりの年収の高さとか、地勢的に周辺の国から圧力を受けやすいためだと思っていた。しかし過大な罰則を為政者が施行することは、どこか軍政の影響を感じさせるものがあった。そしてふと、この国が成立するときに影響を与えた日本の軍政について考えた。だが、ここはイギリスの軍政が長かった所であり、その影響が最も大きいことは言うまでもないことである。

バスがシンガポール市街に入り、中心部にさしかかったとき、それまで黙って景色を見ていた市田さんは再びポツリと言った。

「あそこに山下奉文《ともゆき》の司令部があった」

五十年の時を隔てて、街の様子はすっかり変わっていたにもかかわらず、市田さんは昔のことをしっかりと覚えていた。この老人が若い日に戦ったフィールドは、マレー半島からスマトラ島にかけての、熱帯のジャングル地帯だった。一介の下士官として従軍した人間が、有名な中将の司令部になど、そんなに出入りしたとも思えない。ただひとこと、そこに司令部があったことを口にしただけだった。そして再び口をつぐんでしまった。

バスの中では、他の一行の楽しげなさざめきがあった。家族でツアーに参加した人たちは、南国の街並みを眺めて楽しそうに話をつないでいた。同じ観光バスに乗り合わせ、同じ風景を見ても、人は同じ感想を持たない。市田常立の心の中に去来するものは、おそらく、ひとことやふたことでは言い表せないものだったろう。

司令部のあった場所を通り過ぎてバスは行く。ガイドはそこを早口で説明する。他の人たちはそれを聞き流す。この平和な時代のありがたさを、そのとき最も身に染みて感じていたのは、寡黙な一人の老兵であったろう。

若い日の市田さんは、有名な中将のようなキャリア軍人などではなかった。ただ、憲兵になったことについては、少しくらい誇りに思う部分はあったろう。そしてそのことで、ずいぶん苦しい目に遭い、大きな屈辱を受けることにもなってしまった。

バスはその場所を過ぎて、今少し市街地を走った。それから築山たちの一行は、シンガポールでの宿舎となるホテルへ入っていった。バスから降ろしたスーツケースに手を掛けたとき、ホテルの前にいたポーターが来てすぐにそれを運んでくれた。

「インド人からは、よう情報をもらったな」

誰に言うともなく市田さんは言葉を漏らした。美しい現代建築のホテルの前に立ってなお、その心は過ぎし日の戦場のことを回顧していたのだ。五十年も前に情報収集のため会った人たちの面影を、そこに認めていた。記憶の断片を紡ぐ作業をしていた。


今にして思えば、築山は市田さんからもっと多くの話を聞いておけばよかったのだ。かの人の記憶に残された断片の一つ一つは、その時代に生きた人にとってはありきたりのものでしかなかったろう。だが、やはり次の世代の人に語り継ぎたかったのだと思う。だからこそ死して後、築山の手にかつての隊長の手記である歌日誌を託したのであろう。そうした思いが、歌日誌を手にしたときに当時の記憶とともに築山の胸を去来するのだった。

2　高根隊長

さて、高根隊長の歌日誌である。目次によれば二部の構成になっていた。装丁は粗末なものだったが、二段組みの本文は小さな文字で、びっしり印刷されている。第一部は大阪で憲兵隊を編成したことに始まり、シンガポール攻略戦に勝利して一時帰国したところまでである。

昭和十六年七月二十八日。大阪に向けて出発したのは朝鮮半島の付け根の町、咸興《かんこう》という所であった。動員要員に指名されたという知らせが高根武《たかねたけし》のもとに届いた。

いよいよ大阪に出発する夜の七月二十八日二十時には、お世話になった方からお別れの葉書が来た。

浮学相桜有奇縁　開胸襟交如水魚
会者常離不滅理　別離情未去脳裡
君将進歩新戦場　男子本懐不過之
勿憂銃後　監備　躍進以即尽忠誠

昭和十六年聖戦四年七月

秀岳

秀岳《しゅうがく》さんは本当にいい人だった。その上、ご夫婦ともあんなに良い気性の人はまれだろう。秀岳さんの申されるように、全く男子の本懐これに過《す》ぐるものはない。白髪《しらが》頭のご主人と、ご主人より二十歳も若い奥さんとの対照が、親娘のようだと義姉さんが申されていた。実際にそんな気がした。今この思い出を、朝鮮海峡を航行する金剛丸の中で味わいながら、秀岳さんご夫婦の健康を祈っている。

それとともに、また感激を新たにしている。

自分が今回出征するまでは、ずいぶん多くの人を戦場に送った。そしていよいよ自分が行く番になったのだ。いつものことながら別れは辛いものだ。咸興駅では大勢の人に見送っていただいた。防諜《ぼうちょう》上の見地から見送る人を制限する昨今だが、それでも駅員の監視の目をくぐって大勢の人がホームいっぱいに溢れていた。

興南《こうなん》からは二人の友人が見送りに来てくれた。本岡君が特に真面目な顔で、どう挨拶してよいやら分からないような表情をしていた。その様子を見ているときには、なぜかしら胸に熱いものを感じた。

娘の広子が何も知らないで、妻の背中で駅の弁当を大切そうに持っているのがいじらしい。再びいつ会えるだろうか。あるいはこれきり会うことができないかもしれぬ父に、ただ無邪気な笑顔を見せている。

「トウチャンハネ、オロコ（広子）ガオオキクナッテカエッテクルヨ！」

力いっぱい叫ぶところに、かわいいというより、むしろおかしさを感じる。いつまた会えるやも知れない娘のはしゃいだ様子は、おかしくて、そして切なくもある。自分が家に帰って居間で座ったときには、いつもすぐに飛んできてひざの上に腰掛けたものだ。かわいらしい仕草と、よく動く瞳に小さくて軽い身体など、どれも自分の心を温かくしてくれた。今はこれらとも、お別れの時だ。

出発する日までは官舎が空かないので、十日間も野島さんの家でお世話になった。このことは実に心苦しかった。必要以外はものも言わないような人が、最後の日には赤飯を作ってくださった。その上、鯛を焼いてビールで乾杯してくださった。どんな山海の珍味よりおいしくて、この心のこもった簡素な待遇が、涙の出るほど嬉しかった。夜になって、いよいよ家を後にしたときには、玄関から野島さん家族の声がいつまでもしていた。振り返っても、暗くて何も見えない所から聞こえてきていたのだ。声にも重さがあるのならば、それは自分の心の一番深い所に沈んでいくような気がしてならなかった。

「オジチャン、サヨウナラ」

その声は暗闇の中から、何回も何回も聞こえてきた。

汽車が出発するときには、妻が涙も見せずに案外平気な顔でいてくれてよかった。いつも強いことを言っていたから、そんな別れになってしまったのだろう。

しかし、下関に向かう金剛丸の船中で下着を替えようとしたときに、靴下の中から小さな紙切れが出てきた。そこに鉛筆で走り書きがしてあった。

「自分の家から、お送りすることができなかったので、寂しい気がします。腹と胃をこわさないように気を付けてください」

その余白にはおそらく広子が書いたのだろう、丸い円がグルグル描かれていて、片仮名のつたない文字があった。

「トウチャンバンザイ。ハヤクカヘッテチョウダイネ」

この別れは生別と死別を兼ねるものだ。全く肉親の情愛にホロリとさせられた。

生と死の別れをかねて征く吾のうしろに遠く見送る声す

七月三十日

朝七時過ぎには、もう下関に着いた。同行の准尉らと別れて、下関見物をしようと街へ出た。雨だというのに暑苦しく、ぐったりとするくらいだ。朝食を暗い路地の奥にある食堂で食べて、安徳《あんとく》天皇の御陵を参拝すべく電車に乗って亀戸に着いた。汗をふきながら石段を登り、日清講和談判の記念館を見てから亀戸神社に参拝した。境内で鳴く蝉の声に耳を傾けて、ああ内地も夏だなあと感じて、なぜだか無性に嬉しかった。途中で街の市場を通るときに見えたものは、美しい大きな黄色いバナナの山だった。他にもきゅうりや西瓜や野菜など、みどり色の新鮮なものばかりが目に入った。さらに魚といえば、エビ、カニ、イカ、サバなど、まだピチピチはねている。よく養母と妻が、下関のバナナの山の話をしていた。一度くらい腹いっぱい食べてみたいと言っていたが、ここにいないのが恨めしい。そうかといって、自分一人でこのバナナを買って食べる気にはならない。

同行の田岡君も自分も、まだ一回も九州へ行ったことがないので、行ってみようということになった。ポンポン船の渡し賃は金十三銭であった。小さな船で下関から門司《もじ》に渡るだけでも、一応は九州の土を踏むことにはなる。船の窓から外を見ようとしても、ガラス窓は防諜上の見地からすべて紙が張られており、外を見ることができない。ただ暑いばかりの渡船であった。

九州は養母の生まれた土地である。

門司に着いたが、ここも下関と変わらず忙しくて狭くてただ暑いだけの街だった。それでも九州へ第一歩を印したという、ささやかな感覚だけはある。氷水屋の青い暖簾の下で、椅子に腰掛けてアイスクリームを食べた。これは冷たくておいしかった。九州に行くには行ったが、やったことはそれだけだった。

午後一時には、汽車に乗って広島に向かった。

もっと早く着く予定だったが、ずいぶん遅れて、やっと六時過ぎに宮島に着いた。宮島口の駅前から厳島《いつくしま》を見たときには、これが日本三景の一つかと疑われるほどみすぼらしく感じられた。しかし到着してみると、案に相違して美しいことに驚くとともに、土産物屋の多いのにもっと驚いた。そして十六夜の朧月《おぼろづき》の光に、海の面を透かしながら見て、ようやく回廊を伝って本殿で参詣を終えた。その途中、亀福《かめふく》という茶屋でエビライスを食べたが案外まずかった。

四十余年前、日露戦役に出征のとき、若き日の父も同じように神殿の回廊を回って、美麗荘厳な建物に感嘆して時を久しゅうしたことだろうか。

七月三十一日

大阪市北区高垣町の牧野屋旅館に宿をとって寝ていた。すると突然、騒がしい足音がして目が覚めてしまった。部屋の外で、元咸興隊の新関《にいぜき》准尉が来られたという声がする。驚いて廊下に出て隣室をのぞいてみると、まさしく昔のままに、顔が長くて口髭の濃い元の班長がいた。

最初の挨拶はひとことだけだった。

「ヤア」

その後にはお互いの胸中に交錯する、語らずして理解しあえる気持ちだけがあった。

「奥さんはお元気ですか」

家族の消息を問う自分に、准尉は答えた。

「あれは昨年亡くなった」

「そうですか。ご冥福をお祈りします」

「いや、ありがとう」

「子供さんも寂しいでしょう」

「そうだな。しかしせがれも高等工業の二年生だ。いつまでも悲しんではおれん。それより、君のところの娘は、まだ小さいから気にかかるだろう」

「そうではありますが、このたびは元気に見送ってくれました」

「そうか。ところで咸興のとき一緒だった菅原曹長だが、二年前に病死したんだ」

「そうですか。あんないい人間が」

このとき、四年間の時の隔たりを埋めようとするような、尽くせぬ物語があった。あれこれと汗を拭きながら話し続ける昔の班長も、見かけはかなり年取ってきたようだ。熊本隊ではよくもこんな老兵を戦地へ送り出したものと、憮然《ぶぜん》たらざるを得なかった。

八月五日

あわただしい一週間だった。今日は珍しくのんびりとして、ペンを執る気になった。ここへ来た最初の日は本部要員として夜の八時頃までゴロゴロしていたが、九時になって急に編成替えがあり、あの中隊に入った。第一小隊の分隊長として。隊員は広島、善通寺隊の者ばかりだったが、広岡軍曹が配下に入ったので心強く感じる。

入隊前の八月一日には、妹から面会するとの電報が届いたので、大阪駅に何回も出向いた。しかし夜になっても来なかった。駅では一、二等待合室はもちろん、東出口の三等待合室まで探した。妹と似通った若い女の人とを、何回も間違えそうになった。

「あ、あれだ」

そう勇気を出して近づいても、知らない人だったことが何度もあった。

二日の朝、速達で妹から手紙が来た。

「兄さんからの電報どおり、八日の午後一時に面会にまいります」

何としたことか、とんでもない誤電を打ったものだ。

「八ツキ一ヒゴ一ジ」

と打ったつもりだった。しかしそうではなかった。

「八ヒゴ一ジ」

というように誤電を打ったのだろう。すぐに速達で訂正を連絡した。するとそのあとで、本部の事務室に名古屋の姉から電報が来た。

「アスユク」

明日ではもう隊に入ってしまうので、防諜上の見地からは面会が絶対禁止である。わざわざ来ても仕方がないことになる。また、妹には電報で入隊後は面会できないと連絡したかったのだが、その時どこにいるか分からなかった。

そうしているうちに三日の朝、入隊後の自分に本部から連絡があった。

「高根分隊長はおられますか」

「何だ」

「妹さんから電話です」

何ということか、今になって電話があるとは。自分は大急ぎで階下の職員室に行った。受話器を外すと妹の声が届いた。

「兄さん」

妹の声が耳をついた。せっかく来たのに会えないのは残念だが、これも国のためか。

「すぐ帰れ」

「どうして。会えないの」

「当たり前だ。気を付けて帰れよ」

「そんな」

「ちょっと待て。何か持って帰ってもらおう」

すぐに中隊長に持ち出し証をもらい、公用兵から届け物をしてもらった。宮島で買った黄楊《つげ》の帯留と、オランダ船の置物に何かの花を添えておいた。それにトランクと軍刀も。トランクに入れたままの、もらった菓子も、妹に食べるようにと伝えてもらった。

そして三日は軍装検査の準備をした。四日は隊長と二十三部隊長の軍装検査があって、五日は憲兵司令官の閲兵訓示《えっぺいくんじ》があった。あとはひねもす班内で寝て過ごし、その間に洗濯もやったり学校のプールに入ったりした。町の風呂屋にも行って、赤痢の予防接種も行った。それで出発の準備はすべて整ったわけだ。


昨夜わが子供と逢えし夢見たり旅立ちて今日七日を過ぎれば

八月九日
今晩限りで大阪ともお別れだ。毛布の荷造りや器物の返納で、各中隊とも混雑を極めている。短いようでとても長かった大阪の生活で、楽しかったのは学校のプールに入った時と、入浴の時だった。

番台の女将さんのサービスも良かった。

「さあどうぞ」

そう言って、冷たい水をコップに入れて出してくれた。裸のままでこれを飲みながら、衣服を着けるのが気持ち良かった。ところが面白いことに、風呂屋が二軒あって、もう一軒では冷やしコーヒーを飲ませてくれたのだ。だから自然と入浴者の大部分がそちらに行くようになった。こぼれた砂糖に群がる蟻のように、冷やしコーヒーに集まる兵隊の様子も、またかわいらしいというべきか。


すすけ雲なびく都に暮らしたり東西知らぬ九日の今日まで

八月十一日

編成を完了した。大阪駅までは隊伍《たいご》を組んで行軍した。いよいよ移動開始、戦場への進撃だ。八時十分発の普通列車に乗って広島に向かった。車窓から景色を眺めていると、大阪の町から離れる心に、さまざまな情感がわいてくるようだ。

大阪の町は、実に煙の多い汚い所であった。八月二日から十日朝まで九日間の小学校での寄宿生活は、無味乾燥に感じるところもあった。しかしその間、兵隊時代の若い気持ちに戻り、楽しませてもらったりもした。校内プールに親しみ入浴で嬉しさを味わったが、それはもうすべて過去のものとなった。

大阪の町は煙の都であろうか。生活している人々の顔色に生気が少ないのが寂しい。アスファルトの道ですれ違う若い女性や電車の窓からのぞく学生の顔に、何か疲れきっただるさを感じる。また、目まぐるしく働く人々の表情にもそれを感じて、これらがとても強く自分の胸を打つ。自分は今まで朝鮮で勤務して悠長な半島人の生活を見てきた。それだけに、大阪の人たちの表情の中にある生気のなさと気だるさ、疲れなどがはっきりと見てとれる。停車場などで見ていても往来する人々に生気がない。今こそ火花を散らして戦うべき国民を必要とするときに、この大阪の人々の表情に生気の失われているのはなぜか寂しい。

大阪の煙の海を去り、広島に着く。ここでは電車がとても小さく感じた。町の人たちが兵隊ずれしているせいか、われわれの行進に注目する人も少ない。本川《ほんかわ》小学校に到着して舎営態勢に入るが、わずかの行軍でも足の裏が痛んだ。夜になり市内の旅館で分隊の会食をしたときには、少々みすぼらしい料理だと感じた。十二時に就寝する。

知らぬ町宿るひとときよろこびて畳の上に長々と伸ぶ

ふるさとの夢と同じい雨の降る広島の町静かに明けぬ

汗くさき腕時計の革なで見つつ征路に着ける此の吾思う

八月十六日

十二日朝十時に、宮本旅館を出て徒歩のまま宇品に向かう。歩兵と同じように二本足で行軍だ。道中では訓練不足がてきめんに顕《あらわ》れて、背負い袋の重さと汗によって苦しいことおびただしい。

途中で一回休憩したときに、町の店の前で氷の固まりをもらった。これをむさぼるように口中へ放り込む。本当に、元の歩兵時代へ後戻りだ。

宇品港に着いたときには汗まみれだった。吐息をつきながら半裸のままで昼食をとり、二時から乗船開始となった。港には表示のない輸送船がいっぱいだった。艀舟《はしけ》に乗って貨物船「打出丸《うちいでまる》」に乗船した。すでに昨日、使役のために船内を見ていたから驚きもしなかったが、いかにも環境が劣悪だ。一枚のアンペラを、二人で使うという窮屈さだ。段違いの棚の中に押し込まれる哀れさがあり、よどんだ空気の暗い船倉では息をつくにも困難な状態である。

潮の臭さと油と人いきれ。その上に、煤煙と押し込められたような苦しさがある。汗と体臭に悩まされながら、海上の四日間を過ごした。十五日の午後五時頃、船は大連港《だいれん》に入った。

東シナ海では、蒼い海の面の波をかき分けて進む船の航跡に白い泡が流れて、美しい帯のようであった。大連港でかなたの水平線を眺めれば、遠く、近く、輸送船など多くの舟が行き来して賑やかだ。この港に錨を降ろしての待機の間は、朝と夕の真っ赤な太陽が心に残った。暇な時間を暑苦しい船内で過ごす生活は単調であったが、平穏無事であるのは喜ぶべきことだ。戦場に向かうわれわれは、この待機も大して気にかけないことにした。

宇品港を出るとき、自分は思った。日露戦争のときには、父もやはりこの港からこうして征途に立たれたのだと。それから玄界灘《げんかいなだ》を渡って朝鮮半島のあたりを過ぎるときには、つくづくとこの感を深くした。そして小学生の頃に見た地理の教科書のさし絵や、他人からもらった絵葉書を思い出して、今見ている東洋一の港、大連だ。さらに養母がこの街に住んでいたこともあるので、妻も幼少の頃はここの住人だった。

待ちくたびれてから、ようやく上陸を許された。大連はコンクリートの街であった。そして人が少なく、ガランとしている。戦友と連れ立って、街へ入浴に行くときに誰かが言った。

「暴風雨の後のような街だな」

全くそんな感じだ。曇るでもなく照るでもないこの大陸の玄関である街は、歩くだけで汗いっぱいになる。やはりここも真夏なのだと感じさせられた。朝鮮半島から大阪へ、大阪から広島へ、広島から大連へ、大連からこの先、自分たちはどこへ行くのだろう。

ここでは神明高等女学校の二階で、また大阪のような舎営生活が始まった。全く、時間の長さに身体を持て余してしまう。外出を禁止されているわれわれは、ただ部屋の中で裸のまま、休憩の連続だ。寝ながら話す者、車座で何か叫び合っている者、小説を読む者、そしてご丁寧に硬い鉄帽を枕にして横になっている者もいる。敷物は満州らしく、高粱《こうりゃん》製のアンペラである。今この部屋には、足の踏み場もないほど兵隊がいっぱいである。一体この兵隊たちは、何を考えているのだろうか。そして何を語り合っているのだろう。

南側の窓が開け放たれて、涼しい風が入ってくる。そしてこの窓の外には、海と陸の間に灰白色の雲が、境界線のように一筋に伸びていた。


仕事なく寝そべるからだ汗のして汗疹《あせも》のかゆく夢も見られず

いくさするもののふの身のひまなれや窓辺に遠く白雲の流れる

八月二十日

十七日午後四時、大連を後にして汽車で新京に向かう。車窓から別れを告げるこの街も煙にかすんで、そのかなたに見える海の面が、薄く空に区切られてほんのりと白い。大きくて白いコンクリートの建物と、小さな満人たちの住む家が寂しくて対照的である。街を過ぎて郊外に出て行くと、白壁の農家の建物が点々と続いていた。悠長に見える農民たちの姿が小さくて印象的である。考えることは、果たして彼らは幸福なのだろうか、ということだ。小さな農民たちの姿を飲み込んで、果てしなく続く高粱《こうりゃん》畑の穂波がある。広大な大陸の雄大な眺めというべきか。ここは満州なのだ。

深夜になって奉天《ほうてん》駅を通過した。下車する人よりも乗車する人の方が多い。乗車する人の群れの中に、ロシア人の男女が六・七人オロオロあわてて席を取りに入ってきた。図体の大きい見苦しい中年の女性や、猿のように赤い顔の男性がいる。暗い目をして、みんな窮屈で寂しそうな顔と姿だ。白系露人の落ちぶれて侘《わび》しげな姿に見えた。

奉天は日露の戦役の際、日本軍が露軍を包囲攻撃した所である。その大会戦に父も参加したのだ。そして奉天入城のときの、若い父の姿を想像した。もし自分も命永らえたなら、いつの日か父と同行して、ここ奉天を訪ねてみたいものだ。そんな空想を描いて、そして打ち消した。

駅はしばらくざわめいていたが、いつしか夜更けの静けさにかえっていた。土地の憲兵たちが、ホームに立っている。誰かを見送りに来ているらしい。白い腕章が目につく。このホームの、何かしら地下室に似た頑丈な太い柱や天井は、どこか寂しげな灰色だった。夜更けのコンクリートの上を、アイスクリーム屋が一人、トボトボ車を押していた。

大連を発つ頃はあんなに暑かった車内も、夜が更けていくにつれ涼しさを増し、むしろ寒いくらいになった。しばらくして、汽車は奉天駅を後にした。夜更けの車中は言葉を交わす人もなく、車輪の音だけがゴウゴウと鳴り響いていた。

寒さと狭い座席にもかかわらず、つい、うとうととしている間に汽車は走り、十八日五時三十分、新京駅に到着した。

すぎし日の戦の街通りすぐうすぐらき町奉天の夜

顔ゆがめ背を円くしてロシア人の姿にまつわる淋しき風かな

八月二十二日

満州の朝は薄ら寒い。はるか町の上空には赤灰色の雲がよどんでいるが、そのほかは蒼く澄んでいる。烏《からす》が群れをなして西方に飛んでいく。朝の点呼は六時十分。今朝も空っぽのバスが勢いよく唸《うな》りを上げながら町の方に走っていく。

毎日兵隊と同じ生活だ。ラッパで起きてラッパで眠る。単調で、そして侘しい生活である。うっかり気を緩めたため、風邪を引いたらしく頭が重い。昨日は無理して忠霊塔参拝に行き、足の裏に底豆《そこまめ》の大きいのができた。それから腰をかがめて靴下を脱いだときに、右の鼻から鼻血が出た。ポケットのちり紙で手当をして、それを捨てるときに、新しいハンカチまで一緒に捨ててしまった。家から持ってきたものなのに、惜しいことをした。

この頃は、よく家のことを夢に見る。昨夜も、妻が官舎に入ったとか入られぬとか。子供が生まれたとか生まれぬとか。野島さんの家にいて、町内会の人がメリケン粉を持っていくとか。官舎が狭くてやめたとか。とにかくつまらない、とりとめのない夢だった。

足の底豆を看護兵に破ってもらったが、踏みつけるといまだに痛い。

冷え冷えと朝の空気のつめたかり満州の町草生ふる家

八月二十三日

夜の十時、空には星がいっぱいである。頭上には南から北に白砂をまいたような天の川が流れて、北斗七星がチカチカ光っている。どこで見ても空は同じだ。そして星の光も変わらない。ただ、北西の空の端に、赤い星が一つ見えるのはどこか不安げだ。初秋の夜空は澄んで美しい。冷えた地面をなでる風は上着をハタつかせて、肌寒ささえ感じさせる。

消灯ラッパが鳴っている。遠くでは自動車の走る音がする。

今頃はもう、広子も眠っていることだろう。皆は官舎に移っただろうか。男手のない生活は、何かと不自由なことだろう。でも、野島さんたちがいてくれるから安心だ。

赤い星がまた輝いた。何という星だろう。

八月二十四日

外出のとき、町で前を行く小さな女の子を見かけた。若い母親の後を追っている。赤い服を着て小さな靴を履き、髪の毛をきちっと刈り上げた、四歳くらいの女の子だった。こうした小さな子の後ろ姿を見ていると、すぐに広子のことが思い出される。今頃何をしていることやら。きっと無邪気に過ごしていることだろう。

昨晩の夢の中で「父ちゃん」と呼ばれて振り向くと、広子は知らない人に抱かれて騒いでいた。仕方なく自分が抱いてやると、頭の後ろがかゆいという。指先でかいてやったらにこにこ笑っていた。養母が腰を曲げて、大きな声で何か話している。人中での大声は困るので、それを制しているときに目が覚めた。

夢に見る我が子のこの頃思われてたより待ちたり一月もたてば

写真持ち行けという妻の言しりぞけし吾のしぐさの今悔いて見ぬ

不自由ならむ妻のことども思われて九十円の金皆送りたり

少年の面影去らぬ兵のあり部室の隅にて小包を解く

八月二十五日

八時から中隊長の精神訓話があった。内容は、礼儀についてであった。礼は尊敬であり、儀は吾が分を尽くすというにある。そして礼儀は軍紀の根幹をなすものである。軍紀は服従により成立し、服従は母不敬であるという。

一木一草を敬う心やすべての物を愛する心を持つということだ。この母不敬の心が己に果たしてありやと思うとき、その至らざるを思うのだ。

一本の鉛筆、小さな紙片といえども、誰かこれに心を尽くしたる者ありや。この心の湧きてこそ礼儀の生じてくる所以《ゆえん》である、と。

われわれは今、戦に臨みつつある。故郷を遠く離れて、懐かしい父母や最愛の妻子を残している。今、中隊長を中心として起居を共にしているが、やがて来る戦場では一命を捨てて働かねばならない。自分の死に水を誰が取ってくれるのか。戦友の骨を自分が拾うのか。また中隊長の死を、あるいは部下の死を同様にお互いでやらねばならないわれわれである。げにお互いの状態は親子のごとく、兄弟のごとく、妻子のごとく、否、これに優る役割を果たさねばならない境遇にある。いかで相共に固く結ばざるを得んや、である。

親の恩は、親が死んでからでないと分からないという。自分が子を持っているとしても、親の恩は分からないということだ。それが本当かもしれない。なぜならば自分があまりに不孝者だからだ。この頃の自分を考えてみると勝手気ままな、不平不満の多い日常ではないだろうか。反抗的で不満げな素振りの、排他的な自分ではないだろうか。

これではいけない。邪念を捨てて、もっと素直に生きねばならない。一個の人間として、大局の前には小我を捨てなくてはならない。そして最悪の場合にも、それを恥じない日本人として。

八月二十九日

今日も朝から教練だった。雨上がりの昨日より暑さが幾分おだやかで、野面を吹き抜ける風がそよそよと頬をなで、いかにも自然の良さがしのばれる。

空に浮く白い雲は横にたなびいて、ときおり軽爆撃機や戦闘機が、騒がしく頭上の雲を縫い、そして草原を滑走する。そのたびに教官の話し声が、かき消されてしまう。

いくぶん湿気を帯びているこの草原の上を踏み、蹴り、走り、駆け、転びながら演習する兵たちの姿の中に、何か不足と満ち足りない表情がある。そしてそれを眺めているだけの自分があった。ここに教練を受ける兵たちも自分も、ただ教官の号令に型のごとく動き、停まるだけの受け身の立場だ。

汗ばむ肌と大きく肩でする呼吸、そして自分たちの足元の草根に広がる土の、なんと黒く冷たいことか。ああ、自分たちは今、満州の大地で戦いに備えて激しい訓練の時を過ごしているのだ。兵たちは皆、真面目過ぎるほど真面目に動作する。そして各自は思うであろう。戦場にはいつ行くのだろうか、いつまでこんなことが続くのであろうかと。なるほど、今は待機の時である。だが、先の見えない毎日に、ただ腕ぶしているだけでは何か足りないものがあるように思われる。

夜になれば、昨日と同じように大きな三日月が西の空に落ちていく。その三日月の何と黄色く大きいことか。

寝室になっている屋内体操場の、だだっ広い空間には、一個中隊の二百人近い兵隊が、芋虫のように毛布にくるまって乱雑に寝ている。この姿を何と形容すればよいのだろう。避難民が狭い地下室へもぐり込んだような窮屈な姿である。その中の一人、自分も、毛布にくるまって本を読む。

満州の月は本当に大きい。

九月七日

約二十日間にわたる滞留生活、いや待機訓練が続いている。毎日同じ演習と学科を繰り返していると、単調で、うっとうしく感じる。そのため日曜の外出はすでに四回も実施された。皆もこの環境にそろそろ慣れてきた。

昨夕は自分の配下の兵長が一人、帰営時間の夕食時限にやっと帰ってきた。週番下士官が心配して何回も自分のところに来た。

確かこの兵長は、先週の日曜も同じように遅刻寸前に帰隊していた。これではいけない。軍隊の規律を破る者は、懲《こ》らしめねばならない。点呼の後で強く叱った。仕方がない。叱られるのは不快であろう。だが、叱るのも同じである。団結のためには当然の処置だった。そして心で思う、かわいそうだと。しかし、顔にはその色を出すまいとする自分だった。

兵長よ、いつか分かってくれる日もあるだろう。軍紀を維持するためには、仕方のないことなのだ。あえて心の中で言う。許してくれと。

叱《しか》る身のつらさかくして叱れどもなぜかさびしき風の背を吹く

九月九日

馬車《マーチョ》行く蹄《ひずめ》の音の淋しかり客急ぐらし夕暮れの街

兵達の姿の消えし兵舎影背中合わせて手紙見る兵二人

牛の群れの地平線はるかとどまりて満州の日の今暮れんとす

白い馬の草原すぎて急ぎゆく背上の黒きは小さき子供か

歌を書く紙片に塵の飛び来たり動かぬままに何処へも行かず

折角に送り来たりしうつし絵の襟《えり》そろはずと妻のそへがき

遊びゆきし子の帰り来て手紙かく母のインクをこぼせる跡あり

九月十四日

昨日は同僚と外出した。

教習隊の舎営の場所から町へ出るには、歩いて一時間はたっぷりかかる。涼しいはずの初秋でも、歩き続けると汗ばんでくる。直射する日光が強く顔を照らしてくる。そこで教習隊のトラックに便乗して、町の入り口まで運んでもらった。町を歩くにも汗が出るので、すぐに馬車に乗った。同僚も自分も、だいぶ太っている方である。二人が並んで腰掛けると狭くて、腰の水筒が邪魔で仕方がない。今日はあまり金を使わないようにしようと道々話をした。そこで中国式の風呂にでも入って英気を養おうと、三笠町の方に馬車を急がせた。

長春《ちょうしゅん》浴地という、大きな西洋風の建物の前まで来て、思わずがっかりした。なぜならば「湯」という看板が玄関にあったので、内地人の経営だと判断したからだ。しかしせっかくここまで来たのだからと、二人で中に入っていった。

玄関をくぐって中に入ると、大きな幅の広い階段があって、中国人が二人、服務台のところに腰掛けていた。そしてわれわれのすぐ後ろに立っていた白い中国服のボーイが、手真似で階段を上れと合図した。言葉は通じないのだが、素振りでだいたいのことは分かる。階段を上がってすぐ左手には、金色の太い浮き彫りの「雅室《ヤーシー》」という文字が輝いていた。

二階に上がって案内人の呼ぶ方へと行くと、途中の部屋に縫い模様のカーテンの垂れた寝台があるのが見えた。そのそばには、赤い服を着た、若い満族姿の女性の後ろ姿が見えるではないか。

「おや、ここは変な場所に来たのではなかろうか」

そう思いながらずんずん行くと、若いボーイが手招きした。案内された部屋の湯船には湯がジャンジャン溢れ出していて、少しもったいないくらいだ。

自分たちは別々の湯船に身を沈めて、ようやくくつろぐことができた。こんな場所を見つけた好奇心には満足したし、ゆっくりと湯につかれる楽しさを感じながら、仰向いて湯船のへりに頭をのせた。

この浴室の南側には縦四尺、横六尺位の大窓が仕切られていた。そのガラス戸越しに光る雲を眺める気分は、なかなかのものであった。初秋の空が額縁の中の絵のように見えて、その明るい光は目に痛いほどだった。そして、とりとめのない話を繰り返しながら時々顔を見合わせて笑ったりした。

何事もなすことなくて日曜の今日一日も無為に過せり

手紙書けど直ぐにあきたり投げ出して葉書を二つに裂きて棄てたり

五時なれば夕食の為兵達は飯盒《はんごう》の音騒がしく立てつ

九月十七日

昨日、友人より手紙が来た。

「奥さんには何と手紙を書いた。子供のことを思うだろう」

そういう内容だった。全くそうである。軍人であるからとて、人間である以上そうしたことを思うのは当然のことである。修養の足りない自分を自覚してはいるものの、夢に苦しみ夢に煩悩を繰り返す。一身を国に捧げて征途にある身でありながら、こんなことでは自分が恥ずかしくなる。これではいけない。

「死生を貫くものは崇高なる献身奉公の精神なり。生死を超越し、一意任務の完遂《かんすい》に邁進《まいしん》すべし。心身一切の力を尽くし、従容として悠久の大儀に生くることを喜びとすべし」

この道をとらねばならない。

風ありて砂とぶ秋となりにけり満州の野へ友からの便り来る

九月十八日

妙に背中が寒いので目が覚めた。毛布がずれて、背中に風が当たっていたのだ。

自動車のエンジンの音が近くで響いている。ハッとして頭を上げて耳を澄ました。音はすぐ近くの車庫の方から聞こえてくる。「ははあ、あるな」と独り合点した。非常呼集が近くあるらしいと昨夜聞いていた。通常なら、この時刻に起きているのは不寝番が一人だけだ。時計を見ると三時三十分だったが、早速靴下を履いて軍袴《はかま》をつけて、毛布の中にもぐり込んだ。それから静かに目をつむって、やがて来るはずの呼集の命令を待つことにした。しばらくまどろんでいると、果たして皆を呼び起こす声があった。

「起床！」

日直の下士官が大声で怒鳴った。

立ち上がって軍袴《はかま》をつける者、毛布を撥《は》ね除ける者、上衣に腕を通す者がごった返して騒ぐ。宿舎は一瞬にして騒乱の巷《ちまた》と化した。

「警察務に服する軍装で舎前に整列」

続いて号令する日直下士官の声を聞きながら、あわてず悠々と、そして動作はできるだけ素早く着替える。すべてが競争である。自分が一番に準備して舎前に飛び出した。まだ誰も出てきていない。

舎前に整列すると外はまだ暗くて、中隊長の手にある懐中電灯が、白く集合地点にチカチカ線を引いていた。二百人の隊員が隊列を組み、中隊長の前進の合図に砂利の道を踏んでいく。靴の音がとても大きくて、ザクザク、ザアザアと聞こえる。皆は無言のまま暗闇の道に身を引き締めながら進んだ。誰もいない広い道を、黒くひと塊《かたまり》になって新京の中心を目指して黙々と進む。

足元を見ると、うす白い舗道が、そこだけ動いているようにさえ思われた。われわれが走っているのか、道が動いているのか分からないような、変な錯覚にとらわれる。すぐ前を行く中尉の姿も、縦よりも横の幅が広く見える。股のあたりがだだっ広くて、何だか布作りの人形が宙に浮いて、上体だけが上下に動いているようだ。こうして中隊は興安《こうあん》広場まで駆け足で走り通した。それなのに大して疲れも感じない。

興安広場に着くと、高い街灯から青い光が地面を照らしていた。その下を通る兵の姿は浮いては消え、消えては浮かんでくるように見える。広場を通って再び舗道に出ると、道路の正面に、誰かがかがり火をたいていた。近づくとそれは在郷軍人の一団で、九月十八日、柳条湖《りゅうじょうこ》事件を記念しての行事らしかった。

橋を越えて町に入っていく。そして敷石の舗道から、アスファルトの道を通り抜けて、忠霊塔の後ろへ出た。その途中で見るともなく空を仰ぐと、北斗七星が柄杓《ひしゃく》の柄《え》の方を地平線の近くまで下げていた。一昨年は同僚と二人で点呼後に営庭で、北斗七星の反対側にあるというM字星座を探したが見つからなかった。それが今は明瞭に見える。しかも早朝の明るい銀河の中で光っている。

玉砂利を踏んで、隊は忠霊塔の正面に進む。

「砂を踏むな」

小隊長が注意した。

かがり火が燃えている赤い火かごから、パアッと火の粉が地上に落ちた。夜の闇の中で一瞬のきらめきが妖しく、花のように美しい。

「気を付け」

号令で一同は粛然《しゅくぜん》と襟《えり》を正す。

「抜け刀《とう》」

中隊長の号令で、兵たちは一斉に刀を抜いた。一閃する剣先がキラリと眼を射た。

「捧《ささ》げ刀」

次には中隊全員、二百の刀尖が揃った。

捧げ刀の号令とともに振り仰ぐ忠霊塔には、幾多の英霊が宿っている。これを仰ぐものの心は、一瞬にしてその英霊の魂に通ずる何かを感じてしまう。肉体を去った英霊が今静かにわれわれを見下ろしている。中隊の皆の呼吸も止まって、四辺は寂《じゃく》として声もない。

「肩へ刀」

ここで初めて目の前のかがり火の下で番をしている警官と、憲兵の姿が目についた。そして隊列を解き、中隊長を中心にコの字型に集合した。今回は満州事変の話であった。

昭和六年九月十八日夜十時。柳条湖鉄道爆破から始まって多門師団の戦いがあり、その時戦死した英霊二千余が今この忠霊塔の下に眠るという。

淡い電灯の下で紙片を手にする中隊長の細面の顔を、皆は一心に見つめている。そして皆同じ心で当時のことを追想して先輩の功績を称え、労苦に同情していたであろう。

「この忠霊塔はー」

力のこもった中隊長の声を聞くと、誰もが右そばにある塔を振り仰ぐ。大きく白く、「忠霊塔」の文字が無言でわれらを見下ろしている。君たちも日本のために、東亜のために礎石になれと諭《さと》しているようだ。そして、散れという。軍人の華《はな》として。

未だ寒し夜空に浮かぶ建物にここ満州の秋深深し

初霜に橋は濡《ぬ》れいて馬車の跡細々長く淋しくつづけり

九月二十二日

人間がよりよく生きていくためには、何かそこに目的がなくてはならない。ただ食べるだけで無為に過ごすことは、人間本来の進取の気性を欠如させて、人生の潤いを皆無にする。まるで味のない干からびた木の葉を、噛《か》むがごとしである。

この頃のわれわれの生活がそれである。各人の心の持ち方が悪いと言ってしまえばそれまでであるが、共通した人間の心理を否定するわけにはいくまい。近頃の隊内では、あまりに愚痴が多く、不平がある。これを軍律で片付けてしまうとか、強力な権限で威圧してしまうだけでは解決にならない。

朝起きて大きなあくびをして、夢遊病者のような格好で外に出る。眠気の覚めない顔で点呼を受け、長い列から抜けて顔を洗う。するとすぐに飯だ。飯盒《はんごう》の奥をフォークでつつきながら、食べる前から満腹の胃へ押しやる。そして、いつもの日課が始まる。まるで屠所《としょ》の羊か、あるいは鈍牛の歩みにも似た、引きずられるような積極性のないわれらの行動だ。鞭《むち》で動くような、傭兵にも似たるかなといった有様である。

一旦緩急あれば、義勇公に奉ずるの精神は持っている。しかし目的もなく、日々の行事も曖昧であれば、精気を失うのも当然である。時に当たっては鬼神をも拉《ひさ》ぐ兵も、平穏無事、のんべんだらりの生活では、全く気の抜けたものになる。小人閑居すれば不善をなす、のたとえで、ともすれば脱線しがちの毎日である。

人むれのいきれのあつく夕ぐれに吾らの住めるただせまき部屋

群はなれ一人物思に沈みつつ壁を見つめる兵もありたり

夜空低く赤い尾灯の飛行機ゆく臨戦態勢の吾国おもう

草葉揺るる風の音なきこの野面《のづら》立枯れし葉のひからびて細し

不幸をも愚痴もこぼさぬ兵達のただ忍従に終始する日日

九月二十三日　病床にある戦友を想う

仰向きて手紙書きしと友のいういじらしきかな目をつむりて想う

なぐさめの言葉を如何《いか》に伝えなむ葉書二枚を膝に乗せみて

同僚といさかいする

呶鳴りつついさかいしつつ外を見ぬ見解の相違か言過ぎの為か

征途なる晴れの装いあわれなり吾修養の足らざる故か

小説「女事務員」を読む

淋しさに花を千切りて捨てしてふ小説読めば少年の日憶う

九月二十四日

雲低う空に垂れ込め秋深し重く濡れたる庭の草かな

話し合う兵等の声のかまびすし飯のあとなり理由なく群れて

九月二十五日

妻からの手紙来る。

「二十一日付のお便り今日二十七日受け取りました。船から大阪からと度々いただきましたけれど、住所が決まらずこちらよりお便りすることができませんでした。でも今度は住所がはっきりしましたのでお便りいたします。（中略）

また御姉様よりお便りをもらひました。大阪まで行かれ、貴方に面会できず本当に残念がっていられました。電話では十分な話もできなかったとのこと、私、お便りを見ましてさえ残念でなりませんでしたわ。これもお国の為だと思って、諦めて帰りましたとのことでした。

御姉様にもお便りしました。また、儀兄さんから八幡様に祈願をして頂かれたお守り様を送っていただきました。貴方の住所が不明なので私から送るようにとのことでしたので、手紙と一緒ではお粗末になりますので別便にて送ります。

内地のお母様も元気になられもしたそうです。

今日は之《これ》で失礼をします。子供は傍ですやすやとねんねをしています。　さようなら

八月二十七日夜　　正子

武様　」

九月二十五日

雨降りて外出止めし朝なりき妻へたよりす航空便にて

妻の手紙を読みて

裁縫の手を押しとどめ止めという吾子の仕草のわびしくあるか

予防接種あり

蝿多く追うに繁しき休みの日昨日コレラの予防接種せり

二度と故郷には帰らぬと誓う弟の手紙を見ると、つい目頭が熱くなる。お互いに別れてから七年もたっているのだ。自分が憲兵になる前の故郷でのことだった。休暇で帰ってきた弟と二人で、村の小川で魚釣りをしていた。川の水がまだ冷たい四月の浅春の頃で、糸魚が群れて柳の芽がようやく膨らみかけていた。そのとき、二人のところへ家から使いが来た。

「写真屋が来た」

そう言われて二人は竹ざおを上げて家に帰り、別れの記念写真を撮った。自分は新しく父から買ってもらった白っぽい合いの背広を着て、庭のしだれ梅の根元に立った。弟はセーラー服のズボンのしわを気にしていた。何回も直しながら自分と並んだことをよく覚えている。そして写真を撮った後に、弟は自分より早く家を発った。あれからもう七年の星霜が流れているわけだ。

今年の春、休暇で妻とともに故郷へ帰って、弟と妹の共同のアルバムをのぞいたことがある。その中に、自分が咸興の本宮飛行場の草原で、ワイシャツのままで写った横顔の写真があった。そのほかにも自分の写真が多く貼ってあった。ことに鉄カブトを被った新兵時代のものなどは、正子も一緒に見てとても笑ったものである。まるい頬っぺたに、鉄カブトの紐が食い込んでいたからであろう。このアルバムを見ていると、何かしら弟らしい気分が感じられたものである。

弟の癖のある、ペンに力を入れて書く手紙がいつも懐かしい。生還を期せずと誓う海の弟の感懐やいかに、である。同じ征途にあるこの頃の自分を思うと、弟の気持ちもいじらしい。幼い頃から弟は律義者で、反対にのん気な自分とは性格がずいぶん異なっていた。本はいつもきちんと本箱に並べて、持ち物は大切に保管整頓している弟だった。四つ違いの弟は、いつも自分について歩いていた。そして幼少の頃のあだ名は、家族の中では「テキ」といった。あまりにもテキパキとものをやるからである。誰にも遠慮せず、また他人の言葉も聞き入れて、与えられた自分の責務を果たす意地があった。

少年掌電信兵を志願した年少十六歳のとき、いよいよ出発するというので停車場まで見送りに行った。そのときは村の人が、弟ではなく自分が軍隊に行くのではないかと間違えたくらいだ。弟も紅顔の少年であったのだ。

あれからもう七年たっている。早いものだ。結婚するときにも自分に意見を聞いてきた。もちろん賛成したのだが、いつも陸《おか》を離れている海上生活者なので、われわれ陸の人間より考えさせられることも多かったかもしれない。ルーズだった自分などは、弟から便りが来るのをいいことにして、返事も出さずにいることが多かった。そうしたら、とうとう切手まで同封してきたこともあった。不精者の自分を怒って便りする弟の心情を、分かり過ぎるほど分かっているだけに、いつも悔やまれて、本当にかわいそうでならなかった。海上生活で荒ぶ心を慰めてやるべき兄の自分が、いつも反対に弟に先を越されていた。自分のように思うまま、ただ我がままに世の中を渡ろうとする人間であっても、肉親の弟はかわいいものである。そしていつも周囲に接する年少の後輩を見ていると、しばしば目頭を熱くすることがある。そこに弟の面影を感じるからである。

兄と弟の性格の似たところもあったが、五人兄弟の中で自分は姉と気が合った。特に自分は兄弟の中で、性質が一番悪いと今でも思っている。弟に会いたいという気はあるのだが、彼の帰省休暇のときにはどうしても帰ることのできない自分であった。遠いという理由はともかくとしても、いつも金のない我がままな生活を送っているからである。そのことが今でも悔やまれてならない。

だが、今は弟も自分も共に征途にある身だ。特に弟などは自分と違っていつ戦死するかもしれないだろう。そして自分も生身である以上どうなるか分からない。それゆえになおさら、互いにいつも変わらぬ肉親として会える日が来る楽しみを願っている。弟も結婚後わずか三カ月後の別れである。同情に余りあるものがある。

九月二十六日　転任の兵士を見送る

見送りて立てど真暗き庭先に顔判らねど再度サヨナラを云う

病気などせぬ様に又無理すなと見送る吾にふりかえり云う兵ら

又いつか逢うこともあると口に言えど去る人たちの淋し気なる顔

九月二十七日

移り住む陸軍官舎の定まらず妻の手紙に吾子を想う

新京駅にて

客車なる便所に入れば紙きれに朝鮮文字あり芝居のことなど

振鈴の珍しき汽車新京の駅見送りにつくづく見たり

手を振りしその立ち姿消えやらず汽車で送りし戦友のことども

十月二日　新京郊外の防疫作業につく

長き日と短き日との重なりて防疫検問七日もつづく

夕暮れて人影のただ長々と野面に引いて秋の風吹く

新しき手提げを下げて走り来る夕餉《ゆうげ》に近き酒保への女

（酒保＝兵営の中の売店）

妻からの送物来たる

妻の縫いし腹巻をしてしみじみと旅に出てある吾を省みぬ

野営の夜

鶏の骨を前歯で噛みながら天幕に暮らす風の吹く夜

狂うごとく風はテントを吹きまくり防げる炭の俵を倒せり

防疫検問所の前を通る人々

風に向い歩き困りつ女達の買い物の群れ今日も道行く

バスに乗るエアガールの颯爽《さっそう》と姿には似ず淋し気な顔

向日葵《ひまわり》のすがれたおれて降る雨にすぎ去りし日の夏を残しぬ

十月十日　従弟の大田君に会う

三中井《みなかい》の公衆電話で、メモした番号を呼び出した。

「満鉱ですか」

「そうです」

若い女性の声がした。

「〇〇番願います」

内線の番号を言って待っていると、受話器が上がった。

「モシモシ」

男のドラ声が聞こえる。

「大田君おりますか」

「ハア、大田ですが」

それが自分の会おうとしていた従弟の声だった。

「あ、僕、高根ですが」

「そうですか。で、今どこにいますか」

「三中井の四階、喫茶部の入り口です」

「では私の方からまいりましょう」

「ああ、待っています」

思ったより早く大田君が電話に出た。そしてその声は、年に似合わないようなドラ声だった。今日届いた葉書の筆跡から判断して、もっと若い声だと想像していたのだが違っていた。声変わりをして落ち着いた感じであった。

従弟の大田君に会うのは、これが二回目のはずだった。その前に会ったのは法事か何かのときで、互いに記憶も定かならぬ幼少の頃だった。つまり今回が初対面と同じようなものなのだ。

今回大田君と会うことができたのは、自分が満州へ来たからだ。急に肉親の在住していることを思い出して、内地の叔母さんに照会しておいた。それが運よく先日、本人が帰省したときに郷里の父に会ってくれたために伝わり、この機会が生まれたのだ。葉書には故郷の実兄から、何か菓子を頼まれたとあった。その菓子のことを芋子「イモゴ」と読み違えたのもお笑いだ。どんな品物だろうなどと憶測したけれど、よく文字を見ると菓子だった。

とにかくこの菓子と故郷の話を伝えてくれる大田君にもうすぐ会えるという嬉しさで胸がいっぱいだった。そして、このときはあまり持ち合わせがなかったので、階下の会計室までエレベーターで降りていった。前任地から持ってきた節約していた為替の三十九円があったのを、大田君と会う前のわずかの時間を利用してお金に換えようと思ったのだ。そして階上から降りてくる人たちを廊下の壁側に立って見ていた。大勢の人が通路に溢れていたが、大田君らしき人は見つからなかった。そこで、会計まで行ってこようと一歩動いたときだった。

一人でエレベーターに入りかけた若い二十三、四歳くらいの坊主頭の青年と目が合った。一瞬何かが自分の頭の中にひらめいて、この青年の面差しに郷里の叔母の面影を見た。それと同時に彼も何か感じたらしく、無言のまま二人は視線を合わせていた。そこに肉親同士の血のつながりを感じたのだ。一千万言を費やす他人の挨拶より、それに優る感情といったものが二人の間に流れ、通じたのである。

「大田君ですね」

「はい。高根さんでしょう」

「よかった。分からないかと心配していたんだよ」

「こちらこそ。でも、すぐに分かりました」

「すまないが、ちょっと待っていてくれないか」

「はい」

「会計まで行ってくるから」

こうして自分はすぐに康徳《こうとく》会館の会計室に行って、為替を下げて三中井の喫茶部に戻ってきた。

入り口で中をのぞくとホールには若い男女や軍人がいっぱいで、最初は大田君がどこにいるのか分かりづらかった。しかし四つ五つ向こうのテーブルに一人、若い青年がこちらを見ていたのですぐに分かった。もうテーブルの上には冷えてしまったコーヒーがあり、ランチ皿の白い色もよく目についた。

それから彼と語る言葉は内地の懐かしい言葉であり、話の内容は郷里のことばかりだった。戦死した大田君の兄のこと、自分の兄のこと、親族の消息、青島のこと、洪水のことなどなど。限りなく続く思い出話は尽きることがなかった。そして語る言葉の一つ一つに故郷の懐かしさが甦《よみがえ》り、心の中を熱くした。

「ああこれが俺の従弟か、肉親か」

嬉しさ懐かしさにしびれる思いが心中を駆け巡って、胸が熱くなるほどだった。

それから午後一時になって、二人は満州鉱発社に行った。その三階に大田君の働く部屋があった。大きくて高い天井の部屋に二人が入っていくと、そこで働く人たちの視線がすべてこちらに向いた。一礼して大田君の後を付いていき、課長の隣にある彼の机の前に立ってみた。そこには鉱石の分析表と計算機があった。彼は計算機の使用法などを教えてくれたが、自分には大して興味がわかなかった。

大体この部屋の空気は、何となく陰気くさい気がした。何よりも課長が部屋の入り口に背を向けているなんて奇妙である。仕事に熱中しているはずの人たちが、時々こちらを盗み見てヒソヒソやっている。何かしら不快な気分だ。お茶も出ず、会釈もなく、まるで敵地に入っている感じである。自分の軍服と長い軍刀が気に入らんのか。それとも襟で輝く金色の旭日章が気に入らんのか。

こうしたことが気にはなったが、なにはともあれ二人は部屋を出て、また会う日を約して別れた。

ところどころ故郷の言葉交じりいて顔を見合わせ笑ってみたり

十月十七日

せっかくの日曜日なのに、朝から西風が横に吹いていた。連絡がついたので、この日は大田君の下宿を訪ねることにした。バスを乗り換えて五色街に出る。風を背にして下宿を探し、方向が逆だったので後戻りしたりして、ようやく下宿先の南寮にたどり着いた。

部屋に入ってみると狭くて、とても寂しい感じがした。独身者の部屋はみんなこのようなのかもしれないと思った。さっき電話したときはアルバムの整理をしていたそうである。机の上には小さな写真がいっぱいだった。それらを見ながら互いに郷里の話や鉱石採取の話に花が咲いた。

時間は早く過ぎて、五時になってしまった。あたりは薄暗くなりかけて、外では朝からの西風が吹き続けていた。窓の外は空き地に草が生い繁っており、遠くまで見通せた。空き地に果興農部の四角な建物がポツンと一つ見えるばかりだ。

話していると、彼はまだ学生気分の抜けない無邪気さがあった。物事に対する一本気な見方に好感が持て、心から笑い出したいような気分だった。叔母に似た面長な顔に、大きな目と高い鼻。眉は濃くて長く伸びている。どこか叔父に似ているところもある。話しながらアルバムをめくっていると、従兄の写真もあった。こんなに大きく青年らしい姿を見るのも初めてだが、戦死しているのだから言うべき言葉もない。これも日本のためか。

自分は帰ろうとして、西風の吹いている雨の降る中にマントをかぶって出た。振り返ると、大田君はまだ寮の入り口に立って見送ってくれていた。

雨でぬれたアスファルトの黒い道を、青いバスがゆっくりと走っていた。赤い印の停留所に停まっているバスに飛び込んで外を見ると、今降りていった町帰りの女性たちが美しい和服を雨にぬらして歩いていた。寒い北風と雨を防ごうとするとき髪を覆う着物の袖口の赤がはためいて、女性の顔色がやけに白くて不安気だった。
バスが走っても、この日の冷たい雨と風は止まなかった。

妻より小包が届く

ざわめきし休みの夜の部屋の中今日かんなめの祭りにあれば

待ちまちし小包着きし嬉しさに縄目も解かずただに手にとる

十月二十二日

俸給をもらいてたたむ紙幣の色に留守宅護る妻をぞ想う

我が隊の中尉のこと

たより来ず二日寝ずともらしあり酒にほろ酔い妻恋うるひと

兄からの手紙着く

二回目の召集受けて発つというみじかき兄の走り書きかな

十月二十五日　姉からの手紙届く

夫逝きてまたその養父は手術すと短き文の姉からの便り来

いそぎ来る冬の寒さに追われつつ兵等は寄りて目張りを始む

物高く子守りを頼む金なしと二人目を生む郷里の妻は

この日電話して大田君と会った。彼は写真機を持っていくからと言うので、自分の方も持って町へ出た。三中井の入り口には、約束の時間どおり着くことができた。

「高根さあん」

右手の入り口で呼ぶ声がした。大田君だった。

「おお、早いね」

この町で、あと何度会えるかしれない従弟だった。まず昼食をとろうということになって、大同大街《ダートンダージエ》を停車場の方に向かった。そして康徳会館の南の地下室に「味覚」という看板のある店の階段を下りていった。店は思ったより大きかったが、人が多くて非常に混雑していた。だが自分のような軍服の者は一人もいなかった。

座った席は円い腰掛けで、下の方で太い角材を十文字に組み合わせているやつだ。テーブルの幅は約四十センチで、その向こうに針金で作った三十センチくらいの幅の天ぷらをのせる金網がある。さらにその向こうでは白いエプロンの日本人の調理師が、忙しそうに天ぷらを揚げていた。

タレに大根おろしを添えた食器が運ばれて、ドンブリも来た。そして揚げたてのエビの天ぷらも網の上にのった。このエビ天の、赤い尾びれの見えるやつを、タレにくぐらせて飯の上にのせる。飯はちょっと赤い米がまだらに見える。

昼食を済ませて後は吉野町を通って日本橋に出て、ロシア人経営の店に入った。ここでは木箱を二つ買って、飴《あめ》をいっぱい詰めてもらった。そして店内でコーヒーを飲んだ。かわいらしいというより、赤い髪の毛が妙に目につくロシア人の娘たちが、四、五人で忙しく立ち働いていた。

ここを出て再び馬車を探し、今度はダイヤ街に急いだ。新京の真ん中で従弟と二人で肩を並べて馬車に乗っていくのは、肉親の感情が温かく伝わってきて、実に楽しい時間を持てたものだ。太陽ホテルに寄って用事を済ませて外に出た頃には、すでに日は地平線近くに傾いていた。それから活動写真を見ようとしたが、お互いに写真機を持ちながら何も撮っていないことに気がついた。そして活動写真館を背景にしようとして馬車から降りたが、もう秋の陽は弱々しく斜めに射すばかりだった。

それから興行銀行の地下食堂に入った頃には、もう夜になっていた。ここで夕食を済ませた後、帰る道々で、次にはもう会えないかもしれないなどと話したりした。

そしてとうとう、大田君は電車の軌道を越えて、道の向こうに見えなくなった。

二人はもう再び会えないかもしれない。戦争という大きな渦に巻かれて、一体みんなどこへ連れていかれるかと思う。現在の日本人が背負わされた、共通の宿命なのであろうか。

そしてこれが、生別と死別を兼ねたお互いの運命であるとさえ思われた。

十月二十九日

読み返す妻の便りにまた笑う吾子の仕種のくわしくあれば

故郷の柿　故郷の栗と一掴み廻り廻しぬ兵等の顔々

ペーチカに集い両掌《りょうて》を重ねつつ採炭量の今年も少なきと

十一月三日

営庭に万歳の声どよめきて菊の佳節を寿《ことほ》げり兵等

風走る赤土の庭砂流る満州の冬ひしひしと迫る

十一月五日

馬くさき我手此頃乗馬つづく毎日なれば致し方なきか

ジャンケンでサイダー分ける此頃の子供の如く吾も騒げり

十一月六日

何処へか流れ行くらむ旅人の明日知れぬ身の冬の冷たし

鹿島立ちそのありさまのふりかえる記録読みつつふるさと想う
（鹿島立ち＝武人が遠い旅に出るときのこと）

十一月七日

友人宅を訪問する。ない金を思い切ってはたき、友人の子供のために高価な玩具《がんぐ》を買った。木製の汽車である。

ようやく友人宅を訪ねあてて、玄関に立ってガラス戸を押したが開かなかった。ちょっと右へ回って中をのぞくと、満人が家の向こう側で薪を割っていた。手真似で片手を左右に振ると、何か満人が気づいたのだろう。何やら音がして中から戸を開ける気配がした。一歩後にさがって様子を見ていると、すぐに戸が開いた。

何となく所帯じみた女性が、比較的大きい目をしばたたかせて土間に立っていた。

「ご主人はご在宅ですか」

もちろん、この様子からしていないことは分かるのだが、それでも仕方なく紋切り型の挨拶をした。

「今朝出たきり、まだ帰って来ません」

そう、ぶっきら棒の返事が返ってきた。

「さあどうぞ」どころか、むしろ怪訝《けげん》な顔をして、形式的な愛想もない。どうしたことだろう。友人は奥さんに、自分の来訪のことを話してないのかなと思った。こんなんだったら土産物なんか買うのじゃなかったと思ったりした。

せっかく持ってきた土産物を型どおり置くと、その返事も聞かずにすぐその家を出た。もらっても大してありがたくもなさそうな顔をして、どこか陰気くさい感じのする人だった。友人も案外つまらん女をもらったものだと思った。

帰りの道では洋車を拾って、御者を怒鳴《どな》りながら先を急がせた。そして思った。男同士の友愛も妻には及んでいない、と。ようやく何年ぶりかで会った旧友の、知りたくもない生活の裏面を覗き見したような気になって嫌な気がした。そういえば彼の満州での生活の荒《すさ》み方が、先日の会合で何か思い当たるような気がしてならなかった。

向かい風が強く吹いて、道いっぱいに砂が飛んでくる。

妻より手紙来る

据え置きの貯金少しづつ致すてふ妻の手紙にいじらしくなりぬ

吾子をばほめば叱られんと言いつつも利口になりしと妻の便り来

十一月八日

ものを言う吾子と遊びし夢見たり家を旅立ち九十日余る今朝

この川は汚き川とゆびさしつ顔洗ふのをためらふ夢かな

十一月十日

大田君が出張から帰った、という手紙をもらい下宿を訪ねた。急いで行ったのだが会えなかった。

汗ばみて道を急ぎぬ秋の日の新京の町人通り多し

十一月十四日

東雲に雁列あると従弟いふ南の国に働き居つつ

南海の警備を終わり舞鶴に弟は還れりすこやかなまま

戦友の慰問品をば囲みつつ笑ひざわめきよろこび消えず

風船も犬の玩具も転び出て子供にかえりさわぐ兵達

十一月十五日

口ぶりに物まね大きく声あげて査問終りぬ朗らかなる部屋

十一月十六日

夢よ夢吾子と共に打ちつれてリンゴ畑をかけぬけし夢

子を産めと母にせがみて幼な子は袖にすがると手紙の届けり

移動の気配あり

移動すてふこのごろの隊ざわめきて使役兵等の立ちさわぐこえ

チチハルにまた承徳に出てたりし戦友もどる準備にいそがし

三章　戦の庭へ

1　分蜂

十二月八日、開戦の日はすぐそこまで迫ってきていた。この頃の市田さんはどうしていただろうか。残念なことに市田さんは、高根隊長のように歌とか日記を書くような人ではなかった。しかし憲兵曹長の仕事をやりとげた人であったから、報告書を書くことは慣れていただろう。いつか息子から聞いたところでは、手紙は他の軍人と同様にたくさん書いたそうではある。

温泉宿で聞いた、市田さんの言葉の断片を探すことにする。

記憶の中から取り出した市田さんの話の中で、当時の満州の風物に言い及んだものはリンゴの木のことだった。

「あっちの方では冬がひどう寒うてのう、リンゴの木をそっくり土に埋めようたな」

「ほう、土の中に」

「うん、リンゴの畑でな、枝を低うして土をかけておった」

その話を聞いて築山は、見たこともない満州の風景を想像した。冷たい風の吹きぬける大平原のリンゴの木が、冬の土の中でじっと寒さに耐えているものかと思った。それはまるで秦の始皇帝の兵馬《へいば》俑《よう》が地下で眠っているかのようなイメージだった。だが、築山の知る限りではリンゴの木というもの、かなりの大木になるのではなかったか。そこに新鮮な驚きとともに、一抹の疑惑が残った。築山の心中を知ってか知らずか市田さんは、さらに言葉を継いだ。

「リンゴの木はな、剪定をして低う仕立てておったから埋めることもできた」

そうだった。市田さんは農学校を卒業して、農業について終生興味を失わない人だった。よく聞かなくては分からないことも多かった。リンゴ園がどのあたりにあって、どんな様子だったかは想像するしかなかった。けれど、大地も凍る冬の中国東北地方で、土の下にひっそりと冬を過ごすリンゴの木を想像するのは楽しかった。土の中に埋もれたリンゴ園のイメージは、その後も築山の心の中に浮かんでくることがあったが、それ以上に市田さんの心の中では、生き続けていたに違いない。

とにかく市田さんは農業に夢を持っていた人だったので、蜜蜂のことなども話してくれた。

「養蜂で一番気を付けんといけんのは、分蜂のことだな」

「ブンポー」

「春の花が多い時期に、蜜も花粉もいっぱい貯めこんで起きるもんだ。新しい女王蜂をローヤルゼリーで育ててから起きる。ローヤルゼリーのことは知っとろう」

「はあ」

「群れから別れて行く働き蜂が、蜜を腹いっぱい吸うてからな、古い女王と一緒に他の場所へ飛んで行く」

「そうですね」

「これがある前の蜂の群れというのは、分蜂熱が起きたというのよ。よほどのことがないと、これは止まらん」

市田さんの語る分蜂熱の話は、興味深いものだった。春になって花が多く咲く時期、蜜蜂は群れの働き蜂の数が増えて蜜も大量に蓄える。すると、必然的に群れが分かれようとするのだ。数千万年前から、蜜蜂の群れはこうして数を増やしてきた。一つの群れの中で生きてゆくことのできる蜂の数には限度があるということだ。このとき、新しい女王蜂が多くの働き蜂を引き連れて、新しい場所へと移って行く。こうした、新天地に向かおうとするエモーションは、一度生まれてしまうと、途中で止めることは非常に困難なものである。そうして古い蜜蜂たちが立ち去った後に、新しい働き蜂と女王蜂によって再び群れは大きくなってゆくのだ。

こうした話を市田さんから聞くとき、築山にはある一つの思いがわいてくる気がした。そのとき、わざわざ市田さんが分蜂熱の話をしたのには理由があるように思われたのだ。すなわち、昭和初期の日本の国のことを、蜜蜂の群れに例えて、何事かを言い表そうとしていたように感じたのだ。市田さんは無意識だったかもしれないが、とにかく築山にはそう感じられた。そして、分蜂熱は大変なことをしなければ、とても収まりはしないと市田さんは語った。蜜蜂の半数以上が死んで、蓄えた蜂蜜の大半を失うような大事件が起きない限り、収まらない熱病なのだと言った。

昭和十六年の日本がそのような熱病の中にあったと、そんな漠然とした印象を築山は持った。個人が一人一人でいかように思おうとも、世の中全体を覆う熱は去り難かったのであろう。築山はさらに、高根隊長の歌日誌を読んだときにもそう感じた。

市田さんからは、満州時代の話をもう一つ聞いた。

「満州はとにかく寒い所でな。学校のグラウンドに水でもまいておけば氷が張ってスケートができるようになる。あのときにはグラウンドの端に土を盛って準備した。水もまいた。もうすぐスケートができると喜んでいたが、急に移動になったたな。スケートができんかったのは心残りだったがな」

そのときの話は、スケートができなかったことへの心残りがあった、ということだけだったのだろうか。果たして、市田さんの言葉のその先には、何があったのだろうか。高根隊長のように、お国のために死ぬ覚悟を固めるなどという、格好いいことなど似合わない人だった。いや、心の中でそう思ってはいても、口には出さない人だった。自分は憲兵であるというプライドは持っていたにしろ、ただ運命の流れに身を任せるしか仕方のない状況ではあったろう。

十一月十八日

珍しく小雨そぼふる小庭にはましろき雪のちらつき交じる

消灯のラッパのあとにラジオきこゆ内地のニュース人声もなし

ひきしまる臨戦態勢の議会なりニュースに皆は耳をそばたつ

妻へ今日も手紙出したり次の子の産むその力僅かに添えむと

つとめ終えチチハルから来る戦友の黒き顔見てなぜか淋しき

いろいろに苦しきことの多かりしと帰りし戦友のつきざる話

又今宵慰問の乾魚焼きながら戦友の故郷のすなどりをきく

十一月十九日

今日ならむ妻の子を産む予定日は朝焼けのして満州の空

ロシア語の講座聞くこと嫌う日は咽喉の痛かり部屋の乾きて

十一月二十日

硝子戸の凍りて波の打てる如く今朝の零度を十数度降る

この宵もめざめ眠れずコツコツと不寝番行く靴の音して

ラジオきこゆひっそりとして兵達は眼をとざしま、居眠りもせず

アメリカと和、戦を決める夜なりきラジオニュースへ耳をそば立つ

十一月二十一日

白壁に苦力《クーリー》しゃがみて煙草の火レンズかざしてひとときも動かず

妻のため今日長々と手紙かく世話になりにし人々の家へ

北風の吹くたそがれに子供等は兵隊さんと近寄りさわぐ

満映をたずねる

映写より尚怪奇ありこの部屋に無尽蔵に立つセットのいろいろ

笑ひつつ満州の女優素振りするスタジオの中只光りあり

どこまでも暗き部屋かな足音の奇妙にひびくスタジオの中

十一月二十五日

珍しく故郷に帰りし夢見たり美しき川太りたる香魚など

汽車の窓澄む川底をのぞき見て香魚に喜ぶ弟のことなど

うなされて起床の声をきいたごと夢の境に目覚めていたり

風邪引けば物淋しさや又しても寝台の上長々と伸ぶ

十一月二十七日

部隊また編成替の準備あり兵等のどよめきしばし止まざり

我が部下のせっかく慣れて又別かるいよいよ近く戦の迫れば

十一月二十八日　次女出生の手紙来る

生まれたる子は似てありと手紙来る床にある妻初めてのたより

オーバーを買えとせがむ子いじらしと留守居の妻の手紙の長し

大勢の人等と別る今日なりきなぜか淋しき指先も凍る

毛布にて荷物を包み打さわぐ兵等どよめく部屋替の今日

十一月二十九日

珍しく忙しき思いして見たり功績調書つくるひととき

移動すてふ此の頃の又うわさあり兵等の往き来さわがしくして

うらゝかな日は窓に寄り物思ふ高らかに笑う兵等をはなれて

十一月三十日

この朝は日曜なれど馬追いに兵等と出てうす暗き頃

今日も又馬を探して兵達は新京の街果てまで歩む

煙草なしと新京の分家の息子よりハルピンの果て長々と手紙来る

十二月一日

硝子戸の美しく又凍り初め吾子に汽車を描きしこと憶ふ

ラジオ鳴るその歌声は吾妻と共に唱いし軍歌にてありし

十二月二日

ペーチカの灰は真白にこぼれいて朝の掃除に兵達は急ぐ

今日も又逃げ馬探す兵達の空しく帰る淋しげなる顔

故郷の兵に逢ひたりなつかしく吾が部屋に呼び菓子を与へり

十二月三日

姉の養父逝くなりしなど葉書来る西風寒き満州の此処へ

満州の井戸は珍らし手をかけて写真写せと兵はせがめり

赤い土せい一杯に掘り返す満人の群綿入れを着て

十二月四日

満州は原っぱ広く詩趣湧かずと兵等は語る窓からのぞきて

童心に返りて巡視を受くる兵のキチンと立てる真面目なる顔

十二月五日

日米の交渉のニュースに歯を磨くその手を止めてしばしたゝずむ

急《いそが》しく廊下をかける兵達もニュースのあれば皆立亭まる

ラジオ体操部屋一杯に兵達の声も溢れて若さこぼるる

ねむりあき一人床をばぬけ出でて真白き月を仰ぎたゝずむ

十二月六日

兄程に太ると弟は謂いおると弟の妻の手紙にのせあり

十二月八日　　宣戦布告

なぜかしらうら淋しけれ上向けばくもの巣白し細く張りありて

珍しくぐっすりとねる昨夜なり起床の声のその直前まで

米国と宣戦布告のラジオきくあゝ我等起ち彼等をうたむ

声涙の共に降るはいまならむ首相の言葉　吾も涙す

十二月八日。この日こそ世界歴史上永遠に記念すべき秋《とき》である。東洋平和のために、世界平和のために日本は決然として起《た》ったのである。

この日われわれは、移動準備のために忙殺されていた。そして内務班はごった返していた。板を切って箱を作る者、縄をしごいて箱を作る者、そして釘を打つ者などが、狭い部屋に大勢押し合うようにうごめいていて、指揮する者の怒鳴る声がかすれるほどだった。

突然「ニュースだ！」という声がした。一瞬、それまでの騒然とした雰囲気が凍りついた。廊下にあるラジオのもとへ一斉に耳をかたむけ、顔を向けた。身体をこわばらせているわれわれの眼の前を、ただほこりだけが白く舞って煙のように流れていった。

「君が代」が流れてきたので、皆はその場に姿勢を正した。机のそばにいる者や、上着を脱いでいる者、狭い廊下や寝台の傍にいる者、荷物の間や二段ベッドの上から見下ろす者、つまりそこにいるすべての者たちが、身体全部を耳にしてラジオの方を注目した。皆、口には出さぬが心中で君が代を合唱している。そして、静かに君が代が終わった。

「ただ今より宣戦の大詔を奉読いたします。日本国民諸君、一人残らずお聞きください。

謹んで宣戦の詔勅《しょうちょく》を奉読いたします。『天佑ヲ保有シ万世一系ノ皇祚ヲ践メル大日本帝国天皇ハ昭ニ忠誠武勇ナル汝有衆ニ告グ』」

アナウンサーの声は厳粛《げんしゅく》に、しかも震えを帯びている。天井裏の出っ張った梁《はり》に吊るした拡声器の下に、坊主頭を並べた皆の姿がある。何と形容すればよい顔なのだろうか。極度に緊張した顔、顔、顔。まさに怒りを含んだ様相に同じだ。

兵たちの間に誰一人動くものもなく、しわぶき一つする者もない。全く水を打ったような静けさである。そして心の中では皆同様に日本の重大事に心を致し、緊張の上に緊張を重ねている。そうだ、とうとう来たのだ。戦うべき時が来たのだ。

死ぬのだ。死なねばならんのだ。米と英をやっつけるのは今だ。そして東洋平和のために、世界平和のために、戦わねばならない。

アナウンサーは謹んで奉読を終了した。ニュースが終わっても、誰一人動く者はない。そして誰もの顔が赤く、眼がキラキラ光っている。その瞳の奥には決死の炎が燃えている。武士として実に生きがいのあるときだ。男子として死に場所を得た、誠に有り難い極みと言わねばならない。きっと皆は泣いているに違いない。心の中で決死を誓っているに違いない。そして戦に勝たねばならない。

東洋平和のために、四年余りも苦しみに耐えてきた日本だ。米英から仕向けられた屈辱を忍んでここまできたのだ。日本は最後まで手段を尽くして、平和裏に解決せんとした。だがあまりにも一方的な、そして強圧的な要求を突き付けてきたのだ。忍べるだけ忍び耐えるだけ耐えてきた日本が、なんとしてもこれ以上は忍耐できなかったのだ。そして、ついに起《た》つべき秋《とき》が来たのだ。起ったのだ。そして米、英を相手に勝たねばならない。

皆は頭を垂れ、拳を握って真っ直ぐに立っている。兵たちは鼻をすすっている。泣いているのだ。先ほどの詔勅に、わが身の嬉しさに、泣きぬれている。日本の民草《たみぐさ》として生を受けた嬉しさだ。この重大事に直面するとき、誓って真のご奉公をなさねばならない。

日本は本当に立つか倒れるかの境である。鉄石のごとき団結と強固な意志をもって、米、英を粉砕せねばならないのである。

ああ、ついに戦うべき秋《とき》が来た。征路に旅立ちて百二十日。この日が来ることは予想していたが、今こそ行くべき新戦場が決まったのだ。

今さら何も思い残すことはない。死なば諸共《もろとも》だ。これから大君の御盾となって、矢面に立たなければならない。こうした決意を新たにしていたが、ふと気がつくと、兵たちはラジオを離れていた。先刻に続いて、板に釘打つ者や縄を巻く者で、騒然としている。元の喧騒に戻っているではないか。そして再び、新しい塵《ちり》が、ほこりが部屋に白く舞い上がった。

十二月九日

国の為死ぬべきときの来るとて常にかわらず弟へたよりす

いざやいざ戦の庭に打ちいでゝ民草としてつとめつくさむ

わずかなる命なりせど国の為捧げ得る身のうれしくもあるか

十二月十日

寒々と息は凍りて部屋ぬちに起床ラッパの冷たくひゞく

又しても軍艦マーチの鳴る部屋に兵等足踏み拳を振りぬ

歌を書く指先痛し向寒の師走に入る満州の地は

十二月十一日

英国の東洋艦隊全滅すあゝ海のつはものに合掌せむ

英軍と死闘つゞけるマライにて上陸敢行日本の兵あり

手の先にとげのさゝりて漸《よう》やくに抜きたる夢は何を意味せむ

十二月十二日

粉雪のちらつく朝ラジオにて独・伊は日本と起つと報ぜり

この朝は暖かにして窓枠は凍らざりせば兵等喜ぶ

差出しを止める日近し我が妻へ今朝長々と手紙書きたり

いよいよあと二日で、新京と別れなければならない。思えば懐かしいことが次々にわいてくる。短い間だったとはいえ、ひどく印象に残る町になってしまった。

夏の頃、大阪から宇品へ、宇品から大連へ、大連から新京へと移動してきた。あれから数えてちょうど四カ月に及ばんとしている。大阪では熱いためにあせもができて、船の中では蒸されどおしだった。大連に上陸して神明高等女学校に宿営したとき、プールに入ってあまりにも汚かったことが思い出されて、身体の中がぞくぞくする。

第二野戦憲兵隊の先発として、新京に着いたのは八月十八日未明だった。奉天のホームと異なり、いたって閑散な場所にある案外貧弱な駅で、ここが首都の玄関なのかと、むしろ悲観したくらいだった。このときは先発として来たために、後着する皆より早く町の様子を知っておく必要があった。朝の六時頃だったろうか、吉野町の書店の窓をたたいて、満人の小僧からようやく市内地図を買い求めたのだ。

そして、この五十万人の住民が住むどのあたりに居を構えるのかと、好奇心にかられながら関東憲兵隊司令部を訪問した。そこでは憲兵教習隊に行くことを知らされて、内心がっかりした。なぜなら、教習隊は町からずいぶん離れていて、とても不便な所だと聞いたからだ。司令部から教習隊に行く道々、新京の町の様子を興味深く眺めてみた。そこではすべて屋並みが大きくて道も思い切り広い上に、電車がないのがちょっと物足りなかった。また、道行く人の大半が日本人であるのに驚いたものである。

あんなに暑かった大阪と比べて、ずっと気温の低いことに気づいて、ここはもう秋が近いのだなと思わされたりした。そして、われわれは町中から離れた寂しい場所の教習隊に入って、いわゆる待機訓練を行ったのだ。本格的な営内生活の第一歩が始まったわけである。

新京に着いてすぐは、誰も町の様子を知らなかったので、中隊最初の公用外出の役が、自分のところへ回ってきた。小さなことだが、これが先発隊の特典かと思われて、張り切って出かけたことも思い出される。それからまだ暑い夏の間は、いろいろ必要な学科の授業を受けて待機訓練を行った。この期間の日曜、祭日はいつも外出した。

新京の町は広くて大きいし、何といっても内地人の割合が多い所だ。特に印象的だったのは、日本女性の服装が、一般的にはなはだしく華美であることだ。それが若い人よりも、相当な年齢にある女性たちに多いようだった。これが外地に住む人たちの華やかさだと思われた。日本人の態度はといえば、つかの間滞在しただけの自分たちの目で見てさえ、男も女も一般的に横柄である。満人に対する優越感から自己を過大評価して、いかにもわざとらしい、いやらしさが見てとれた。なにも、町を歩く普通の日本人が偉ぶることではあるまいと思った。

満州国は一つの国である。新京はその首都である。外国であるべきこの国の様子が日本とあまり変わりなくて、その受ける印象にしても異国情緒どころか、日本くささがあちこちに溢れている。特に料理屋とか飲食店などが、その最たるものである。ただし一歩旧城内に足を踏み入れてみると、こうした印象も変えなくてはならない。第一に満人の市場をのぞいたときにその感を強くする。本部の軍曹と二人で馬車に乗って、満人の人いきれのする町の中を、かき分けるようにして行ったことがある。そこには、目を奪われるほどたくさんの珍しい野菜類や食品類が、店頭に山積みされていた。そして、種々雑多な服装をした老若男女が奇声を上げて右往左往しており、「あ、、ここにカメラがあったらなあ」と思ったりした。

それから、馬車というものを、最初は目障りで仕方なく感じた。どうしてかというと、あれは満人が乗るときには似合うものであるが、日本人ではとても不自然に感じられるのだ。特に若い女性が、和服姿でごう然と肩をそびやかして人力車や馬車に乗っている様は、一種情けないような感情がわいてきさえする。正視することがはばかられるような妙な感じで、いかにもしっくりとしないものだ。けれどもこの感覚は、この町に居慣れてしまうと自然に薄れてしまって、むしろ当たり前のような気になってしまう。全く、自分は人間の慣れることの恐ろしさを知った。

ここで四カ月住み慣れてみると、馬車はなくてはならない人気者で重宝なものだと知った。夫婦者が子供を中にはさんでカパカパ馬車を走らせている様子など、何ともいえない幸福の時間の中にあるように感じられた。幼い広子をあの馬車に乗せてあげたなら、どんなに喜ぶだろうなどと思ったのも、一度や二度のことではなかった。だが、個人の命など、とうに投げ出している軍人の考えるべきことではない、という思いがあるのだ。自分は軍人として修養が足りないのであろうか。

人力車、つまり洋車というのは、どことなく気恥ずかしいところがあった。同じ人間同士で、一方では汗を流して一方ではふんぞり返って乗っているのだから。こんな立場はよほどのときでない限り、避けるべきだと思っている。馬車は馬が引き、洋車は人が引く。この点で自動車と馬車を比べても差はないように思うのだが、馬車と洋車の場合には大きな差があると思う。

ある雨の降る日に、洋車に乗ったことがある。軍服を着ている手前何だか恥ずかしくて変な、嫌な気分であった。車夫は雨の中を、薄い黄色の油紙で作った光る笠をかぶり、汚れた印半纏《しるしばんてん》で、人造人間のようにぎこちなく車を引いていた。何だか哀れっぽくてかわいそうで、坂道など降りて押してあげたいような気がしてきた。何かの本で見ると、この感じは日本人が満州に来て洋車に乗ると、誰でも感じることらしい。

自分はその後何回も洋車に乗ったが、いつもこの、かわいそうな気持ちを消し去ることはできなかった。坂道へさしかかるときなど、どうしても腰を上げたりするのだったが、これはかえって車を引く人の邪魔になるらしい。だが話によれば、こうして働いている車夫というものは相当に蓄財していて、かわいそうだと同情して乗っている客より、ぐんと金持ちだということだ。本当であれば、何だか世の中おかしなものだと思う。

何しろ新京は、自分たちをよく遊ばせてくれた町だった。住めば都というのはどこでも通用する話らしくて、すべてが懐かしく思い出の新京ということになってしまう。

いよいよ新京ともお別れだ。本当に新京よサヨウナラ。名残惜しくもあるが、ついに旅立ちの時となってしまった。遊子に等しい流浪のわれわれの心を慰めてくれた、ここも一つの都であった。忘れじの都、それは新京。

書きなぐりし歌のつづりを捨てがたくいくさ場に発つ二日前の日

十二月十三日

珍しく零下二十九度降りたり雪の降りたる新京の町

妻からの手紙半月届かぬ日遠きくらしのことなどおもふ

満州の冬は来にけりされど我此処を出で発ち何れに行かむ

酒を汲みこの兵舎とも別れなむ手箱も共に踏み潰してまで

戦況の勝ちいくさなりニュースきくどよめきの声部屋に溢れり

長靴をつけて仰向け寝台にいねたる兵の何をゆめ見む

南征へと旅立つ前の兵達は最後の掃除念入りにせり

ひとかどの大家の如く吾が意志をこまごま話す若き兵等へ

足踏みつ軍装検査を受く吾ら明日は発つてふこの朝冷たし

手紙来ぬ妻の此頃思われて今日も空しく日暮れなむとす

南洋の地図を拡げて我々はここに行くらしとジャワを指したり

生きるてふ草木の生命変りなし手折る手を止む楡の小枝を

十二月十四日

いよいよに今日は発つらし騒がしく兵等は起ちて毛布をたたむ

待ち待ちし出発の日は今日なりぬ兵等の床を踏む音高し

発つまぎわ妻の手紙の着かざりきたゞ元気にと祈りいのりつ

吾子の夢新京に見ることいま終る新京よ満州よ左様なら

ペーチカよ何時の日に又逢わむかな南の征路に出で発つわれは

青い家も真白い道も新京よあゝ汽車は去る地響きを立てて

跳びし原走りし道の長々とたゞに去る町汽車の走りて

見極めぬ地の果て広し新京の街は今こそ視界より消えむ

十二月十五日

高き塔山上に見ゆ駅超えぬリンゴ畑をひた走りに走りて

宵闇と共に埠頭に着きにけり大連の港赤い灯の船見ゆ

船に入り今宵港にねむらなむいくさ場に行く忙しき旅路

十二月十六日

薄暗き船室に入り歌書きぬ赤錆びた壁くさき部屋かな

アンペラの狭きその上二人寝て寒さに慄《ふる》ふ大連の港

毛布二枚クルクル捲きてねる寒さ戦場に発つ初日の試練

腹空いて食べるものなし縫い目より乾パンの屑出して齧れり

指先のつめたき港けむり立つ命令受領の甲板の上

冬物は全部返して夏衣をば二枚重ねて慄えてありき

夏物に着替え真白き大連の雪の港は十二月であるのに

甲板に出るを固く制せられど出る気になれず寒さの為に

ダルマの如く毛布冠りてうずくまり尚将棋さす船内の兵等

十二月十八日

鉄板に蒸気の凝りて雫為し仰向けに寝る顔に落ち来る

黄海に未だ出ざらむ波もなく船は静かに南へ走る

淋しさに甲板の人参運び来てナイフで削り噛んでもみたり

袋裂き固パンを噛む古参兵か我ままなるか此のわれも一人ぞ

遠き星見凝め残せる子を想ふ普通の兵と我もなりたり

十二月十九日

泥色に濁れる海に来たるかな黄海の名を頭に浮かべつ

いつかしら黄色い海過ぎにけり藍色の波漂ふ海へと

日毎日毎寒さうすらぎ南へと船は進めり少しもゆれずに

吾が指の爪垢黒く目につきぬ船の旅して三日目の今日

十二月二十日

青い海果てなき海に出て来たり駆逐艦遠く我等を見守る

南洋の椰子の話で兵集ひ何処に行くかと地図をのぞきぬ

十二月二十一日

船酔ひの増して来りし昨日今日船の前後に大きくゆれつつ

長々とうずくまり臥す兵もあり船に酔ひしとまなこ開けつつ

可愛らし鴎の船尾に集ひ来る藤村の詩をうたって見たし

十二月二十二日

ゆれゆれて手帳につらぬ歌さへも今日は嫌へり仰向いたまま

新京の寒さも忘れ裸にて笑ひつ汗して今日も飯喰む

海豚《いるか》いるといふ声にもう遅かりて船倉の窓うらめしく見る

赤き腹横にむき出し船も酔ふあとにつづける二隻の僚船

勝負ごと嫌ふこのわれ兵達の誘ひことわる心うら淋し

十二月二十三日

大うねり越えつつ船は南へと進みつ今日も酔ひとたたかう

昨日より船のゆれ様おさまれば転ぶをふせぎつ歌を書きたり

台湾のみどりの山をのぞき見て南へ来しとつくづく思ふ

つぶし麦の俵の上に兵立ちて灯台はあれ家はあれと告ぐ

真っ白い髪の光りて船室に召集将校服ととのえるらし

十二月二十四日

光る星見上げて語る兵達の故郷の星と変らじといふ

空と水その境目に漁船浮く台湾の人すなどりてあり

十二月二十五日

戦艦の頼もしく見ゆ港へと我等が輸送船静かに滑る

波のなき馬公《まこう》の港島多く六月の色あおき岡見ゆ

煙突の曲がりし艦も横たわる馬公の港大きく深し

十二月二十六日

今日もまた投錨のまま船碇る馬公の港静かにてありし

香港の陥落ニュースを聞く兵の拍手の音の船室を破る

十二月二十七日

雲流れ月は懸かりて澄む空へマストの先は青く光れり

舷の鉄板に顎のせあればぬくもり痛く顎をつき刺す

何かしら珍しきものなきものかと兵達は今日も舷に寄る

水兵の白き服見ゆ弟をなつかしみ想う夕べにありき

姉と共に買い物に行きし夢見たり故郷の町の雑貨屋へなど

十二月二十八日

海の面は今日もひねもす波立てり鴎も来ずに只波狂ふ

巨浪に腹を見せゆく漁船あり帆を半分に短くたたみて

出港のきざしも見えず又今日も島の色見て夕暮れとなる

未だ知らぬ二番目の子を思ひ見て如何に過すと寝返りを打つ

森田たまの木綿集読むひるすぎに逢って見たきと戦友と語る

十二月二十九日

悲鳴あげつつ狂ふマストに張れる綱三日もつづき叫んでありき

いくさする我等が生命軽ろければ年の瀬も又苦しみもなし

母のゆめ祖母のゆめなど昨夜見る故郷の人如何にすごすや

顔洗ふことも忘れて船の上の生活に慣れる此頃となりぬ

十二月三十日

荒狂ふ沖より寄港の船ありき馬公に入りて深く呼吸《いき》する如し

丘の上に立つ見張所の灯はともる風に吹かれて消えもやらせず

部屋かざる花もなけれど兵達の笑ひのつどひ花に劣らじ

数へ余る大きな船の碇りいる戦待つ間兵等のやすらぎ

吾子のこと夢に描きて打消しぬ戦にある吾身なりせば

過去の時間はすべて早く過ぎ去ってしまった。まさか今年の暮れを海上の輸送船の中で送ろうとは思わなかった。軍人であるからには、畳の上で死ねない状況にあるのは本望とせねばならぬ。自分の一生の歴史の中では、今こうして戦いの庭に行けることこそ、本当に記念すべきことなのだろう。船に打ち寄せる波の音を聞きながら、この短歌の草稿を眺めてみるのも有意義なことと思える。この馬公の港へ来たのは十二月二十日だった。あれからちょうど十日たっているわけだ。新京出発前の頃はたぶんそこで正月を迎えるという噂だったが、まさか海上でとは思わなかった。

去年の今頃は恵山鎮《けいざんちん》だったが、自分が総大将になって小使の家でもちをついた。あの頃は分遣隊長が転勤して来たばかりで、われわれのもちつきに大いに賛意を表して、自ら進んで手伝われた。もちをちぎったり粉をまぶしたり、自分の家族も総出で大した騒ぎ方だった。

二月、三月はあまり記憶に残っていることは少ない。ただ、三月の初め頃に洪原《こうげん》で防諜演習があったので、家族三人が咸興に行った。その帰りがけに洪原に寄って、貝や昆布などをもらった思い出がある。

四月には、丁種学生の受験をして見事に失敗した。あのことが自分の人生をこんなに大きく左右するとは思いもよらなかった。そのことについては、あまり考えたくはない。どうしてかというと、努力が足らない上に他人をうらやんだりする感があるからだ。受験の失敗から、すぐに内地へ帰省した。それも七年ぶりのことだった。養母と四人で夢のように楽しい旅だったが、特に朝鮮の温泉郷朱乙《しゅおつ》の風景が今でも目の奥に焼き付いているようだ。あのときは久しぶりに帰省して、自分の気持ちもずいぶんと変わったことだ。

五月には義兄の死があったが、恵山では結婚の仲介人もやった。生まれて初めての月下氷人《げっかひょうじん》の役目はちょっと照れくさかった。それから鴨緑江《おうりょっこう》での魚釣りとか友人たちとの交際など、いずれも年内に得た最大の収穫だった。

六月は防空壕の構築をやった。さらに乗馬練習や、八幡神社の造営奉仕作業があった。曹長への進級があって転勤の噂があり、すぐに七月の異動となった。そして盛大な送別会が開かれたのだ。県人会の見送りなどの出発行事が目まぐるしくて、送別の日には清丸事件があった。そのことで正子がひどく立腹したことは忘れられない。それはあまり良い思い出ではない。

それから咸興《かんきょう》に着くと同時に、動員編成要員を被命したのはよいが、官舎はなし働くわが席もなし、という状況だった。一時はあまり良い気はしなかった。そして七月二十八日に、軍服を避けて私服で征途へ旅立った。九州を一目見てから厳島にも寄って大阪へ集合した。妹にも会えずに二十三部隊に集結した。そして宇品から出港して大連に着き、そこから新京へ至って待機訓練の日々が待っていた。それからようやくこの征途へ旅立ったのだ。

本当に目まぐるしい一年だった。

そして一番重要なことは、日中事変の進展と米英に対する宣戦布告だ。日本が樹《た》つか倒れるか、生か死か、全く前古未曾有《みぞう》の出来事だ。

いよいよ明八時、馬公を出港していずれに向かわんとするか。いずれの土地にわが腕を振るうか。思えば血わき肉躍る。士気は船内に漲《みなぎ》り、軍歌がどこからともなく聞こえてくる。ああ、われらが前途は輝いている。行け、昭和十六年よ。そして来たれ、光よ。正義のために輝ける昭和十六年は、あと二十四時間でゆく。

十二月三十一日

思ひ出の多き此の歳逝かむとす征路につきて六ヶ月経ちて

愈々に今日出港す馬公をばマライに向う興奮のひととき

六十余隻大船団の出港ぞ戦場に征くマライに向ひて

台湾の星も今宵に見おさめむ雲間に淡く影うすくして

いつかしら軍歌唱いて兵達は出港のいまよろこび味はふ

錨綱捲くその音のせわしかり愈々出でむ我等が船は

吾を語り吾を話しているならむみそかを送る故郷の母子は

われわれの輸送船はマライに向けて出港した。思い出多い一年が過ぎようとしていた。待ちに待った出港のときを迎えて、船内には昂然《こうぜん》の気が満ち満ちていた。六十余隻の大船団は威風堂々、どんなにか頼もしく感じられる。飛行機の上から見ることができないのが残念なくらいだ。出港を祝すように不思議と凪《な》いで、雲も静かに船団の上を流れている。ああ、いよいよわれらが船出の時かと思うと、意気軒昂《けんこう》、身体中に力が漲《みなぎ》るようだ。

こうして自分が南の海にあるとき、家族はどう過ごしているだろうか。養母と妻と娘とは、自分のことを語り合って年を送っていてくれるだろう。故郷の父母も同じように過ごしていることだろう。

2　初日

昭和十七年一月一日

はるか遠く、故国を離れた南シナ海の洋上で、新年を迎える。

節水のため顔も洗わない毎日だったが、今朝八時頃に洗面道具を持って甲板に上がった。そこは人がすでにいっぱいだった。いつもなら顔も洗わぬ兵たちが、今朝は申し合わせたように手に手に水筒を持って、水槽の前に溢れている。

すでに東の空は明るくなっており、ちぎれ雲の切れ間に、今にも朝日が昇天するかのごとくである。

遠くに浮かぶ輸送船の群れは、静かなうねりのある洋上に黒い雄姿を並べている。どれもかすかに煙突の煙を東にたなびかせている。それらのはるか沖合には旗艦「春風《はるかぜ》」がわれわれの船団を見守っていてくれる。その勇ましい姿は、灰色よりも少し黒味を帯びていて、頼もしい限りである。昨夜は船端に立って月光の下に四周を眺めたが、この巡洋艦の雄姿は認めることができなかった。船団は二列縦隊で進みつつあり、わが輸送船「春晴丸《しゅんせいまる》」は、その二番艦であり第三分隊である。

洗顔は野菜格納庫の下で終わり、船端に立って初日を拝む。

すでに東天に昇った太陽は、雲の中に荘厳な姿を隠しながらも、雲間を漏れ出る金色の光が洋上を照らしている。遥かかなたを進む僚船《りょうせん》の数は多く、そして小さく並んで見える。まるで黒い粒のようだ。目をこらしてよく見ると、やはり南に進んでいるのだ。われわれの乗る春晴丸も同じように進んでいるので、まるで止まっているような錯覚にとらわれる。

再び正対して初日を拝む。ただ無念無想。まずわが健全なるを感謝し、軍人として国のために死すべき命の、いまだ永らえあるを喜びとする。

今頃朝鮮では養母と妻と子供たち二人の計四人で、自分のいない正月を迎えていることだろう。どうか今年も元気でいてくれと、それだけを祈るのみだ。自分のために陰膳《かげぜん》を毎日上げていてくれるそうだが、おかげで今日も元気だ。

昨夜は船員の心づくしで、少しばかりの餅をもらった。そして今朝は一切れのゴマメと、数の子が出た。それから、麩《ふ》の味噌汁に昨夜の餅を入れて箸《はし》でつついて雑煮のつもりで食べた。こんなものでも大勢の兵たちは、誰一人不平を言わない。わずかな酒を茶碗に垂らすように分け合って、手の中には小さな数の子一切れと、ゴマメだけとは。お屠蘇《とそ》のつもりで茶碗のわずかな冷酒をありがたくいただいた。兵たちは黙っているけれども、戦に出た以上は、皆一命を国に捧げる覚悟だ。本当に日本人は偉いと思う。おそらくほかの皆も自分と同じように、昔のお正月の楽しさを思い出していることだろう。ことに自分よりも若ければ若いほど、胸締めつけられる思いが強いことだろう。

朝食を終え、帯刀で上甲板に整列する。中央煙突のそばに置かれた高い台上に、われらが隊長は立っておられる。中隊長の号令で頭右《かしらみぎ》の敬礼をする。

答礼する部隊長と見上ぐる部下の瞳。言わずして通ずる部下の決死の精神。言わずして通ずる、長の部下と死を共にする精神。互いの研ぎ澄まされた目に見えざる心が瞬間に交錯する。そして東天に向かって、中隊長の号令が響いた。

「捧げ刀」

厳然として、そして美しい軍人の遥拝《ようはい》である。何物をも恐れぬ緊張感が生まれてくる。思わず軍刀の柄《つか》を握る手にも力が入った。交錯する刀身の白い光の上に、朝日は中天に昇りつつあった。

終わって天皇陛下の「万歳三唱」をする。甲板の手すりは揺らぎ、厚い鉄板は之がために震う。

あゝ新しい春が来たのだ。見るがいい、金色の太陽の光は、千々に東シナ海の波に砕けている。

新しき年迎えたりわれ生きる喜びを今日天地に謝する

顔洗ひ心を清め新しく又生きむとすうれしき我は

昨夜子と遊び笑ひし夢見たり晦日の夜の長き宵かな

万歳の声甲板に轟けり天迄とどけ海の果て迄も

東天に捧げ刀せり粛として皆涙する甲板の春

アンペラに膝を組みつゝ新年の詞をのべる船の春かな

一月二日

母の夢妻の夢など昨夜見ぬ抱ける子供ら大きくありぬ

積み上ぐる醤油の樽に腰かけて今征く南の風俗を語る

大浪の来れば喜び手を伸べてはしゃぎさわげる若き兵あり

昨年の今宵を語る船室に思ひ含みて戦友と笑ふ

一月三日

妻と子と叱るゆめをば見たりけり吾が行く前に下駄の緒切らして

顔洗ふ水も此頃いましめて船は進めり長き旅つづく

巨浪あり又スクリューの空転す船は振動に刻まれる如し

一月四日

三人して浮標《うき》に腰掛け昨年をば語りて楽し恵山の兵等と

頚筋の垢くろぐろと目につきぬ兵等の多しあかるき甲板

一月五日

スコールに兵等裸に甲板へ風呂の代りと駆足に行く

しずくする雨に洗面器持ち出してよろこびさわぐ兵等の姿

雪の絵をかけて楽しむ兵ありきうすぐらき船底錆鉄の壁へ

一月六日

夜光虫の舷に寄る美しさ見とれる兵等去りがたくありぬ

青く白く眼を射る海の夜光虫花電車にてのし上がるごとし

一月七日

兵等いま何を考へ何思ふ水平線を見つむるもの多し

上陸せば先づ第一に洗濯と風呂をと語る兵等笑ひて

珍しき何物もなし南海の船の長旅つかれてありき

一月八日

海蛇のいるてふ声にとび起きて甲板に出れど姿も見えず

海の色はうすみどり色に変りたり陸近き此処シャム湾なりと

ふるさとへ手紙出すを許可せられ狭き船室に手紙書く兵多し

上陸のせざるを上陸したりとてみどりの椰子などと書きつる兵あり

又今日もきり干大根となじみつつ兵等笑ひて昼食をとる

一月九日

夕暮れと共に待ちたる陸見えてふなべりにどよむ兵の数増す

あおいあおい見知らぬ国の陸見えるあゝ「シンゴラ」に吾等つきたり

闇せまる港に入れるわが船の何時か停りぬスクリューも止まる

港には友軍の船横たえて静かに煙吐きつゝいたり

通風筒を電車の中の混むがごとく裸の群れのつかまりてさわぐ

一月十日

赤く燃えるシンゴラの町焼けいたり空襲の最中船から見れば

真夜中の空襲に皆とび起きて灯を消せと叫ぶその声太し

糸垂れて魚釣る老いし船員の太き眉根に朝風は吹く

遠く見ゆ陸に砕ける巨浪の天衝くしぶき屏風に似たり

浪越えて浪にかくれて兵運ぶ小さき艀のその足遅し

駆逐艦の忙しく船を見廻りて敵近きらし潜水艦の

「空襲!」

船倉入り口の上から叫ぶ衛兵歩哨の激しい声に、懐かしい故郷の夢も、旅づかれに見る美しい陸へのあこがれの夢も破られた。

一瞬の後、船内の空気は騒然と沸き立った。

不用意に電灯のスイッチを回す者がいて、真っ白い光が船室の暗闇を射る。生まれて初めて遭う空襲に、覚悟はしていたものの、あわててしまう自分だった。裸のままやられては武士の面目が丸潰れである。日本男子の顔がすたるというものだ。昨夜脱いだ襦袢《じゅばん》を被り、袴下《こした》を穿いて上着をつける。

そしてまた、電灯をつける者がいる。

「灯を消せ!」

再びの怒号に、あわてて灯は消された。

シンゴラの港まで来ていながら上陸もせずに、しかも敵と一戦も交えず海の藻屑《もくず》になってしまうのは、あまりにも情けない。

「畜生、味なことをやりやがる」

誰もこんな気持ちでいっぱいなのだろう。そして今すぐにでも、この船がドカンとやられるような、そんな不気味な感覚が一瞬だけ身体を貫いた。大急ぎで救命胴衣と拳銃と略帽をつけて地下足袋をはくと、ほっとするようだった。さあ、これでよい。

「来い、畜生」

こんなときに、暗闇の中で間抜けなことを言う者がいる。

「銃はどうしますか」

今頃何を言っているのだ。

「撃って当たるものか」

そう答える。

何しろ誰が誰やら分からずに、ただ暗闇の中でうごめいているばかりだ。ただし次の命令一下、どうにでも動作のできる態勢にはあるのだ。

ハッチの下から上をのぞくと、夜の空が白く透かして見える。そこをゴトゴトと音を立てて昇ってみる。多分やられているだろう友軍の輸送船が、あるいは火柱を立てて燃えているかもしれない。

甲板に上がって見ると、果たして陸に近い天の一角が紅色に焼けていた。ただし船にしてはあまりに遠い。船ではなく陸のようだ。シンゴラの町か、茫として地上から空にかけ、円く紅色の照り返しが見られる。月があるはずだが雲に隠れて見えない。ほかの人たちの顔も明瞭でなかったが、何とか判断はできる。海面に照り返す紅色の光の中に、友軍の輸送船は静かにその場所を変えてはいない。息を詰めて見入るうちに、フト耳を打つ爆音がしてきた。敵機が来たな、と直感する。

炎上しつつある町の右上空に、ボッ、ボッ、ボッと赤い火の小球が浮いた。またすぐその右に、今度はパッ、パッと青い閃光がきらめいて四つ続いた。赤い火は高射砲で、青い火は投下爆弾の破裂した色だ。

また誰かが声を漏らした。

「畜生、味なことをやりやがる」

ややあって、船倉へ帰れという命令が出た。ふと見ると、甲板いっぱいに兵士が溢れているではないか。

「今は何時か」

衛兵に最初の空襲の時間を聞いた。

「三時三十分です」

全く、眠いさかりに来やがったものだ。皆は口々に今見た空襲のことを話しながら、船倉に降りて行った。待機命令である。そして真っ暗い船倉の中では、皆の興奮に酔った声が続いた。遠くでまた、爆弾の破裂する音がする。

さあ、英軍のやつらめ、来たけりゃ来い。われわれはさっきの夢の続きを見るのだ。そうしてこの興奮の時は過ぎて、われわれは暗い船倉の中で再び横になった。
しばらくの後、静まった船倉には電気モーターの音だけが響いていた。

一月十一日

空襲の昨夜ありたる此朝は集へる兵の声の高かり

陸見つつ船に暮しぬ兵は皆甲板に出て外を見送る

飛行機の終日休まず空を舞ふ陸軍機また海軍機など

一片のかけらの氷によろこびて兵等氷室に黒く集へり

一月十二日

みどり色浅瀬に船の近づけば上陸間近しと兵等さわげり

ひるすぎは風の杜絶えて暑さ増し甲板光りてただ目に痛し

かけ声してボート吊るらし船員の甲板の上に立ちさわぐ声

話かけるそのうるささに吾は只一人で陸を見つめていたり

一月十四日

小発に乗りて大浪打超えぬ上陸のいま船をはなれて　（小発＝小型上陸用舟艇）

振りかへり我等を乗せし輸送船に片手を挙げて別れを告げぬ

椰子の木や名も知らぬ木の立つ陸へ南の土地へ吾等近づく

木も草も皆まっさおなみどりなり満州との違ひ天と地にこそ

子供らは何処の子供も皆同じ椰子の林を遊び場として

一月十五日

子供等と写真を撮りて椰子の下バナナも垂れて熟れて美し

やもり多く丸木柱を上下してかすかにキキと鳥の如く鳴く

バナナ食べたき妻の言葉を思ひつゝやわらかき実を味なく噛めり

馬来《マレー》での珍しいことを、記録せずに過ごしてしまうのは、惜しいことだ。なぜならば、駐屯すればするほど珍しいことに出合い、前に見聞きしたことを忘れてしまう恐れがあるからだ。今この記録を書いているのは、タイ国の「ハジャイ」という所である。上陸したシンゴラより三十キロ離れているという。こうして記録をつけようとしても、何から書いてよいやら分からない気持ちである。

シンゴラの港に停泊したまま、首を長くして上陸を待っていたが、去る十三日午後一時、ようやく実現した。毎日輸送貨物船の舷側にもたれながら、陸の方ばかり眺めている船上生活にあきあきしていた。ようやく武装して縄梯子を伝って小発動機船に乗り移ったときには、これからどんなことが待っているやら、胸ふくらむ思いだった。それからの四十分間というものは、巨浪にもまれて何度も海中に転覆するのではないかと胆を冷やした。

岸へ近づくにつれて、葉の広い椰子の木とか緑の葉の繁る広葉樹などが見えてきた。さらに黄色い波の立つ河口に進んで行くと、これら緑の木々がわれわれの目を楽しませてくれた。全く、ひと月ほどの海上生活の苦しさを忘れさせてくれるようだった。あこがれの南の国を何度夢に見たことか。また、まぼろしに描いたことか。それが今まさに、すぐ自分の目の前にある。

われわれを乗せた小発は、どんどん河を溯《さかのぼ》っていく。両岸にはうっそうと繁る木々があり、現地人の子供や現地の小舟などが見える。さらに薄い木の葉の屋根で、壁のない家などがある。まるで内地にある公園を見るようだ。

岸に近づいたわれわれは水中に身を躍《おど》らせて、どっと上陸し一気に広い道路まで走って行った。アスファルトの立派な道だった。長い船旅の後、待機させられていたわれわれにとって、めくるめく至福の瞬間であった。道しるべも門も、見慣れない横文字で書かれている。道を行き交う人はいるが、男か女か、にわかには見分けがつかなかった。警察官や軍人のような人は服装で見分けられたが、一般の人は、ひどくみすぼらしく見えた。その多くは裸足であるが、意外と肌の色は黒くない。むしろ、われわれの中にもっと顔の黒い者がいるようだ。

四辺に繁る木々は、どれも自分たちには珍しいものばかりだった。満州のだだっ広い平原と比べると、われわれをなぐさめて、好奇心を誘うようなものばかりに見える。椰子の木やバナナが木で熟れているのも初めて見ることができて、小学生以来の念願が果たせた思いがする。さすがに、椰子の木陰で踊る現地人は見ることはできなかったが。

戦闘部隊の営舎のそばで、パパイヤの木を実見した。八つ手の葉のようなのが幹に付いている所に、家鴨の卵大の青い実が、鈴なりにぶら下がっている。誰かがすでに取って捨てたのか、そばには青い椰子の実が落ちている。ここの気候は、日の照る場所は暑いが木陰は涼しくて、とてもしのぎやすい所だと感じる。

シンゴラからハジャイに向かう途中で、憲兵隊本部の駐屯地に立ち寄った。そこでも椰子にバナナにパパイヤに、見るものすべてが珍しくて、まるで夢の国のように思えた。ここの垣根には日本の温室で見た、葉柄の厚いカキツバタのような草が伸びていた。日本にあれば、温室の鉢植えとして大切にされるような珍しい草も、南国では誰も見向きもしない雑草なのだ。ことは雑草ばかりとは限るまい。一人の人間の価値についても、生まれた国によって違うものなのか。

そこからわれわれは自動車でハジャイに向かった。道路沿いに見えるものは椰子の木に似たびんろう樹、ゴムの林、太い株を成して繁る竹、そして稲の育つお正月の田んぼなどである。やはり常夏の国なのだ。

ハジャイは中国人の町である。だが彼らは、日本軍の目の届かない所へ避難していた。そこでわれわれは、彼らの立ち去った広大な市場を根拠地にして舎営する。ここでも、やはり見るものすべてが珍しい。一カ月間節水に徹していたわれわれは、水が豊富なことに感謝して、久しぶりの風呂に入った。まるで身体の芯まで洗われるようであった。水の有り難さ、尊さを知り、もったいないほどの感謝の気持ちになった。

ここで見る現地人の姿も珍しく感じた。男でも腰に赤い布を巻き、女はほとんど断髪である。印度人もいて、彼らの色の黒さには驚いた。

昨日は、一人の曹長と市場へ肉を買いにいった。四十銭も出すと四百匁《もんめ》ほどの赤い牛肉を、刃の薄い包丁で手際よく切ってくれた。もっと細かく刻んでくれと頼むと、待ってましたとばかりに切ってくれる。包丁の柄を右足指で踏むように挟みながら、刃を上向きに固定し、両手に持った肉片をそこに押し付けるようにして両断する、といった具合である。肉を売る人は、汚れた白布を頭に巻いて目をギョロつかせ、肩から腰に斜めにかけた赤い布を風にはためかせていた。

また、雨の上がった日に写真を撮るべく、集落の家屋が立ち並ぶ場所に行ってみた。ここは一面の湿地帯で、水よけの溝がつくられていた。どす黒い汚水がたまっていて、椰子もバナナもパパイヤも、そこから水分と養分を吸収していたわけだ。熱帯の熱い日差しを浴びて、それらの植物は思い切り伸びているように見えた。ここでは写真を二、三枚撮った。珍しいものといえば、殻《から》のとがった蝸牛《かたつむり》が多いこととか、ポンカンが鈴なりになっているのを初めて見たことだ。オランダドリアンとかいう大人の頭くらいもあるグロテスクなやつが、太い幹にいぼいぼのできた顔を、にょっきり出したようにぶら下がっているのも面白い。他にも名も知らぬ果物や草などは、数え切れぬほどある。そしてこの風土に埋もれて、高床の家に住んで手づかみで食事をする人々がいる。習慣の違いであろうか。この人たちは皆、草木もものを言う神話時代に生きているように見えた。印度人はといえば、言葉の通じないくせにガンジーとかインディアンとか言って、土着のマライ人より日本に親近感を持つ素振りを示している。とにかくみんな珍しい、いろいろなことばかりである。

一月十六日　ハジャイを発つ

小雨降る「ハジャイ」の町を今発ちぬ椰子の葉と共に自動車のゆるる

自動車にのりてバナナを売る子等へ金をあたへてバナナをとらず

逞しき人の余りに見当たらず土地の人は皆小柄の人多し

印度人の差出す大き皿盛にくさくてまろき果物ありぬ

差出され食べぬ悪さに口に入れど胸むかつきて顔しかめたり

蚊にくはれ夢のめざめに妻子をばフト思ひ出すわずかなひと、き

一月十七日

「スンゲーパタニー」に泊る夜生まれて初めてドラム缶の風呂に入る

水のある町はうれしや思ふま丶両手にすくひ顔を洗ひぬ

有色の民は来りぬマライ人よ共に建てなむ東洋の平和を

何処からか死臭の漂ひ来るという大きな空家に昨夜泊まりぬ

妻と子にマライの土地に逢ひし夢笑ひつ夢を夢とあきらむ

一月二十日

スンゲーパタニーからタイピンへ。そしてタイピンからイポーを通過し、タパーの町を越えてクアラルンプールへ至る。

クアラルンプールには、英軍の爆撃の跡がいまだ生々しく残っていた。それでも大きな建物が町の中心にそびえて、白い壁が陽の光をあびてキラキラ輝いていた。ここで一泊して、われわれは自動車での行軍をさらに続けた。車内は熱気のために温度が上がり、寒暖計は三十度を超していた。時速は六十マイル。運転手は眠気を防ぐために時々「仁丹」をかんでいた。車内は暑くて苦しくて、上衣のボタンから車のドアまで開け放って、風を入れることに努めた。しまいには、ズボンのボタンまで外して暑さに耐えようとした。途中のわずかな休憩のときに、椰子の実の水を飲んだり、水筒の水を補給したりして、約二百キロほどの道のりを進軍した。

そして、いよいよ前線ゲマスに着いた。まだ生々しい戦闘の傷跡が多く見えていた。ここではまず、戦死した人々の霊を心の中で悼《いた》んだ。ゲマスは大変な激戦地だった。砲弾の跡や爆撃の穴が、そこかしこに数多く見えている。友軍の戦車が、敵戦車砲の弾丸を、砲塔の真正面に受けて壊れていた。おそらく即死したであろう戦車兵の血痕が、そこに黒くしみついて、痛ましい限りだ。

そしてわれわれの向かう戦場は、いよいよ緊迫度を増してきた。

一月二十二日

壊れたる空家の中にピアノ弾く友軍の兵あり姿見えねど

忙しく三日過せり此の町に「ゲマス」という名やうやく憶ゆ

ランプなき暗闇の部屋に泊りたり空襲の来ると友と笑ひつゝ

サソリにて刺されし兵のありときく毒虫もまた住み良き土地か

死臭する夜道を巡る舎営かな我靴音のコツコツと低し

人の逃れし家に入れば胸せまるあゝ家庭の中の有様を見て

あはれにも家財道具もそのままに何処に行きしか逃れし人々

一月二十三日

カンテラの傍に赤蟻ののぼり来て小走りに急ぎ何かさがしいたり

何処からか乾しぶどうの実探し来る友と食せりむさぼる如く

青く繁る木の群れの下うずくまり土地の子供と遊んで見たり

一月二十五日

アスファルトの長い道路を自動車で走りながら、幾度も思ったことがある。つまり、時速六十マイルで風を切りながら進むこの道路は、すべて英国人が莫大な巨費を投じて造ったものである。タイ国のシンゴラからここゲマスまでおよそ二百キロは、ほとんどが平坦で全く豪華な道である。この立派な道路が今、日本軍の進撃に使われようとは、神ならぬ身の英国人は、知る由もなかったろう。純朴で力のなかった現地人をだまして、牛馬のごとく酷使していた彼らへの報いでもあろうか。

マライ半島は、マライ人の住むべき土地である。天から与えられた、彼らの安住の地でなければならない。しかしながら植民地主義のもとで苦しんだのは、まさしくマライ人なのだ。

そしてこのマライの地で、もう一つ注目すべきものがある。それは何かといえば、中国人のことである。マライを走破するのに十日もかからなかったが、遠くタイ国からここゲマスに至る道路の沿線の町で、中国人のいない所はなかった。中国人なくして町にあらずといった状態である。そして徹底した商売人根性を持ち続けているのだ。

日本がマライを攻略して英国人を退かせることは、容易なことかもしれない。しかしそれも、中国人に所を得させなければ何にもならない。中国人を東洋人として、真に連帯意識を持った人々の中に迎え入れなければならないのだ。そのことがなされなければ、マライに真の幸福はあり得ない。そして、マライ人は決起して自分たちのマライを造れと言いたい。その声に応じて今は起つものがないかもしれないが、いつまでも現在のような存在であってはならない。われわれは彼らの心の中に眠るものを揺り動かして、自分たちの国を造る意識を芽生えさせなければならない。そしてこの小さな芽を育ててやらなければならない。大南方権益もまた、中国人との共存を無視してはいかんともし難い。そしてマライ人のマライでなければならない。

葉先揃へ静かに垣根の草伸びる「ゲマス」の朝を吾は迎へり

茜色に照明弾は輝けり空襲のある一月の夜

傷ましく壊れし家をふりあほぎ逃れ去りにし人をば思ふ

戸棚には子供の用ひし玩具あり手垢に黒く汚れたるまま

黒人の真白き布を身に纏ひ物言ひたげな弱きまなざし

定見のなき妥協主義とらざるや吾此頃のつとめなるかな

マラッカの町は佳きかな海蒼く赤き瓦の家並の多し

一月二十九日

さらば発《た》たん、ゲマスの町よ。わずか八日間とはいえ、自分たちは足跡を残して、この町を立ち去ろうとしている。不便な山間にあり、山襞《やまひだ》にはさまれた暑い町だったが、心地よく働かせてくれた。泣きながらこの土地を後にした人々がいたであろう。幾度も振り返りながら、愛しいわが家に思いを残して、幾千人の現地人や中国人や英国人の立ち去った町だ。彼らは近くの山中から戦場になったこの町を、静かに見つめていたことだろう。そして何を感じたであろうか。

戦いに敗れて退いて行く人々の辛さがあり、そして勝利を得た人間の幸いがある。しかしそれは表面だけのことであるかもしれない。彼らが見たその戦いの勝敗をどのように判断するかは知らないが、去り、逃れて行く人々の哀れさは隠しようがない。追う立場にある自分たちが、その感を深くするのだ。

つまり追う自分たちも人間であれば、追われて去りゆく人々の心情を分からぬはずはない。彼らが立ち去った後の家の居間に、勝手場に、つい今しがた抜け出た人々の生活の跡が形として残っている。調査のためとはいえ、どこも入るに忍びない状態なのだ。見れば自分が昔過ごした家で感じたりした数々の記憶に似通っていることも多い。一片の布や一枚の皿など、すべてが彼らの生活の跡が残っていないものはない。それらはすべて、彼らが毎日の生活に愛しんで使ったものばかりだ。

壁に掲げたマリア像も、窓辺に仰ぐキリストの十字架も、自分たちが神仏をあがめる心を思い起こさせるものだ。そこにある一個のコップの中に、まだ赤い飲み物が入っているのを見るときに感じることは、その逃げ去った人々の哀れさだ。

庭にはアモンパパイアが実り、蔓《つる》に熟れる名も知らぬ青い実がある。窓辺に並べてある赤い花の鉢がある。過ぎ去りし平和の日に夫がその鉢に水を注ぐとき、愛しい妻は桶を持ったかもしれない。小さな靴をはいて駆け寄ってくる幼子《おさなご》の手に握られたものは何だったろうか。父と母の間で、幼子はどんなにかはしゃいでいたことだろう。一本の釘、一枚の反故紙《ほごし》に至るまで、われわれ日本の兵士は手をつけてはならない。その退去した非戦闘員の生活範囲には、一足も跡を残すべきではない。一指も染めない。日本武人の名のもとに、これを犯すべきではない。犯しはしない。逃れ去った人たちよ、日本兵が立ち去った後の懐かしい自分の家に帰って、早く幸せな生活を営んでおくれ。

ゲマスよゲマス、さようなら。山中に逃れた人たちよ、すぐにも汝《なんじ》が懐かしき家に帰れ。庭先の真白き花は香り、砲弾の跡には早くも小草が伸びている。自分たちはこの町を去る。さらばゲマスよ。椰子の葉繁るゲマスよ。

朝雲に燕飛び交ひ山青く此の山麓をゆく車両軍団

赤い花庭に咲き出で住民ら鍬をかついで吾軍に従ふ

雲低く今日は少しくむしあつきゲマスの宵も今日を限りと

一月三十日

あの山に英敗残兵のいるといふ今朝その峰にうす雲流る

赤き屋根の下に仮寝の夢むすぶ「クルアン」の町淋しき夜かな

木蓮に似たる花咲く群木立朝風吹きて次々と揺れる

花弁つまみ木蓮に似た花なると兵等の顔のほころびてあり

線路越え手拭下げて洗面に連れ立つ兵あり戦の合間

一月三十一日

此の朝は頭の痛く重たかり捕獲の酒を昨夜のみたれば

ゴムの林の奥に立入り逃れたる中国人のあらん只群れなして

あばら家に黒い影あり現地人の家失ひて群れてさまよふ

蛇の如く町を縫ひあり黒き道に潰されし家穴あきし家

遠き山近き椰子林白き壁人住まぬ町淋しきおもひ

四章　シンガポールへの進撃

1　山下奉文中将

一月三十一日、日本軍の前線部隊は、シンガポールの対岸都市ジョホールバルの敵を追い落として、ここを占領した。第二十五軍戦闘指令所も、軍司令官山下奉文《ともゆき》中将とともにクライに前進し、憲兵隊本部もここに進出した。この日以降、軍はシンガポール攻略戦に備えるため弾薬、渡河材料の輸送集積に努める一方、砲兵陣地の占領などの周到な攻撃準備にとりかかった。この作戦は第五、第十八両師団が陸橋西部より正面攻撃を、近衛師団が陸橋付近よりと作戦命令が定められた。そのため戦闘正面の左右交代が行われ、スクダイ三叉路は兵力の移動で混雑を極めたが、この交通規制は軍参謀自らこれに当たった。

攻略戦に備えて憲兵隊の任務は多かった。作戦準備地域から住民を退避させること。そのほかに軍需品集積地の軍機保護、危害を除くこと、スパイの調査、防諜、鉄道や通信の警戒、治安維持、軍事情報の収集など、その業務は数え切れないほどあった。第一線部隊のような華々しさはないが、世界戦史にも残る大作戦を下から支える重要な職務であった。住民や軍事諜者によるテロや破壊行為がいつ発生するかもしれず、特に夜間の警戒は地理不案内だけに一瞬の油断もできなかった。

二月八日にはジョホール水道敵前渡河が始められるが、この期間は砲兵隊同士の砲撃戦が華々しく続けられた。

2 砲撃

敵の集中砲火を避けて防空壕や鉄道のトンネルの中にいた戦友たちが、砲火が収まった後にぞろぞろ元の場所へ帰ってきた。

その群れの中には、戦におびえた何人かの黒人の男女が混じっていた。見ればその中の一人が英軍の流れ弾に傷ついて、肩から胸にかけて血を流している。泣いたのだろう。恐怖にひきつった頬には、もう枯れ果てた涙の跡が白く筋を引いていて、黒い皮膚の色が異様に黒光りしている。特にその鮮血がドス黒く見えたとき、思わず肌寒く感じた。こんな近くで黒人を見たのは、初めてのことだったから。

白い目をギラギラ光らせ、また白い歯をむき出しながら、厚くむくれた唇をゆがめて苦しそうに慟《どう》哭《こく》する姿。今こうして傷ついた黒人のすぐ近くにいると、黒い皮膚の下からどうしてこんな赤い血が出るのだろうかと不思議に思う。でも、この人たちも皆、自分たちと同じ人間なのだ。敵でもない味方でもないこの人たちの哀れな境遇は、戦争の中に巻き込まれた弱い立場の人だから仕方がないと、簡単に済まされてよいものだろうか。戦いの場として、土地を踏み荒らされた人たちは英軍をうらみ、また日本軍をものしるだろう。どちらが良いか悪いかなどより、自分たちの意志が無視され、自分たちの土地を蹂躙《じゅうりん》されたという憤《いきどお》りに染まってしまっていた。慟哭する彼らの五体から、言葉にならない何かが発せられていた。言葉は通じなくても、自分の胸に迫ってくるものがあり、心中深く苛《さいな》まれる思いがした。

そして何も知らない椰子の葉の緑は、サンサンと照る日を、まぶしいくらいに跳ね返していた。

英軍の打残したる砲弾にうらぶれし世か彼をも憎めず

薬莢の散らばり狭き畑の土に英軍の踏みし靴跡の残る

（薬莢＝銃砲の弾丸を撃ち出すのに必要な火薬を入れる筒）

牛殺し肉そぎしまゝ逃れたる英軍兵の行方を思ふ

英軍の戦闘機低く襲い来て床掃く如く砂煙り立つ

その弾丸の掃射のあたり砂煙り庭掃く如し英軍機襲来す

高射砲の沸立つ如く発砲す英軍機追ふ友軍陣地

遮蔽網のバウンドのして高射砲は狂ふが如く砲撃始む

（遮蔽網＝砲撃のときのショックを防ぐため網を張り巡らした）

渡河作戦明日に控えて我軍のシンガポールに空襲を敢行す

点々と渦巻く如く敵軍の高射弾幕我飛行機を包む

あのあたりシンガポールにあるならむ今日も朝から弾幕の白し

3　陽動作戦

二月八日から開始されたシンガポール攻略戦は、日英両軍の砲兵隊が撃ち合う砲煙弾雨の中を衝《つ》いて行われた。ジョホール水道の渡河に当たって、日本軍は三方面からこれを行うこととなった。まず、朝になって最初に砲撃を開始したのは水道の東部、チャンギ方面の近衛師団だった。ここで一部の部隊が十数隻の上陸用舟艇《しゅうてい》で、チャンギ要塞のすぐ北にあるウビン島に上陸を開始した。英軍は当然ここに砲火を集中した。だが、これは日本軍のかねての陽動作戦だった。

八日十二時、いや、明けて九日午前零時。東・西の陽動作戦が続く中、ジョホール水道の中央部で暗夜の渡河が開始された。シンガポール島とジョホールバルを結ぶ橋は、すでに英軍によって破壊されていた。その近くを多くの上陸用舟艇が次々と進発していった。中央を行くのは第五師団の将兵。さらにその両側では久留米の十八師団の将兵も舟艇に乗って発進していった。

陽動作戦は成功して、夜間のシンガポール島上陸はとりあえず成功した。しかしそこから先は有刺鉄線を越えて、英軍の機関銃陣地を攻略しなくてはならなかった。夜間の歩兵対歩兵の銃撃戦はすさまじく、日本軍兵士はマングローブの木陰に身を隠し、泥水の中に身を埋めねばならなかった。そしてこの夜、日本軍はどうにかここに橋頭堡《きょうとうほ》を築くことができた。

この時点で憲兵隊は、ジョホールバル側で前線部隊の活躍を見守っていた。戦闘部隊の後方でも、憲兵隊のやるべきことは多くあった。そして日本軍史上初の、憲兵隊が直接最前線に投入される時が迫ってきていた。

ジョホールバルで忙しく立ち働く高根分隊長のところへ、現地住民が二人の英国人捕虜を連れて来た。

現地人に引かれ縄さる英軍の将校二人捕虜となる

その一人半裸のまゝに赤腫れし蚊に刺されたるあとおびただし

召集の将校という英人はケンブリッジ大学の教授とかいふ

キャプテンは職業軍人なるといふそのひげつらのふてくされつつ

ゆあみさせサンダル与へ服着せて英軍捕虜のあとに吾随ふ

空家にて水浴びおれば敵機来るその影速し音を残して

直径二センチほどもある太いマニラロープで、上半身を両腕の上からグルグル捲きにされていた。裸足のままパンツ一枚の姿で、二人の英国人が現地人に突き押されながら自分たちの宿舎へ連行されてきた。

聞けばこの二人は、現地人の鶏を盗ったという。通訳を介してこの英国人の素性を聞くと、一人は歩兵大尉で、もう一人は歩兵少尉とのことだった。二人は日本軍の急追を逃れて、部隊からも離脱しジャングル内に潜んでいたが、空腹に耐えかねて現地住民集落へ近づき、捕まったのだという。薮蚊と毒虫に刺された皮膚は赤くただれて、随所にその跡が火傷のように痛んでいた。

それにしても現地人の処置は、この英国人に対してなんと大げさなことであろうか。その太いロープのグルグル捲きが両腕を包むようにして、腰の方まで固く固く締められている。それはまるで一本の太い丸太棒の中から、首だけが出ているような格好に見えた。この二人を太い棒で小突き回して、大勢で連れてきたのだ。

そしてこの二人の英国人の態度はというと、傲慢《ごうまん》さが溢れているという印象だ。ふてくされた面魂《つらだましい》とか、自分に対するのにも、その瞳に侮辱の色をたたえている。ものを尋ねてもろくに返事もしない。この二人の態度を見ていると、自分は心中腹立たしさを禁じ得なかった。

それでも宿舎に入れて水浴させてやり、現地人から求めた古い背広の上下を着せて、木製のサンダルを与えて食事をさせた。ただし、彼らの逃走を防ぐための監視は怠らなかった。

そして再び通訳を通して彼らから情報提供を求めたが、日英両軍が死闘を繰り返している戦いの最中である。当然のこと、敵情の資料となることは頑として何も語らなかった。大尉は現役の職業軍人であり、少尉は召集されたケンブリッジ大学の教授ということだった。

何も言いたくはない彼らから、あえて無理に聞き出すことは無駄なことだと自分は知った。すでにジョホールバルを越えて、シンガポール島へ進軍中の憲兵隊本部に連行して、専従員から取り調べてもらった方が好結果を生むことと判断した。

そして英軍にも骨のある人間がいるものと感心した。

「武士は相身互い」

そうした日本武士道精神で行こうと思った。取り調べを終えた後、自分のポケットから煙草を取り出して彼らの手に握らせてやった。二人は最初、何事かといぶかしがって自分の方を見た。これから始まる拷問のための儀式、とでも思ったのかもしれない。しかしそれを受け取ると二人は床に腰を降ろして、両腕に自分の膝頭を抱えながらうまそうに喫《す》った。その髭面はふてぶてしく見える反面、どこか寂しく哀れな姿にも見えた。

二月十一日　ジョホール水道を越える

渡河作戦終りし朝はトラックに血まみれの兵の後送始まる
黒煙の空に上がりて敵空に油槽タンクの燃え始めたり
捕虜引いてジョホールバルを越えむとすその水際のジャングルくぐりて

満潮の音立てながら増して来てマンゴローブの木の根を洗う
（マンゴローブ＝熱帯の海岸・河口などに生える、ヒルギ科などの
常緑高木の群生林）

瀬の如き水音のして潮流る舟艇に乗りシンガポールへ

潮流に浮き流れ来る屍《しかばね》は日本兵なり両手合せむ

棹《さお》振りてなきがらを寄せ「待てしばし」声をかけつつ兵艇を進む

背を隠す草原に入り上陸す渡河作戦の終りしところ

死臭して英軍兵の屍あり此処踏み越えて部隊へ急ぐ

黒煙の真近にありて友軍の所在へ吾は追付かんとす

すすけたる顔々多し我隊の目ばかり光る青白い顔

英軍捕虜二人、看護兵と通訳を連れてジョホール水道を越える。

一昨日行われた激戦の跡など何も見えない。ただ渡河地点の雑木林を切り開いた切り株の白い根が眼につくばかりだ。岸には、ほんの形ばかりの桟橋らしいものが、工兵隊の手によって丸太で組まれているだけである。そこに小さな軍用ボートが一隻、横付けにされていた。

戦線はもうシンガポール市街地近くまで圧縮されており、重砲の音だけが地を揺すっている。石油タンクが燃え上がって黒煙が二筋、不気味に空をおおっている。頬髯《ほおひげ》の濃い二人の工兵が操って、自分たちを乗せたボートはエンジンの音をたてて岸を離れた。向かうはいよいよ対岸のシンガポール島である。ボートの上から見るジョホール水道は、両岸ともマンゴローブの群生する緑色の帯のように見える。折からの満ち潮のために、狭い水道の中には川瀬のように激しい音をたてて潮が流れ込んで来た。マンゴローブの木々は葉柄や枝を揺すって、その下には白い泡が渦を捲いて走り去って行く。その泡の中に流れと一緒になって、うつぶせになった日本兵の死体が流れてきた。おそらく一昨日の渡河作戦のときに戦死したのであろう。マンゴローブの木の根にはさまっていたのが、今この満潮の水流に乗って流れ出たに違いない。ふくれた頬に鉄帽の紐が食い込んでおり、上着もそのままに、背負袋をかついで巻脚絆《まききゃはん》をしっかり捲いている。その姿はまさしくまだ戦闘に慣れない兵隊、すなわち新兵である。

舟艇の舵を操りながら、頬髭の伸びた工兵は片手を拝むようにして顔を伏せた。

そして言った。

「戦友、もう少し待っておれ」

まるで生きている者に言うように言葉をかけて、もう一人の工兵が死体を棹で掻き寄せて岸へと導いた。おそらく自分たちを向こう岸へ渡してから後に、この死体を片づけるのだろう。自分もまた、心の中でこの仏に合掌した。

今日はまた、渡河地点へ来る道すがら、すれ違うトラックに乗った日本軍の負傷兵が後送されるのに幾つも出会った。前線では今なお激しい戦闘が継続中であることを思い知らされた。

先ほど見ただけでは激戦のあった場所とは思われなかったが、実際には、まだ目に見えない所に、こうした死体が幾つも残っているのだろう。英軍の敗退を目前に控えているとしても、とどめを刺すまでにはなお幾多の犠牲を払わねばならない。しばし待て戦友よ、である。

上陸した場所は背丈に余る茅《ちがや》の群生する草原だった。その茅の原を通るときには、英軍兵士の仰向けの死体が放置されていた。酷暑の太陽の下に曝《さら》されて、上着もズボンもはち切れそうに膨れ上がっている。すねから外れた黒い革のゲートルが、空しくにぶい光を放っていた。そして死臭がひどく鼻をついた。

彼我砲撃の下にありて

砲撃を彼我くりかえすその真下戦友達のつかれたる顔

到着す皆落付かず砲弾の真下にありてたゞに動かず

竹藪に穴を掘りつつ砲弾の炸裂避けて吾も入りたり

我軍の砲撃開始す摩擦音のヒューと唸りて頭を超えて

暗闇に火箭の通る此の宵は爆発音の数を数えぬ

（火箭＝火の付いている矢。ここでは弾道の火花のこと）

我軍の砲兵強し裸なり褌《ふんどし》と帽子と地下足袋のまま

着弾距離至近になりて現地人の敵に通ぜる者あるやと疑ふ

検索の現地人の家の寝台にマリア像抱きてかくれる女あり

湯気の立つ土鍋残して人気なし戦ひの場は地獄に近きか

米を入れし南京袋のその下に哀れみを乞ふ現地人のいたり

血を噴ける真黒き皮膚をさらけ出し此の戦場に巻き込まれし人々

ひとしきり敵砲弾の熾烈《しれつ》なり英捕虜引きて我も身を避く

おのが軍の砲撃避ける英捕虜の心の中を計りがたきいま

アドバルーンの我砲兵観測所不動なり敵の息の根　今絶えむとす

(アドバルーン＝偵察用気球、砲兵気球があり、一、二人乗りで砲撃の着地点を観測した)

衛兵の直ぐその前に打込みし敵の巨弾は不発のまゝ立つ

又しても椰子の木撥《は》ねて倒れたり敵砲撃の音一しきり

友軍の砲撃も又始まりて敵反撃の機会を嫌ふ

4　一進一退

日本軍はジョホール水道の敵前渡河の後、九日夕刻にはテンガー飛行場に進出した。その後戦況は一進一退となったが、日英両軍は互いにブキテマ高地の攻防にしのぎを削ることとなった。シンガポール市街を見下ろすこの高地には、英軍が強固な陣地を築いていた。シンガポールの死命を制する高地であることは、衆目の一致するところであったからだ。シンガポール島上陸以来、両軍の兵士はこの狭い区域の中に、吸い込まれるように引き寄せられていった。時には味方同士で殺しあうほどの乱戦の中に巻き込まれた兵士たちは、一体そこで何を見たのであろうか。生と死の境界さえも見失う、完全に精神が浮遊した状態が一週間続いたのである。見た者は語らず、聞いた者は考えることさえできない。

第二十五軍司令部は敵の戦闘状況から降伏近しと判断して、戦闘部隊を市内に突入させて不祥事を発生させることを未然に防止するための対策をとった。二月十三日に、一部補助憲兵を憲兵隊に配属して、憲兵に戦闘地域を付与した。つまり、あくまでも最前線部隊の軍紀を維持しようとしたのである。こうした敵も味方も判然としない戦場にあっては、軍紀を維持することが非常に困難なものとなる。ことにシンガポール攻防戦においては、民間人といえども、その内に多くの日本軍敵対活動者が存在していた。市民といえども直接戦闘部隊の兵士と接触すれば、極端な話、目が合っただけで銃撃されてしまう恐れがあった。

軍服を着ていない兵士が、民間人を盾にして攻撃してくれば、そのことはいかなる結果をもたらすだろうか。正義がどこにあろうとも、それは、非道の戦争のさらにその奥に存在する非道であろう。戦場の中に投げ込まれた兵士や住民の心理状態というものは、平和な時代を過ごす人たちには、とうてい理解することのできないものである。言葉では説明できない、野生動物同士の会話なのかもしれない。言葉なくして伝わる闘気の漲《みなぎ》りが、互いの瞳に宿っていたのである。

まこと人間の精神の有り様は不思議なものである。道端の名も無き草を愛でるその人が、そんな悲惨な戦場で、われを忘れて駆けずり回る時間を過ごすとは。それはすべて、人間社会を動かす一人一人の精神の総体がそうさせるものである。誰が悪いというわけではないが、まさに誰もが引きずり込まれた現実であった。

戦場では、一見して時間さえ止まってしまうかのような錯覚に陥るものであるが、ことはそれだけではない。法律さえも存在が曖昧になってしまう。自分のコントロール下にある敵の生殺与奪《せいさつよだつ》の権限を持つということは、その場限りで全能の神の存在になることと等しいことなのだ。いや、事は敵に対してばかりとは限らない。一人一人が武器を携帯しているからには、時には味方に対してもそうである。であれば、軍紀の維持がどれほど重要であるかということである。戦闘時の法律が、非戦闘時のそれと全く違うものであることは、当然なことなのである。

さて、戦闘地域を付与された憲兵隊である。軍隊内での法の番人であるべき憲兵が実戦部隊として戦闘に参加することになってしまった。それは日本軍の余力の無さを示していた。ブキテマ要塞の攻撃命令、あるいは夜間襲撃命令が次々に降りてきた。この軍令を受領して、第二野戦憲兵隊長は二月十三日、戦闘用に各隊を配置して直ちに前進を命じた。高根隊長も市田憲兵軍曹も、シンガポール攻防戦の最大の山場、ブキテマ要塞の攻撃に出撃した。

斥候に出で立たんとす写真機を防毒マスクに深くかくして

新しきタオルを下げてわれは今敵前線を見極めむとす

トラック二台全員乗りて出発す敵前線を真直ぐに見て

先頭のトラック故障し全員の我がトラックに移りて発車す

当番へ残れと言へどステップにのぼりて吾に随はむとす

運転台に四人も乗れり前線へ前沢少尉も吾と並びて

友軍の砲兵陣地に近づけば何事ならむ砲棄てゝ退《すさ》る

一瞬の時を与へず迫撃砲の集中を受く我が此のトラックに

（迫撃砲＝砲身が短くて軽い大砲。接近戦用）

アスファルトの路面引裂き木の葉切る激しき砲火吾を包みぬ

いつかしら車逃れて道わきの溝に打伏す吾も又兵も

右手首の血に染りたりやられしと先ず指のばし負傷をたしかむ

新しき下げしタオルに傷を捲きてわが部下をよぶ吾にありけり

弾丸受けし前沢少尉は軍刀を握りしま丶にうつむきて臥す

背に負ひて運び来りし此の人の名を呼べど只ウウと応へぬ

左胸に親指程の穴あきて千人針の布へ血一杯たまる

（千人針＝出征軍人のために千人の婦人が敵弾よけの祈りを込めて
白布に赤糸で一はりずつ結び玉を縫いつけた）

襦袢裂き噴き出る血潮止めむと穴あきし胸に之を差し込む

（襦袢＝和服用の肌着）

大の字に仰向きしま丶己が血の拡がる上に吾当番の死ぬ

左手に黒猫うつす英国の煙草握りて死せる此の人

六人の死者を出して退かむとす敵の砲火の集中を避けて

母の名を呼びて死ぬてふことをきけど若き兵いま母の名を呼ぶ

トラックの下に落ちつゝかすかにも天皇陛下万歳と死ぬ兵

梶田々々　大佐伍長《おおさごちょう》など名を呼べば応《おう》と応《こた》へて吾が部下のたしか

全員を引連れ急遽退かむとす此の熾烈なる攻撃さけて

腕の傷手当うけむと堀近き野戦病院の門をくぐれり

折からも又一しきり敵軍の砲撃受けて屋外に逃る

堀わきの崖の穴掘り負傷兵のうずくまる如く身をひそめあり

うずくまる見ぐるしきその哀れさは生命の惜しき吾の姿か

今、息を引き取った前沢少尉の死体から離れて、自分は腕の傷を診てもらうためにブキテマ三叉路近くの野戦病院に入った。ところがそこに入ってすぐに、敵の集中砲火を受けてしまった。軍医も患者も、一斉に舎外へ退避しなくてはならなかった。自分はといえば、つい今しがた包帯をしてもらったばかりの右腕を首から吊るし、人より遅れて近くの堀へと、患者たちの後を追った。そこで見たものは、もう一つの戦場の姿だった。この堀の崖下に幾つもの穴が掘られていて、その穴の一つ一つに自分の身体を押し込もうと激しく争っている患者たちの姿だった。

生きるために、死から逃れるために穴を独占《ひとりじ》めにして砲火を避けようとするこの行動。身体の傷など度外視しての、逃避と争いの姿がそこにあった。すでに占拠した者は、おどおどした眼や、恐怖に満ちた瞳で、じっと穴の中から外の気配を窺《うか》がっていた。このとき自分は、何か見てはならないものを見てしまったような気分にさせられた。

生への執着心と死への恐怖心は、それこそ人間本来の姿かもしれない。だがこのときの患者たちは日本人の誇りも、軍人としての退避要領をも忘れ果てているように見えた。直属指揮官の下を離れたために、烏合《うごう》の衆《しゅう》と化してしまったのだろうか。そんな患者たちは皆、己の思いに反するその行動を自覚しているのだろうか。そして、かく思う自分も果たしてその一人なのかもしれなかった。

敵の砲火の下にあるのも忘れて、自分は崖の下にじっと立ちつくしたまま、吐き気を催すような自己嫌悪に襲われた。

二月十五日　シンガポール陥落す

午後三時シンガポールは陥落すどよめく兵等酔へるが如し
夜となりかがり火焚きて兵集ひ酒飲み乾して万歳叫ぶ
手の痛みこらへつ兵の群はなれ天幕に入りて人の死思ふ
かがり火の赤々燃えてその影の魔神の如く伸び縮みせり
勝つことも生くことも皆うれしかりされど死にたる人たちを想ふ
半刻の直ぐその前に死せる兵の生命思へば腹立たしきか
蚊の声は耳元近く兵達のかちどき遠しわれはいね臥す
天幕の中にもぐりて酒も呑まず仰向きて尚死せる兵思ふ

長崎の生まれとかきくひる死せる前沢少尉のうめき声きこゆ
運命《さだめ》かな生と死といま分かちたる敵兵をわれうらみとも思わず

ゲマスから連れてきた英国人は傲慢で、頑《かたく》なに自分の問いに応じなかったが、愈々《いよいよ》われわれのシンガポール入城が決まった時に、こう言った。

「伝統ある歴史のもと、わが英国軍隊は世界にその精鋭を誇り優秀である。しかし日本軍はそれにも増して精鋭であり、まさに世界に誇るべき軍隊である」

日本軍の働きを見てそう思ったのか、あるいは外交辞令の類いだったのか。自分はこの言葉には答えず、笑いながら言った。

「シンガポールが陥落したのだから、もう君たちには何も聞く必要がなくなった。これから君たちは捕虜として他へ移動されるだろう」

そう言うと彼らは、またお世辞めいたことを言った。

「大変お世話になった。戦争が終わったら良い友達になれるだろう」

自分は召集の少尉の言葉に答えた。

「まさかケンブリッジ大学へ、訪ねていくわけにもいくまい」

笑いながらそう言うと、彼も同じように笑いながら言った。

「傷を大事にされよ」

そんなふうに、首から吊った自分の右手の包帯の方を見ながら言った。

互いに殺し合うという緊張感から解放されて、昨日と変わる全く違った精神状態だった。心境の変化であろうか、特にシンガポールの陥落という決定的な現実がわれわれを有頂天にさせていた。植民地軍を屈服させたという、日本人としての優越感を満喫させて、夢かとも思わせる現実があった。

ところが、英国人の大尉は言った。

「現在英軍がシンガポールで敗退したとしても、連合軍はきっと近いうちに攻勢に転じてくることを貴官は知っておく必要がある」

その言葉を聞いた自分は、ぎょっとして大尉の方を睨《にら》みつけたが、彼は平然として何も悪びれた様子がない。この大尉の予言が、当たるか当たらないかなどとは、考えることさえできなかった。それよりも捕虜でありながら、われわれを無視するかのような傲慢《ごうまん》無礼な言動に、心中怒りを駆り立てられた。だが、法は守らなければならない。足蹴《あしげ》にしてやりたいほどの衝動を、唇を噛んでやっとのことと我慢した。

ここ一週間もの間、彼ら二人と行動を共にして、多少なりとも心の通じる所があるなどと思っていた自分が甘かったのか。人間性の違いを理解していなかったというべきか。敵と味方であるとはいいながら、どこか心の中の一点に重くのしかかるような後味の悪い別れだった。

自分の甘さは別にしても、この戦争はこれからいよいよ本格化して熾烈《しれつ》さを増していくことは間違いないとも思った。別れた後で振り返ってみると、彼ら二人は黙って自分の方を見つめていた。やはりあの短い背広を着て、サンダルをはいて頬髭を伸ばして。

5　夜間攻撃

二月十三日。市田軍曹は配属を受けた歩兵小隊を指揮して、英軍のブキテマ陣地に迫っていた。このあたり、あらかじめ日本軍の侵攻を予測して、英軍は待ち構えるように巧妙な陣形を敷いていた。そこに迫る日本軍は攻撃側有利の情勢とはいえ、その損失も大きかった。ジャングルに退避した人たちの中で、特に中国系の住民は、かなりの数が英軍側への通報者であった。日本軍にとっては植民地解放の聖戦であったかもしれないが、中国系住民には敵国の侵攻でしかなかった。民族独立の言葉も、本国を離れた状態の彼らには、何ら魅力を呼び覚ますものではなかった。退避した市民の顔をよそおって英軍のために働くということは、しごく当然の行動であったろう。それと知らないうちに、日本軍の動きは、彼らにより逐一《ちくいち》英軍に通報されていたのだ。

シンガポール島西部のタンガロイにある石油タンクの火災は続いており、不気味な黒煙が空を覆っていた。平和なときであれば夕暮れの美しい時刻であったかもしれない。しかしこのとき、空を覆う黒煙は、ブキテマ高地で相戦う両軍の兵士を見下ろして、それに気づいて正視する者には、不安を呼び起こさせずにはおかない動きをしていた。不穏なうごめきというべきか。

島を覆う不穏の黒雲の中、攻防両軍の兵士たちの疲労は、限界をとうに超えていた。そして形勢はというと、英軍の降伏近しという状況であった。日本軍による降伏勧告は、もう何度も繰り返されていた。かくいう日本軍も、その内実は弾薬がもはや尽きようとしており、数日中に英軍の降伏がなければ、攻撃続行が不可能な状態であった。弾薬のまさに尽き果てようという日本軍は、昨日以来憲兵隊をも総動員して、昼夜ない攻撃命令が降りるばかりだった。そんな中で基本的に兵力の劣る側が、それの優る側を降伏させたら何とするか。敵を打ち倒すことにばかり力を注いで、その後のことにあまり意を払わないということは許されなかったかもしれない。このときの両軍はそうしたバランスの上に立っていた。

両軍の戦いは、夜昼を問わず続いていた。どこで戦い、どこで眠り、どこで食事したのか、それさえも記憶の中でおぼろに霞《かす》んでしまうような戦闘だったのだ。英軍側の降伏の気運は徐々に増大してきていたが、夕暮れが迫り、それは今少し持ち越しとなった。夜間の攻防戦は、昼間とは少し違った精神状態で戦われる。また夜戦になることは、両軍の兵士の動きが示していた。夕暮れの中に、夜のとばりが不穏の黒雲から広がって行きつつあるこのときに、彼らの動きは重い風のように互いに交錯した。

この風には三つのものがあった。今まさにシンガポールの主人の座を明け渡さなくてはならないかと予感する英軍の兵士たち。そして弾薬と体力の残り少なくなってなお、攻撃の情念のみに突き動かされる日本軍の兵士たち。この二つの風の交錯するところが、このときのブキテマ高地だった。そしてもう一つの風があった。軍にも市民にも分けられない、全く違う次元での戦闘参加者が、日英両軍の周囲をうごめいていた。第三の風はまるで、そのときの空を覆う黒雲のごときものだったろうか。不穏なのだ。

夜襲の軍令に従い、歩兵小隊を指揮している市田軍曹だったが、精神と肉体の疲労によるせいなのか、このときの出撃には一抹の不安があった。そのとき、ふと彼の心の隅をかすめたのは、かつて大陸で遭遇した危機一髪の戦闘のことだった。あのときは、いきなり横合いから便衣兵に襲われた。戦友が何人か撃ち倒されて、そして自分は生き残った。何がどうなってそうした結果になったのか、あまりの恐怖に正確な記憶などなかった。

「いきなり横から」

市田軍曹は、一人つぶやいた。すると、彼の横の兵はあわてて小銃を身構えた。ほんの小さな言葉にさえ、すぐにも反応する若い兵だった。鋭い視線を巡らせて周囲を確認したけれど、英軍陣地にはまだ距離もあり、特段の異常は認められなかった。

この時刻、不穏の黒雲に覆われていたとはいえ、空には太陽の光芒の最後の輝きが存在していた。夕暮れ時の不安定な精神が、市田軍曹に小さな戸惑いを生じさせたのだろうか。兵の動きに自分の心の隙を自覚した彼は、すぐに兵を円陣隊形に配置した。円い輪となって、一人一人が円陣の外を注意しながら進んでいく小隊。この夜の夜襲の首尾は、果たしていかがなものであろうか。しかし、小隊の成員は皆、戦場にあって己の生命の一瞬先のことなど考えることさえしなかった。

そして間もなく、不穏の黒雲の向こうにあった太陽は完全に没し去り、夜の帳《とばり》がその中から大きく広がってきた。日没は昼間の終わりであり、また、夜の始まりである。暗い闇の中を進む小隊は多かったが、日英両軍の風がぶつかるところ、どんな運命がそれぞれを待ち受けていたであろうか。そうこうしている間にも、夜の闇は大きくなっていき、攻・防両軍の兵士たちの姿を包み込もうとしていた。

こうして市田軍曹の小隊の全員が、夜の到来を目にしたときのことだった。不穏の暗闇の中から、いきなり一人の兵が現れた。サッと小銃を構えようとする市田曹長たちの左側に現れたその兵は、あろうことか待ち伏せ狙撃任務の英兵だった。そしてその手の中に握られたものがあった。それは何と、一発の手榴弾だった。英兵に向けて銃撃しようとする小隊の皆より早く、その英兵は手榴弾を素早く投げ放った。もう間に合わない。

「伏せろ」

怒気も荒く市田軍曹は叫んだ。そして、英兵の手を離れた鉄球は不気味な弧を描いて小隊の上に落ちてきた。

生か死か。あっという間の出来事だった。全く、生といい死といい、その鉄球が落ちてくる地点によって小隊の成員の一人一人の人生が決定される瞬間だった。ほんの一、二秒間、そこでは時間が止まってしまった。

「ゴツン」

落ちた地点は、市田軍曹の小隊の円形の陣の後方だった。

「ズンッ」

どのように形容すればよいのか、不穏の鉄球は小隊の後方にいた若い兵たちの命を道連れにして形をなくした。小さな破片となって兵たちの身体を貫いた。

爆発するべく造形された鉄球は、その使命を完全に果たして砕け散った。その後に残された光景は、小隊の半数にも及ぶ死傷者の姿だった。生と死を分かつものは、いや、そんなことなど考えるのも愚かしく、またその時間さえない一瞬の出来事であった。

そして、夕闇の中から現れた英兵の姿は、次の瞬間には再び不穏の空間の中に消えてしまった。後に残された小隊の者たちは、負傷兵の応急手当をして、すぐにも退却しなくてはならなかった。

後方に退きながら、市田軍曹は今さらながらに戦場の非情さを思った。つい先ほどの出来事で、生と死を分けたものは一体何だったのだろうか。小隊の若い兵たちはいずれも心根がよくて、自分から見れば全くの善人としか見えない者たちばかりだった。今、自分の背に負うている若い兵も「軍曹殿、軍曹殿」と繰り返すばかりである。負傷の程度からみて、いまだ彼の生死の判断はつかない。つい今しがた、自分が先導者としてほんの少し道順を違えていたならば、あるいは小隊の者たちの運命も変わっていたのかもしれない。そういった悔恨の情もわいてきた。しかし事に当たっては、非情な判断で緊急の対応を進めなくてはならない場合もあるのだ。小隊の多くの兵が、目の前で死んでいったことも、戦場ではごく普通の出来事であろう。だが、現実に多くの死者と負傷者を目の前にした者の気持ちは、一片の言《こと》の葉《は》で表すことなどできはしない。ただ自分と死者の間の距離が、あまりに短いことを感じていた。

とはいえ、戦場にあってはそういった感慨に浸り続けることは許されない。退却中の小隊に、さらに敵からの攻撃があるかもしれないのだ。一瞬たりとも気を抜くことなどできはしない。しかし、シンゴラ以来の長い長い征路と、シンガポール島内での突撃戦によって、市田軍曹には疲れがたまっていた。足取りも重かった。いや、それはこの軍曹ばかりではない。ブキテマ高地で戦う兵士と、戦乱を避けて両軍の戦闘を見守るすべての人が疲れきっていた。

市田軍曹は、重装備の上に負傷兵を背負っていた。それはもう、とうに人間の能力を超えた行動であった。その上に精神的な緊張が重くのしかかっていた。戦場にある兵士の存在というものは、そのどれもが人間の平時の常識では計ることのできない、奇跡に近いものといえるだろう。そして、奇跡の風からそれた者には、すぐにも死が待ち受けていた。

負傷兵を連れて退却した市田軍曹だったが、その夜のことは記憶には残っていないという。ただ、眠るがごとく夢見るがごとくの一夜であったことだろう。同僚の多くは夜襲の任務に従って、ブキテマ高地の英軍陣地に張り付いていた。英軍の降伏という当面の目標に向けて兵士たちは、その人間性をすべて注ぎ込んで戦っていたといえる。最前線にある兵士の心の有り様は、平和な時代に過ごす者の想像の及ぶところではない。兵士ばかりではなく参謀、司令官に至るまでそうであった。そのときに戦場にあった者すべての心は極限状態であり、夜の帳の中にあっても、決して安らかな眠りなどなかったはずだ。

だが、人間の精神の意外と力強い面も否定することはできない。どんな状態にあっても、生き抜く人は生き抜くものなのだ。また、絶体絶命の危機にあってなお深い眠りに落ちてしまうという現象も、まま見られる。それはちょうど、凶暴な熊に見入られて気絶してしまう無力なタヌキの行動にも似ている。つまり、死んだように寝入ってしまうのだ。

さて二月十五日の朝である。都合何回目の突撃になるであろうか。市田軍曹も十三日夜と変わらず出撃していった。飛び交う砲銃弾の下で、兵士たちは何を思ったか。おそらくそこには生と死を超えた、ひたすら戦う人間の姿だけがあっただろう。何も考えることなどできない条件反射のような戦いの中で、人間の心は何処《いずこ》にあったか。敵の影に向けて小銃を放つ。あるいは敵の陣に向けて砲撃する。そこには正義も悪もなく、ただひたすら戦う時間の中に貼り付けられた人間の姿だけがあった。勇壮でもない、悲惨でもない、ただ戦場の中に貼り付けられた人間の姿。それを何と呼ぶべきか。

6　白旗

二月十五日午後二時頃だったか。両軍の戦闘に不思議なバランスが生じていた。攻め切れず守り切れない、危うい均衡の崩れる時がいよいよやって来た。このときの様子は戦後、多くの体験談で語られている。

マック・リーチ貯水池東南の、B・M・B・C放送局の屋上に白旗が一つ、ひらひらと翻《ひるがえ》った。第二十一連隊速射砲中隊の正面である。樹林の緑を背景にして、それは目に染み入るような鮮やかさだった。同じように百二十五高地にも、するすると白旗が揚がった。

「降伏だ!」

最後の死力を尽くして攻撃中の日本軍将兵にとって、待ちに待った瞬間だった。

大きな感激がそれぞれの兵士の心を突き抜けた。浮き立つような顔をした伝令が、羽根が生えたような足取りで、まさに飛ぶがごとくに山を駆け下りて行った。これほど嬉しい報告がまたとあろうか。

不穏の黒雲もどこかに忘れ去られ、空は美しく澄みわたっているとしか感じられなかった。そのとき丘や森や林や住宅地は、希望の光に満ち溢れていた。この瞬間の前線部隊の兵士たちは、そのような無上の喜びの中にあった。

それから間もなく、大きな白旗を掲げた英国参謀、C・A・Jワイルド少佐が兵三名を連れて、軍使として日本軍の前に現れた。その場所は中央シンガポール街道、ブキテマ・ロードのブキパラウン付近だった。停戦交渉の使者として、この英軍少佐は重い足取りを引きずるようにしていた。隠せない疲労の表情と、山下軍司令官宛のパーシバル中将の書簡を持って。

白旗とユニオンジャックを掲げた軍使は言った。

「山下軍司令官に会いたいので自動車を貸せ」

自動車はなかったので連隊本部まで案内して、すぐに第二十五軍司令部に連絡した。日本軍からは、すぐに情報参謀の中佐が軍司令部から車を飛ばしてやってきた。そして質問した。

「無条件降伏に同意するなら停戦する。降伏の意思を有するや」

英軍少佐は答えた。

「降伏の意思あり」

ついにその時がやってきたのだ。シンガポール要塞を支配する英軍が、日本軍の下に降伏を申し出る時が来たのだ。午後五時半に英軍司令官自らが、降伏条件交渉のために出向いて来ることを約し、短い会談を終えた軍使は帰っていった。

約束の時間より一時間余り遅れた、午後六時四十分頃であった。マレー軍司令官A・Eパーシバル中将が三名の参謀を伴って、ブキテマ・フォード自動車工場の前にやって来た。ユニオンジャックと白旗を前部に交差した乗用車である。

情報参謀に案内され、大きな二本の旗をかつぎ、四人で肩を並べて工場への坂道を上っていった。痩せたパーシバル中将の顔は、心なしか神経質に震えており、急ぎ足に歩を運んだ。嫌なことは早く済ませてくれ、といった心境であったろうか。

交渉の場所は、フォード自動車工場の南の端の大広間で、長いテーブルをはさんで日英の幕僚が対座した。シンガポールの主役交代の儀式である。

すぐに山下司令官は、英文で書かれた一通の文書をパーシバル中将に示し、停戦の条件交渉に入った。通訳を務めるのは、かつて米国に駐在したことのある杉田参謀だった。

まず、山下中将が言った。

「さきに軍使に渡した、当方の要求事項を見たか」

パーシバル中将が答えた。

「見た」

「前記の条件を、さらに詳しくしたものが別紙である。それに従って実行してもらいたい」

「シンガポール市内は混乱している。非戦闘員もいるので、千名の武装兵を残すことにしてもらいたい」

「日本軍が進駐して、治安を維持するから心配は要らない」

「英軍はシンガポールの事情を知っているから、千名の武装兵を持っていたい」

「日本軍がやるから安心されるがよい」

「市内では掠奪が起こる。非戦闘員もいることだから」

「非戦闘員は、武士道精神をもって保護するから大丈夫だ」

「空白ができると市内は混乱し、掠奪が行われる。日本軍のためにも英軍のためにも、治安上好ましくない。千名の武装解除は好ましくない」

「日本軍は目下攻撃を続けているので、夜に入っても攻撃するようにしている」

「夜間攻撃は待ってもらいたい」

「話がつかない限り、攻撃は続ける」

「待ってもらいたい」

「攻撃は続ける」

「シンガポール市内は混乱するから、千名の武装兵はそのままにしたい」

山下中将は、横にいる中佐に尋ねた。

「夜襲の時刻は？」

「二十時の予定です」

パーシバル中将は答えた。

「夜襲は困る」

「英軍は降服するつもりなのかどうか？」

パーシバル中将の答えに少し時間があった。

「停戦することにしたい」

「ごく簡単にお答え願いたい。私は、英軍の無条件降伏のみを要求します」

山下中将は無条件降伏の同意を求めた。そして、杉田参謀からその内容を聞いたパーシバル中将は、その蒼白い顔の中に苦痛の表情を浮かべた。右隣に座っている参謀のトランス代将と低い声で話しながら、なかなか返事をしなかった。無理もない。それを認めた瞬間に、植民地の主人としてのカリスマは、跡形もなく消え失せるのだから。再び植民地を回復したとしても、虚構の植民地支配権の精神的裏付けは損なわれているであろう。なかなか返事をしないので、いらだたしい空気が日本側代表に大きく膨らんできた。そのとき、すっと左手でパーシバル中将を指し、山下中将は杉田参謀に英語で問いただした。

「イエス、オア、ノー?」

はたから見れば、このときの山下中将は、威圧するような眼光で相手方をにらみつけたような印象だった。だが、中将の内心はこれとは別のものだった。

そのときの情勢は切羽詰まったものだった。日本軍にはもう、攻撃を続行する余力はあまり残ってはいなかった。かといって英軍の方にも援軍がすぐ来るという見通しもなかった。双方に拮抗《きっこう》した戦力がある以上、最後まで戦いを継続すれば、両軍とも悲惨な死傷者の山を築くしかなかったのだ。山下中将は早く英軍が降伏してくれることを、祈るような気持ちであったろう。

さらに、シンガポール陥落後の日本軍の展開にも予定があった。ビルマやスマトラにも軍を差し向けねばならなかった。山下中将は日英両軍の今後を考えると、このとき、そうした態度しかとれなかった。

そして、パーシバル中将はもう一度トランス代将と目線を交わしてから答えた。

「イエス」

「では日本時間の午後十時をもって停戦します」

「イエス」

その答えの後、パーシバル中将から申し入れがあった。

「今後日本軍が入城されれば、思わぬことが起こらないと保証することはできません。どうか明朝まで待っていただきたい」

山下中将は、この申し出に応諾した。

「よろしい。今夜はシンガポール市内に日本軍を入れません。英軍一千名で警察権を行使して秩序維持してください」

「イエス」

「もしこの条件を破る場合は、直ちにシンガポール市街に向かって総攻撃を始めます」

「市内に残留する英・濠人・兵にたいして生命の安全を保障していただきたい」

「大丈夫です。その点は絶対に保証します。ご安心ください」

こうして両軍司令官は無条件降伏文書に署名を終え、固い握手を交わした。時刻は午後七時五十分だった。歴史的な会見は、あれほど激しかった砲声が止んだ後の、不思議な静けさが印象的だった。会見の場所であるフォード工場は、南国の照りつける夕日が輝くなか、静かな戦場にたたずんでいた。

このとき戦闘地域にあった日本軍の兵士たちは、同じ条件で戦って勝利した喜びに沸き立っていた。そして英軍は、東南アジアの一拠点を、一時的ではあるが失ったことに思いを致していた。かつての、アジアの小さな同盟国の軍隊に打ち負かされたのである。今回はやむを得ないが、反撃の態勢を整え、すぐにでも奪い返す心構えだった。しかしこのときは、戦時国際法に法《のっと》った、捕虜としての権利者の身分に移行する覚悟をしていただろう。

7　市田軍曹

この日まで死闘の繰り広げられた戦場にいた市田軍曹も、喜びに沸き立つ日本軍の兵士たちの中にあった。そのときは軍人として無上の喜びの中にあったことだろう。だが、昨日の今日である。ほんの少し前には、自分が率いていた多くの小隊員の命を失った戦場だった。喜びは喜びとして、失った命のことにも思いを致していた。

「もう二日早ければ」

そうした思いが頭を去らなかった。

英軍が降伏したとしても、戦闘部隊の兵士とは違って、憲兵隊の者には重大な使命が与えられていた。シンガポール市内の治安維持である。市田軍曹は、憲兵隊に帰隊すべくブキテマの戦場を離れつつあった。夕暮れ迫る戦場は、いまだ硝煙が立ち込めていた。戦場の息吹の鼓動がなお、静かな中にも続いているようだった。その辺りにある砲弾跡のクレーターは、激しかった砲撃の記憶を呼び覚ますものだ。静かな中にそれを見てさえ、爆発の衝撃が身体を貫き、爆音が耳をつんざくようである。

煙硝のにおいの中には死臭も混じって、そこは、その場所はまさしくキリングフィールドであった。この場所を、市田軍曹は心に刻みながら通り過ぎていった。いや、さめた心で見渡しながら、行き過ぎつつあったといえよう。

「パパーン」

ブキテマ三叉路の方角から、小さな銃声が聞こえてきた。巨弾の飛び交う戦場で、雨あられと銃弾の降り注ぐ日を過ごしてきた身には、それは何ほどのことでもなかったかもしれない。だが、静まり返った停戦後の戦場では、小さな不安を呼び起こすような銃声ではなかったか。市田軍曹の胸中には、嫌な予感が少しずつ膨らんでいった。

少なからぬ年月を、中国大陸で連戦してきた市田軍曹だ。戦闘が終わったはずの場所での銃声に、何物かの到来を予感した。

不安な気持ちで、ブキテマ三叉路の近くまで来た市田軍曹が見たものは、便衣兵の死体だった。憲兵軍曹の不安の形とも思えるものが、そこに横たわっていた。

「まだ何かある」

そうした予感が市田軍曹の胸中に、押さえようもなく膨らんでいった。そして突然、全身に冷たい震えが走った。強烈な悪寒が身体を貫いた。熱帯の熱い空気の中で、わが身を寒気に打ち倒されるような感覚であった。そして、市田軍曹は力なくその場に倒れおちた。

「軍曹どの」

小隊の若い兵の呼ぶ声が、空しくブキテマの戦場跡に流れた。

「まだ何かある」

遠ざかる意識の中で、市田軍曹は空しくつぶやいた。

マラリアの症状は、突然の悪寒から始まる。猛烈な寒気が全身を包み込み、その瞬間から重病人の境遇に落とされてしまう。シンゴラ以来の野戦の旅寝の間に、いずこかでハマダラ蚊によって感染させられていたのであろう。

とにかく寒い。ほかに言葉はない、とにかく寒い。体温は上がり、震えが止まらない。歯をガチガチ鳴らして呻《うめ》きながら寝る状態である。布団を十枚かけてもらっても、寒さはいっこうに去らない。

結局、市田軍曹は二週間を病床で過ごすことになった。しかし後遺症もなく、その後は回復して南国での生活になじんだという。

市田軍曹がマラリアに倒れていた頃、第二野戦憲兵隊は、戦塵いまだ消えやらぬシンガポール市に入城した。治安維持を主な任務として。

8 入城

戦闘部隊は市内に入れない、という軍令があった。日露戦争以来の遠征軍の勝利で、戦闘部隊の兵の行動に統制を欠く恐れがあったからだ。現実に、便衣兵との小規模な銃撃戦があったことが、すでに司令部に報告されていた。シンガポール市民の日本軍に対する反感も、どの程度なのか測りかねるものがあった。こうして、市内には治安維持のため、憲兵隊だけが入城した。

二すじの黒煙の尚消えずしてシンガポールにいま入城す

英軍の憲兵の肩打ちしほれその眼の色にうらみの光る

生くことはうれしきことか吾も人も昨日に変わる顔色の良さ

穴あきし戦車に臥して英兵の屍残るシンガポールは

焼けくさき人影見えぬ街ゆけばひからびしたゞ空家のつゞく

郊外は牛の逃れて銃弾に打倒されて死臭漂ふ

芝草のみどり目にしむ邸ありて足とゞむれば赤き花落つ

顔剃りて無邪気に出でぬ英兵の捕虜たる心境忘れたる如し

群れなして身辺にあふるその装具敗れし兵の持物と思はれず

我軍の汚きみなり英軍の整ひし身の如何なる故か

群集に似たるが如し英捕虜を我一つ手に広場へと追ふ

砲声のおさまりかへり住む人の群れをなしつゝ住家へもどる

胸張りし大王椰子の並ぶ道ラフルズ像の居をば移して

赤十字と庭一杯に布拡げ英病院にひそむ一群

起立せる英軍患者の視線受くシンガポールは日本の手に在り

朝の海漁夫等の群れて蟹多し戦終りし此の浜の和やかさ

此の邸　庭石を打つ水際に日本勝てりと我夢さめず

椰子林のつゞく浜辺の濡砂はシンガポールの悲しき顔か

負けし民の負けし兵の哀れさよやけつく島に群れなして移動す

セレタにて長き砲身さすりつつ英軍陣地の使はれざるを思ふ

（セレタ＝軍港のあった場所。大砲は海側に向けられて
ジョホール側の防御には役立たなかった）

大きなるビルの売店人気なく吾行く跡を靴音の追ふ

とうとうシンガポールに入城した。

このとき、中天に高く昇る石油タンクの火災の煙は、先日から少しも衰えず、そのドス黒い色は不気味でさえあった。シンガポール島の上空に漂いながら、われわれ生きる者や死んだ者をも、見下ろ

しているようだった。

われわれ憲兵が自動車に乗り、敵兵武装解除のためにシンガポール市街中心部へ前進しているときのことだった。

と、道の右側に破壊された敵の戦車が一両放置されているのが目に入った。そこに、展望台の上から上半身をうつ伏せに乗り出して、英軍戦車兵が死んでいた。両手をダラリと下げて、鉄帽がやけに重たげである。

いずれ後続の他部隊が戦場清掃のときに処理することだろうが、ここでも消えた生命の一つが、醜い残骸をさらしていた。

これを見たときには、自分も右手の傷を包帯の上から押さえて、昨日死んだ前沢少尉や戦友たちのことを思い出した。

あのとき前沢少尉は、自分と同じトラックの運転台の右隣に、軍刀の柄《つか》を両手ではさんだまま杖のようにして少し首を前にかがめた姿勢で座っていた。そして迫撃砲の直撃を受けてしまったのだ。少尉の左胸は、爆発の破片に打ち砕かれて親指ほどの穴があき、そこから血がこぼれ落ちた。その血は腹に捲いた千人針の中にたまって膨らみ、凧をはらんだ凧のように円く張っていた。

「しっかりしろ、前沢少尉」

「ウーン」

そう応えるかすかな声だった。そして彼は、後陣に退く途中で息を引き取った。

そして自分の左そばにいた当番も、同じように死んでいった。左股の付け根を打ち抜かれて、畳二枚ほどにも広がった己の鮮血の中に浸り、大の字に仰向いたままアスファルトの道の上で死んでいった。そのほかにも多くの兵がこの場所で死んでいった。

敵・味方お互いが殺しあう戦場では、双方の生命の犠牲によってのみ平和が招来されるのならば、このときの自分は一日も早くその希望が実を結んでくれるようにと、心の中で祈らずにはいられなかった。

シンガポールに入城して、憲兵隊の兵舎で寝ているときだった。

「起きろ！　憲兵はいないのか！」

恐ろしく大きな怒号で目を覚ました。隣に寝ている曹長も目を覚ましたらしい。天井から吊り下げている漏斗型の蚊帳の端が波打っている。裸電球の灯火の下に軍刀を抜いた将校が一人、大股に歩きながら広い部屋を横切ってこちらへやってくる。よく見ると、例の参謀である。肩から胸にかけて、大きく動く参謀肩章が金色の光を放っているのが、はっきりと目に入った。午後の十時である。こんな時間にどうしたのだろう。不審に思いながら、自分は急いで寝台から床へすべり降りた。

「軍の方針に従わぬ者は、憲兵だってぶった切ってやる！」

そう怒鳴りながら近づいてきた。

ところがどうしたのだろうか。寝台の前に立っている自分を見ると急に方向を変えて、ガツガツと靴音をたてて、足早に別の戸口から外へ出て行った。憲兵隊の誰かを探しにきたのだろうか。抜き身の軍刀を手にして、全く恐れ入った剣幕であった。

ある日、軍参謀の方針が示された。

「占領地における日本軍の威力を示すため、シンガポール在住の中国系住民を粛清《しゅくせい》する」

こういった内容だった。その具体的な案を示して憲兵隊にその実行を命令した。

しかし憲兵隊長は、示された実行内容が非人道的かつ、非効率的であるとの理由をもって異議を具申した。ところが軍参謀の不興を買ってしまい、前記参謀から嫌がらせを受けたというわけである。

自分はこの件に関して思うことがあった。利害反する敵国であっても、その国民が己の国のため、為政者の方針に従うのは当然の行為ではなかろうか。たとえ敵国人であろうとも、相手国に対する直接的害悪や人道に関わる犯罪を行わない限り、拘束や制裁を受ける理由は全くないのだ。

戦争状態に入った現時点で、占領地住民の以前の行為、しかも住民として当然の行いを、非として検挙するのは非常識なのだ。占領地行政を誤ることになるのは明白だ。

軍参謀が、われわれ憲兵を軍刀で切るとか切らぬとか言っても仕方がない。第二十五軍配属の憲兵である限りは、軍の命令に服せざるを得ないのは、あまりにも明白である。このことを知っていながら憲兵の寝室にまで侵入して嫌がらせをするような参謀は、不見識もはなはだしいというべきだ。

あの参謀は昭和八年、自分の入った歩兵連隊の連隊旗手だったことをよく記憶している。頃は初夏の六月。数千人の兵員が整列する広い営庭に、さっそうとして立った紅顔の歩兵少尉だった。自分はあのとき、黄色い布の星章を一つ肩につけた新兵であり、列兵としてそれを眺めていた。

その後自分は憲兵となり、彼は軍参謀となった。そして今、八年ぶりの巡り合わせで、この参謀との接近が再現したのである。彼との個人的なつながりがどうであろうとも、今は参謀という名の彼から、遠ざかろうとする自分の心をどうすることもできない。

会いたくもない。話したくもない。

シンガポールの治安回復する

日毎日毎群れなして帰る住民の島になじめるくらしのたしかさ

塩乾魚の腐臭溢るる町端れ各民族のくらしの異なりて

幾日もあせも作りて此の街の治安の維持に水浴もせず

白き花その花びらの肉あつくつかれし窓に香り漂ふ

デング熱か窓にもたれて息をつく此の吾右手の傷も痛みて

包帯の汚れ見つめつ窓側に死せる兵等のことの偲ばる

白き花悲しき花か名も知らず窓辺に寄せる香りも高く

又しても集積しある弾丸の火災の起きてはじけ飛ぶ音

病押して此の現場に駆けつける吾吐息いま苦しかりけり

シンガポールの検索はじまる

検索の軍方針の堅ければ積極性欠く我等憲兵

我宿舎へかの参謀乱入す吊蚊帳ひゞく怒号あげつゝ

振鈴し声を嗄らして中国人らの終結を告ぐ街を巡りて

蝟集してうずくまる者声もなし良民証交付す一人一人に

（蝟集＝たくさんのものが寄り集まること）

占領は斯くすることか南国の中国人に対する吾等日本人

何時かしら右手の痛さ忘れはて兵を叱咤す吾船にのりて

水も波も只自然なり人間の罪の裁きか裁きが罪か

参謀は軍の魔神か我を張りてシンガポールの検索強行す

勅令の憲兵ならず此のわれら軍憲兵の意図にさからえず

（勅令の憲兵＝憲兵は本来陸軍大臣の指揮下にあった。
野戦憲兵隊は軍司令官の指揮に従わなければならなかった）

昭南水上分隊を創設する　（昭南＝シンガポール市の占領後、昭南市と改名した）

極東の英海軍の司令部に仮寝の夢をむすぶ吾等か

はるかなる海辺の風のさわやかさここ南国の高き丘の家

じゃがいもの缶詰割きて中食す水上分隊創設せんとして

海めぐるシンガポールの此の島を新しき勤務いまつかむとす

旗立てて波を蹴立てて島巡る水上分隊今開かむとす

港近く小さき島にかくれいるオランダ人等数多捕はる

眼の色の異なりあれど救けよと願ふ心の面にあらはる

持ち物もなきまゝに只立ちすくむダッチワイフをかき抱きつつ

此の今日も近き島々捕虜達の数増したれば仕事のいそがし

如何にして此のおびただしき猟銃の今日も保管せむ兵器庫の奥へ

阿片なども押収す封印にオランダ女王の王冠のマーク

雲はれて水の蒼かり勝ちいくさ日本人なるかと幾度も疑ふ

阿片など盗む現地人のあらわるるここにも哀れ人間のくらし

カラン飛行場に立ち寄る

カランなる飛行場にて休みたりまばゆき芝生と真白き搭と

青き空へしみこむ小さき飛行機は勝どきのせて日本へ帰るか

葉を振れば両手振る如き椰子の木の波際に立つ光れる海に

脱走兵を追う

手榴弾持ちしまゝ逃れたる日本兵追ふその脱走兵を

草叢をかきわけて追ふ此のわれらあやまれる彼の帰るを願ひつつ

生卵潰し食みたるその仕草日本人なり脱走兵なり

日の暮れてジャングル内に闇湧きぬ脱走兵の姿消えたり

追ふ者も追はるゝ者もつかれたり薮蚊の多く発疹も出きて

暮れて明けて脱走兵の足取りの消えてあらはれ又消えゆけり

印度人部落に一人中国人の交じるときさて日本兵と推《おも》ふ

やうやくに脱走兵を捕へたり丁度八日のよるひる重ねて

やつれ果て手足の傷の腫れてあり人を殺して尚逃れたる兵

哀れなり人の子なれどいくさ場に罪負ひし身のやつれたる顔

過ぎたるは夢にてあれや罪の子の赦すもできず只罪残る

私服の軍曹に連行されて、捕らえられた脱走兵が自分の前に連行されてきた。この脱走兵は破れた汚い紺色の中国服を着ており、黒い垢《あか》だらけの顔に目だけ白く光らせていた。

「ばか！」

彼が自分の前に足を止めるか止めないかのそのときに、自分はもう右手で力いっぱいその左頬を打っていた。両腕を後ろ手に縛られていた彼は、打たれた力で右側に上体をよろめかせた。そして、足を横に踏み出してようやく踏み止まった。そして、うらめしそうな眼で自分の方を見返したが、すぐにその白い眼を伏せた。

自分を取り巻いていた大勢の捜査班員が、その様子を眺めていた。衆人の目の前でこの脱走兵を打ったことは、よくないことだったかもしれない。だがそのときの自分の心は、週日にも余る期間大勢の人々に迷惑をかけた脱走兵の行為を、あまりにも憎たらしく感じたのだ。

この脱走兵は、ジョホールバルの渡河作戦のときに敵前逃亡をして捕らえられ、シンガポールの陸軍監獄に監禁されていた。ところが夜になって塀を乗り越えて脱走し、中国人の自動車を盗んでジョホール側に逃亡してしまった。マライ人の店から食料品を掠奪したり、ジャングルに潜んだりした。さらには中国人の農夫を殺害して被服を奪い、手榴弾を持って現地住民集落を襲ったりした。

自分はこの脱走兵の捜査班長を命ぜられて、本部要員九人、陸軍監獄要員十人の憲兵を指揮して約八日間逮捕に努めた。だが、いつも彼には振り回されてしまった。今日も今日とて行方は知れず、ついに原大尉から一部要員の引き揚げ命令を受けたばかりだった。

この八日間は憲兵のほかに、現地人の警察官約百人の応援を受けて、彼を包囲したこともたびたびだった。しかし義理だけで動く現地警察官では、死に物狂いの脱走兵一人の行動を押さえることはできなかった。せっかくふさいだ道を開けてやったり、大雨のときなど一つ屋根の下で一緒に雨宿りしたりする有様だった。腹の空いたときにはパンを分けてやったりなど、いつも終わってからその報告を受けるばかりだった。

だが、追跡の途中で彼が中国人の農夫を殺してからは、一刻の猶予もならなかった。捜査班長としての責任を痛感して、内心では大きな焦りを感じていた。そのために捜査班員も彼を追ってジャングルに潜り、現地住民集落に入って暑さや湿気や毒虫とも戦わなければならなかった。そしてようやく今日になり、現地住民集落に中国人と偽って現れたところを、大砂軍曹に見破られて逮捕されたのだ。故国を発つときには彼も、肉親からも郷里の人々からも万歳の声で送られたことだろう。それが何の心得違いか、敵前逃亡の罪を犯して入監し、そこを脱走して殺人まで犯してしまった。その原因が何だったかは分からないけれど、戦いの最中に彼のとった行動が軍律に違反していることは明白だ。軍人である限り、軍律によって処断されるのは当然である。

今は、日本人すべての力が戦争に集中されている時だ。この一人の離脱者は、人間としての何らかの理由で、そうせざるを得なかったのかもしれない。しかし、今の場合は彼に理由を聞くような余裕など全くない。国の存亡を賭けた戦争という大きな渦が、一人一人の人間を否応もなく巻き込んでいっている。人間個人の意志などは無視して、すべてを巻き込んでいくのだ。さらにこれを弾き飛ばして、平和建設への道という名の下に律動していくのだ。

そしてここに、その渦から弾き出された、一人の敵前逃亡兵の哀感を誘う姿があった。

シンガポールの風景

パシルパンジャン人通り多し此の街に戻りし人の次第に増して

物侘し空家に寄りて本を見る英字のみに綴る子供の本を

右の手のいつしか包帯外したりたゞ立ちさわぐいそがしきいま

火炎樹の名前を知りて飽かず仰ぐその燃える赤　炎に似たるか

白い樹《みき》太き大王椰子の樹のとくりに似たる並木路をゆく

半裸にて働く捕虜の群れに遇ふその眼の光冷たく白く

昭南に神社起工の人力は赤く灼けたる捕虜達の群

ブキテマの高地に拠《よ》れば血なまぐさき風も臭はずたゞ海光る

薪をたく機関車もあり煙吐きてクアラルンプールへ乗る人もあり

天井に吊せり大きな扇風機我事務室か水上分隊

大阪の出身者なり召集兵の手際又良し生魚割く

刺身喰ふ日本人を驚きぬ部屋に働く広東人の女

長身のオランダ捕虜の話しきく彼らと現地人の生活の差を

西東判らぬま丶のゴム林に人を探しぬゴムの実踏みて

ゴムの実は桐の実に似し太さかな野豚のゴムの実噛む音のして

驟雨して水底を行く心地するフロントガラスのすぐその外は

沸き立つに似たり道路を打つ雨の粒の太さよその激しさよ

総督の家に行きたり庭広く芝生の青とその白き壁

密集すコンクリートの壁つづく広東人住む道狭き街

黒き肌に油を塗りて化粧かな黒人街の胸高き女

コーヒーをまかなひすとて縁広き洗面器に今ミルクを交ぜて

香りすれど飲む気になれずコーヒーは洗面器の中なみなみと注がれて

ドリアンを頬張りつゝも甘き味の又悪臭をその伴ひありて

殺人の馬来人逃ぐそのあとを追ふを引受け汗していたり

通訳は肩　兵は右股撃たれたり非常線張る昭南の街

チャンギ捕虜収容所を訪れる

英軍の捕虜収容所のぞきたり奈辺にありやその英人の思ひ

敬礼の動作も鈍き英捕虜のその白き眼の底光りして

勝敗は武士の常なりされど尚にがき思ひの心に残りて

ラッフルズの広場に立てば火炎樹の今日も紅蓮の炎を上げて

ラッフルズの像は立ち消え只黒き台座のみの空しく座る

ブラカンマチ今日も巡りて舟帰るオランダ人のせて吾兵達は

フォドカニング丘にのぼりて街を見るみどりの芝生真白き家など

六月二十一日

歌書きて我慰めむ今宵なり中国人の家立並ぶ街

天井の抜けた家あり戦争の傷あとのまだ残りしまゝに

此の月は去年故国で友だちと防空壕など掘りにし日なり

脱走兵を追うとき

ウビン島越えて逃げゆく脱走兵その動きをば憎しと思ふ
自動車のライトを横切り黒豹の細き姿の線を引く如く
雨来れば追ふものも又逃ぐるものも一つ屋根にて空を見上ぐる

読書のことなど

戦場に暇をぬすみて本を見る朝近くまで線香たきて
本を見る戦場の庭ひとゝきのくるしきことをも喜びに替えむ

死せる身をいまこの吾は生きぬきて短かき夜を本と親しむ

サルタンの居寓せる地を訪れる

ジョホールの王宮に寄り高台の明るき風を胸深く吸ふ

私兵ありて捧銃する空しさよ絢爛華麗な王宮の門

うつし世は悲しからずや王宮の玉座に並ぶ白人の王妃

虎狩りの写真に並ぶ公爵は吾日本の徳川御曹司

ジョホールの潮流早し去る月の血を流したる跡も残さず

過ぎ去れる渡河作戦の跡もなし低き碑文岸辺に立てど

干潮に音して流るジョホールのこの水道に佇む人なし

刈り上げし芝生のみどり目に消えず王宮近き並木路行けば

囚徒捜査のありしを偲びて

昭南の街は良きかな十日余をゴム林に苦しむその後なれば

轍の音レコードの音も交はりて街は騒がしそのひるも夜も

ひげのびて吾顔うつる硝子戸にふと立止まり笑って見たり

りすの跳ぶゴム林もあり豆蜂の巣食ふ藪あり囚徒探して

泥色の水は流れて現地人の家軒まで浸り沼となりあり

ゴムの実を踏みつ走りつ転びつつ汗して我等脱走兵追ふ

友人の軍曹の帰省

最愛の妻を失ひ昭南の港を出でぬその戦友は

戦場に死なで内地の妻たおる友の心や果たして如何に

六月三十日　　少尉候補試験にパスする

吾が力つとめしものにあらざりき人より受けし恩の為なり

こみ上げる感激のうしおに心満つ両掌合せて誰に礼いはむ

このことの父母も妻子も知りたれば如何によろこぶことにかありなむ

五章　凱旋

1　少尉候補試験

七月四日　昭南を去る

旋回す昭南の上白い家青い海の面小さき浮島

また丶く間馬来の山の起伏越ゆ飛行機はいまカランを発ちて

七月四日、この日は忘れてはならない日だ。つまり自分が少尉候補の試験をパスして、晴れの凱旋《がいせん》をする嬉しい日なのだ。

隊副官の大尉や、隊付きの大尉に中尉、それから本部警務課員や西分隊、水上分隊の諸氏が見送りにきてくれた。カラン飛行場から凱旋の旅立ちだ。狭い搭乗席の左側の窓に近く陣取りほっとして外をのぞくと、見送りの人は一列になってこっちを見ている。エンジンがうなりプロペラが回転しだすと、じきに自分を乗せた飛行機は動き始めた。敬礼を交わそうと窓の外に目をやると、水上分隊の実生伍長が黒い頬髭を生やして白い服で見送りにきている。生口通訳の姿も見える。石塚や大佐《おおさ》の姿も見える。そのほかにも大勢いるのだが、すぐに遠く離れてしまい誰が誰だか見分けがつかない。そうするうちにも飛行機の速度はグングン増してゆき、付近の景色がこちらにぶつかってくるように見える。離陸の衝撃もなく飛び立つとすぐに海の上に出て、今度は帆柱のある舟に突っかかるかと思うほどである。美しい町の眺めがすぐ目の下にある。あの時計台も郵便局も、そして軍法会議の高い建物も見える。見送りの人たちには、ただ心の中で敬礼する。

グングン飛行機は上昇する。町を貫く真っ直ぐな白い道、小さな自動車、蟻のような人、これらが次第に遠ざかってゆき、昭南島の北側に出た。チャンギの町、ジョホール水道を空の上から見れば、着色した地図にそっくりだ。海の浅深も色で区別できるし、セレタ軍港の浮ドックがかすかに見えた。ジョホールと昭南をつなぐ陸橋は斜めに架かっており、しかも針のように細い。その先にある白い政庁の建物が、はっきりと線の上に浮いている。

ジョホールのゴム林やジャングルに覆われた馬来の地は、山が幾重にも起伏してその色が濃緑色である。白い雲が点在して飛行機は静かにその中に入った。そして自分はようやく我に返った。いよいよ日本に帰るのだ。本当に昭南よさようなら。

思えば昭南には数々の思い出ができたものだ。敵の爆撃に命を落とさんとした昭南であり、栄光に輝く今日の日を迎えたのも昭南である。原大尉が「馬来一の果報者だ」と申されたのもうなずける。そのように、昭南は忘れ難い所となった。

去る二月十六日、右手を包帯に包んで入城したあの頃は、この昭南の町も人気《ひとけ》のない死の町でがっかりしたものだった。しかし治安が回復するにつれ住民が集まってきて、南方の特徴がある良い町となった。西憲兵分隊の美藤《みとう》通訳が、陥落前のシンガポールの良さを話してくれたので少しくらいは知っていたが、やはり英国極東艦隊の基地の町であったと確認することができた。

こうして昭南《しょうなん》を去るときに心に思うことがある。それは、人間が死を超越することの難しさである。故国を出るときには、死を覚悟して割り切ったつもりでいた。だが実際に戦場に来てみれば本能的に死を避けようとしていた。そのことは卑怯というべきかもしれないが、私が言いたいのは無駄死にはするなということである。あのブキテマ攻撃の最中、われわれ憲兵が砲兵陣地の真ん中に飛び込んでしまい、どうして意味のない危険な場所に位置したかである。あの場所で死んだ人たちには、申し訳ない思いが募る。あの人たちの死が、無駄なものだったのではないのかと、忘れられないのだ。

入城後は戦死した人たちのためにも、頑張らねばならないと心に誓った。少しくらいの傷も勤務の苦痛も、睡眠不足さえも払いのけて頑張った。ことにあの二十万人に余る人たちの検索のときのことだ。何回、自動車の中で熱に倒れそうになったことか。右手の包帯交換の時間もないくらい、多忙を極めた。片手が負傷しているくらいでは、休めない状態だった。隊員の方が自分よりも苦痛を忍んで、耐えて働いている状態を見れば、どうして倒れてしまうことができようか。本当にあの頃はよく頑張ったものだ。

それから水上分隊の開設で、献身的に努力してくれた隊員諸氏には頭の下がる思いだ。あの頃は、涙の出るほど皆の努力に感謝した。水上分隊の運営が軌道に乗って、本部へ転出するときのことだった。水上分隊の皆とは別れ難くて、全くそのときは泣けて泣けて仕方がなかった。心血を注いで育て上げた水上分隊だったのに、骨肉を割《さ》かれるようだった。分隊員のことを思い、本部へ行っても少しも仕事に身が入らないような気さえした。

今、昭南を去るに当たって自分の頭の中を去来することは、ただ感謝の気持ちだけである。常に自分の周囲にいる人々への感謝である。そして自分が、本当にその人のために喜んで死ねると思える人は、われらが中隊長である。みんな良い人たちばかりであった。ここに及んで自分の目頭をうるませるのは、まさしく人の情である。

その昭南よ、さようなら。自分は今、カラン飛行場から飛び立った。

小さく起伏するマライの山々が見える。細く白い水に囲まれた昭南島の美しさよ。本当にさようなら。白い雲の下に見える小さな島、昭南を後にして、飛行機は爆音を高くして再び上昇しだした。窓のすぐ外の白い雲は、次々に後ろへと流れ去って行く。

昭南よ、さようなら。

七月九日　サイゴンにて

飛行機の上から見るサイゴンの町は小さかったが、降りて町中を歩いてみると案外広いのに驚いた。さすがにフランス領植民地の首都だけあって、古くはあるがきちんと整っている。この町の第一印象は、建物が小さく古くて、道路は狭いというものである。だいたいにおいて、そこから受ける印象は汚いということだった。

道ですれ違う土地の人も中国人と変わらないし、わずかに服装が違うだけと思われた。特に女性を見てそう感じた。言葉の調子も中国語に似ている点があると思ったが、自分はどちらもよく知らないので何とも言えない。

サイゴンに降りて二日目に、写真でも撮るつもりで町中に出てみた。案外にぎやかな場所も多くて、そして全部が右側通行であった。ここは占領地と違って外国であるために、軍人、いや日本人の目の届かない所が少しあるようだった。しかしそれによって不便や苦痛を感じるということではなくて、かえってそこに面白さがあるような気がした。料理店「みすず」の帳場で話を聞いても、だいたい同じようなことを言っていた。

町に出てちょっと珍しいものを見つけ店の棚をのぞいて見ると、その値段の高いのに驚いた。ことに革製品など昭南の二倍もするほどで、開いた口がふさがらなかった。セルロイドの歯ブラシにしても内地だったら十銭くらいなものが、ここでは七十銭もすると聞いて二度ビックリである。このようにすべてが高値であった。まだ日本軍が進駐する前まではそうでもなかったらしいが、これも戦争が与えた影響の一つである。

また、この町には人力車というよりも、リヤカーに似た「人力自転車」とでもいうべき乗り物が氾濫していた。二十銭を奮発すると町じゅう遠くまで行ってくれるのは好都合だと思ったが、車夫の格好が変に感じて最初は乗る気がしなかった。だが自分で歩けば汗が滝のように流れてくるし、ことさら汗かきの自分は心ならずも厄介《やっかい》になるしかなかった。いつだったか、日本で吉屋信子先生の『仏印、印象記』を読んだときに、やはりこのようなことが書かれてあったと記憶している。人力車は、あるにはあるが「人力自転車」の数に比べて五分の一くらいなものではなかろうか。そのほかに目につく乗り物といえば馬車である。小さな満州馬に似た馬が、目隠しをして小さな車をカパカパ忙しそうに引いて走る様子も風情があると感じた。ただ、その形は日本の小型の大八車の上に、取って付けたような箱を置き、屋根をつけただけなのには閉口した。その上、腰を精一杯かがめなければ乗ることのできない代物で、乗り慣れないわれわれは、よほど乗り物に困ったときでない限り遠慮してしまう。あれを改造して満州の馬車のようにしたら、ここでももっと利用者が多くなるのではないかと思われる。そのほかに電車も汽車も自動車もあったが、どれも旧式なものが多くて何だか前世紀の遺物を見るようであった。時々フランス人が、新式の車で風を切って走るのを目にするくらいだ。

町のウインドーや看板の文字はフランス語が多く、昭南のように中国語の看板は見られない。町には青い葉の繁る街路樹が至る所に整然と植えられていたが、美しいとか素晴らしいとかの印象はあまりなく、枝を張って涼しさを作るというよりも、かえってそれが繁茂して屋根の上まで繁り、うるささと暗さが目につく感じだった。

夜景は美しかったけれど、陰の濃い町中の道路には多くの凹凸があって、歩くのが億劫であった。そして、この暗い町角や屋並みの端には、安南《あんなん》の夜の女が立っている。家の中をのぞいて見ると、ゆらゆら揺れる植物油の灯火を前にして、蒼白い顔をゆがめて手招きする女がいた。何か苦痛を伴う世の中の末を思わせて、自分の気持ちは冷えていった。

結局サイゴンの町から得た印象は、汚くて人力自転車が多くて、右側通行のフランス植民地ということだった。サイゴン人の苦痛の町かもしれず、奥深い謎を含んだ町であった。

白い壁の汚れたる町サイゴンの並木の高く屋根を蔽ひあり

何となくフランス臭き街なりき並木の陰に四角な家多し

うす暗き気配の多い街なりき背の低き娘だまって通る

背の程も高き象牙の飾りある道具屋に似た店に入りたり

ヒラヒラと裳裾開きて女等のだまって通る安南の町
（裳裾＝もすそ。民族衣装のアオザイか）

幻惑かまぼろしか日の暮れんとす灯芯の灯に女の影ゆらぐ

サボテンの生垣のあり肩越しに夕闇迫り燈火のゆらめく

広いざるにマンゴーを売る女あり街角にいる二・三人群れて

ゆるやかな河の広がり安南のかすむ曠野にその河消ゆる

ショロンなる町通りたり蟻の如く群がる人の余りに多き

七月十三日　広東の町にて

雑踏と屋並みが密集して低いのと、そして中国特有の屋造りのしつっこさから、この町は少々汚く感じられる。そしてサイゴンや昭南の道路に比して、整備の程度が低いと思う。もっともサイゴンや昭南の道路は、ありし日の英・仏が巨費を投じて造り上げた申し分のないものであることを考えれば、比較するのは無理かもしれない。けだし、ここ広東《かんとん》の町の道路の凹凸のはなはだしいのには少々まいる。

この町には日本人の軍人や軍属以外に、一般の日本人も多くいる。そして、少し汚い町もきれいな服装の広東人の娘が多いために、いくらか美しく装った町という印象を持てるような気がするのだ。ちょっと当てはまらないかもしれないが、泥中の蓮《はす》の花にもたとえられようか。

ここでは町の要所要所で、日本軍に交じって女性の巡警が男子と同じ服装で勤務している姿が目を引く。人力車に乗った者でもいちいち車から降りてこの巡警の検問を受け、通行人も少しも嫌がることなく、ごく自然に従っているように見受けられた。まだテロの絶えないこの町では、検問があるのも是非もないことであろう。そう考えると昭南などは、比較的治安の良い所であったと感じられた。

日本駐屯部隊の軍人の敬礼が厳格なのには感心した。もっとも、道路の各所に大書した立て看板が目についた。

一、敬礼を厳格にせよ
二、油断するな
三、保健に注意せよ
四、良民を保護せよ

このように派遣軍司令官の名で出ている。けれどもわれわれのように、よそからやってくる者にはあまり切実な問題とは感じられなかった。おそらく当地の日本軍政は困難の中にあったことと思われる。これを見て自分は、用心の足りない人間だと思わされた。

広東も人力車が多くて不自由はしない。自分のように暑がりで、歩くのが嫌いな者には大助かりだった。歩いているときに少しでも眼を車夫の方へ向けようものなら、待ってましたとばかりに素早く寄ってくる。ここの人力車を見て考えたのだが、自分が乗った中で一番乗り心地の良かったのは新京のものだった。引き方も客に無理を与えないように、気を使っており気持ちが良かった。その次は昭南、そして広東、最後はサイゴンと、こうした順番だった。人力車に乗るには要領があるようだ。どういう具合か後ろの背中をつける所に腰を深く入れて乗ると、首筋が痛くなることがある。これは乗り方にもよるのであろうが、なかなか修練を要するかもしれない。また、引く方でもあまり腕木を上にあげられると、こちらがひっくり返りそうで困ってしまう。

人力車の腕木は、昭南のは籐《とう》で、サイゴンは竹、広東と満州では普通の木でできていた。われわれが乗るときには、あの細い腕木に支えられた腰掛けの上に重心がかかってしまい、折れるのではないかと心配になる。ところが、なかなかどうして弾力のある強いものだ。籐などはよくもまあ折れないものだといつも感心していた。

人力車夫の性質については、一番しつっこいのは満州と昭南であろうか。満州では嫌なほどしつっこくて、サイゴンが一番あっさりしていた。背は小さいが、案外淡白な性質であるのが安南人なのかもしれない。

広東の町にはいろいろと土産になるような物が多かったが、自分が気に入るような実用的で、適当な値段のものは見当たらなかった。故郷の祖母に菩提樹の数珠を買ってあげようと思い、店頭をのぞいて値段を聞いてみた。すると一連が五円の品物を半値に下げて、金がないから要らないと断ると、さらに値段を引き下げるのにはちょっと嫌な気がした。日本人はよく値切るということが、中国人の見破るところとなって、初めから値引きを計算に入れた駆け引きをしていると思われる。

外地に来て自分は感じることがある。外地に住み慣れた日本人ほど態度が横柄で、非情で、現実的に見えるのだ。満州にしろ朝鮮にしろここ広東にしろ、サイゴンでも昭南でも同様に思える。どうしてだか外地の日本人というのは一種冷淡で、思い上がっているような嫌な感じを受ける。

とにかく広東の町は、完全に中国人の町であるはずだ。開放的には見えるけれども、北の満州の町に比較して、同じ雑踏にしても明るさがある。人間の伸び伸びとした息吹がある。ただしそれも形の上だけの話で、実際には日本軍の軍政下にある限り、この広東も中国人本来の姿を表現していない。だいたい彼らの顔に笑いのほころびがない。


広東はみめうるわしき女多し汚き街にこぼれて咲いて

小蟻群れる寝台のわき見下ろしてひねもすわれは寝台に横たふ

飛行機のとばぬ日つづく毎日は窓にもたれてひねもす過す

空襲に自動車《くるま》止められ木の陰に足痛むまま黙って立ちたり

旅づかれ階段の下ピアノ弾く中国娘達の傍に吾立つ

檳榔樹《びんろうじゅ》雨に濡れあり枝垂《しだ》れ葉の濡れし乙女の髪はと想ふ

首下げて物はこぶ娘の首筋に短かき髪のぬれて光りぬ

黒き衣低き立襟赤い縁前髪垂れる広東の娘

ほのぼのと茶の沸かす湯気立てり夕餉に集ふ兵のざわめき

広東は宵《よい》からの雨が今朝まで降り続いて、遠雷の音が鳴り止まない。飛行機便待ちの自分には、暇はあっても部屋から出ようという気がおこらない。

階下でピアノの音がする。日本から来た慰問団の女性が男と同じような服装をして、短い頭髪に白い布で鉢巻きをしているのに会った。あの女性が、なまめかしくも両腕を出してピアノを弾いているのだ。先ほどのこと、鉛筆の芯を削るために階段から下りたときに見かけた女性のようであった。

ピアノといえば、忘れられないメロディーが今も耳に残っている。去る一月の末にゲマスに侵攻したときのことだった。敵の砲撃を受けて破れた家の中から、何ともいえぬ美しいピアノの音が聞こえたのだ。それは今でもしっかり記憶している。

あの日は、自動車に乗ってゲマスの町を進軍していた。椰子の葉やバナナの葉で自動車を覆って、敵機の目を避けながらの進軍だった。町なかの曲がり角に差しかかったときである。パパンッ、と敵の敗残兵から狙撃を受け、驚いて自動車から跳び降りた。間の悪いことにその直後、敵機から機銃掃射を受けた。あまり気分の良いことではない。斥候《せっこう》を兼ね、一部の兵を先発させた。そして残った者がゲマスの駅付近で待機していると、あのピアノの音がどこからともなく聞こえてきたのだ。

すぐに敵機が引き返してくるかもしれないのに、われわれはピアノの音に聞き入ってしまった。条々として青葉を渡り、梢を縫うてくるその妙音は、木陰で不安におびえていたわれわれに、たとえようもない心のゆとりを与えてくれるものだった。

砲弾の炸裂した恐ろしい跡や、黒く破片が散らばった付近に、寄り合って休んでいる兵隊たちがいた。そして、その時そこに居合わせた者すべてがこのピアノの音に耳を傾けたのだ。そして、何というか、皆のその目が一瞬にして甦《よみがえ》ったように輝きを見せたのだ。休んでいたわれわれの頭の中に自然と流れ込んできて、戦場の緊張感を少しの間でも忘れさせてくれた。それは、荒《すさ》んだわれわれの心を和らげてくれ、人間本来の平和への望みの音を聞くようであった。

実際あのときのように、深くピアノの音が心の奥深く入ってきたことはなかった。砲弾のまだ飛んでこようかというときにピアノを弾くなんて、日本武士でなくてはでき得ないことだろう。自分はあのとき、駅の軒下で日光の直射を避けながら、激しさを増す戦場の第一線へ近づいたことを心にしみじみと味わっていた。そしてこれから起こるであろうさらに激しい戦場の場面などを思ったりしていた。すぐ足元の、落ちたばかりの敵砲弾の破片を手に取ってみると、その小さな金属片は、まだ暖かいままだった。目の上にかざして見ると、その裂け口のにぶく銀色に光っている美しさや、壊れた形の不思議さに見入ってしまった。こんなものが、そう思った。幾多のこのような破片によって尊い人の生命が奪われ傷ついたのかと思うと、何だかひどく腹立たしい気がした。こんな小さな取るに足らぬもので。

そう思っているときにちょうど、あのピアノの音が流れてきたのだ。胸の中に熱いものが込み上げてくるかのようなあのときの気持ち。それはあの時あの場所に居合わせた者のみが知り得ることのできた、全く筆舌に尽くし難い感激であったろう。ピアノを弾いている兵隊が誰なのかは、問題ではなかった。戦場に流れる妙音は実に、荒んだわれわれの心を和らげて、目前にある人間同士の死闘などを超えた、自然へと誘い込む天音として聞こえたのだ。

敵も味方もなく、己の存在を無にしてくれたあのピアノの音は、今でも忘れることはできない。

2　天王祭

七月十四日

飛行機の便を待ちながら寝台の上に仰向けになっていると、今日は郷里の「天王祭」なのだと思った。おそらく京都にいる弟や名古屋の妹、それに出征している兄も同じように郷里の天王祭を思っているに違いない。

少年の頃、一年中で最も楽しみにしていたのは天王祭とお正月とお盆だった。もう幾つ寝るとお正月が来るかと待ち望む以上に、鎮守の森の天王祭を待ち焦がれていたものだ。その日が来て、いよいよお祭りの宵ともなれば、隣村からおもちゃ屋や村の長七茶屋のばあさんが大八車を引いて、ガラガラ音をたてながら天王祭の場所へやってくる。その音が耳に入ると、まるで自分の心の中をかき回されるように興奮して、せっかくのお祭りのご馳走も、のどを通らないくらいだ。そしてお祭りを祝う花火がドーン、ドーンと打ち上げられると、心はすでに天王様の境内に走っていた。高い杉の木立の隙間から、透けて見える赤や青の美しい色が、子供心を急《せ》き立てて夢の国へと誘惑するのだった。

母からもらった小遣いをしっかり握りしめて、暗い夜道もものかはと、桑畑を突っ切って一直線に境内へと急いだ。そしてカーバイドの灯が立つ露店の前にしゃがむときは、それはもう至福の瞬間であり、胸がいっぱいであった。絣《かすり》の着物に新しい下駄を履いて天王様の境内に立てば、まるでおとぎの国へ行ったような気持ちだった。単調な田舎の生活の暗がりの中に、ぽっかりと美しい灯をともしてくれる祭りであった。子供たちのみならず、大人たちも同様の雰囲気の中にあったのだろう。村の老若男女はもとより、遠い親戚の人たちも招待されて祭りに加わっていた。山車《だし》とか催し物とかはなくとも、ただ大勢の人たちが集まる村の鎮守の祭りというだけで、夢の時間と場所になったのだろう。こうして大人も多く集まったのは、養蚕の出来不出来がお祭りの花火の数に反映していたからであろう。祭りの賑やかさがその年の豊作を願う心にもなっていた。今年は豊作だったから花火を何発だとか、昨年よりもっと多くしようとか。そんな大人たちの話が漏れ聞こえてくるのも、子供には無性に嬉しかったものだ。

母や姉の袖にぶら下がりながら、夢中で歩いたあの夜の祭りだった。引きずられるようにして家に帰った後もなお、杉木立の間から花火の音と色に心を奪われ続けていた。家では定紋の入った大きな弓張提灯《ゆみはりちょうちん》をつけて、夜更けまで招待した親戚の人たちと酒を酌み交わしていた。子供たちも皆、眠りもせずにただ楽しくこの宵を過ごした。

今もおそらく、郷里では例年のようにこの祭りを繰り返していることだろう。昔のような盛大さはなくとも、やはり祭りは祭りだ。時期が時期であるだけに出征軍人の武運長久とか出征家族の慰めに気を配っているに違いない。

何はともあれ今日七月十四日は、皆この天王祭のことを思っているに違いない。兄も弟も妹も異なる地で離ればなれではあっても心は一つだ。そして、年老いた父母たちは郷里でわれわれのいない寂しい天王祭の夜を過ごしていることだろう。

七月十五日

びんろう樹の垂れる宿舎に雨降りてふるさとの秋に似たるを思ふ

広子などと机に名をば書きしるす未だ見ぬ吾子の如何に育ちしや

何処からか銃声の音しきりなり広東の町にも演習あるらし

爪剪りの商売あるとて珍しく足の爪など剪らして見たり

背中裂けし布を纏《まと》ひて雨の中働く苦力《クーリー》の多き広東

メリケン粉の荷物運びをする車追ふ刷毛《はけ》持ちし子等群がりなして

此の孤児等宿る家などなきものを裸足のままに衣ひきずりて

人力車降りる前まで子供等の洗面器かざしつ物乞ひをする

馬来にも斯程哀れな姿なし広東の街日陰の児等は

七月十九日九時二十五分、広東飛行場を発った。昭南からサイゴンへ、サイゴンから広東へ、そして今、広東から台北に向かうのだ。

思えば七月四日に昭南島を出てから十六日たったが、最初の計画とは全然違う結果になってしまった。七月の十日頃には内地へ着いているはずなのに、こんなに遅くなってしまった。昭南の人たちは、とうに着いているものと思っているに違いない。こんなことであったらいっそのこと、船で帰った方がましだったかもしれない。特に広東では大変時間をつぶしてしまった。

広東に来て思ったことは、中国人の多様性や潜在能力の大きさについてだ。同じ大陸であっても、北と南とではこれほど違うものかと驚かざるを得ない。長年にわたる内戦のためかもしれないが、この人たちの底知れない力については不可解なことが多い。

一昨日は将校宿舎の管理人の案内で、広東の市内見物に出かけた。その途中で見たものは、自分の想像を絶する広東人の生活ぶりであった。例えば、苦力《クーリー》たちが運ぶメリケン粉の袋に付いているおこぼれを、刷毛で集める人たちの姿。一体彼らは、そうしなければ生きていくことができないのだろうか。

「進上《ジンシャン》、進上」

そう言いながら物乞いをする五歳ほどの男の子。そして乳飲み子を負う母親の姿。

あるときは、道に落ちたものを争って拾う苦力《クーリー》たちの姿を見た。道を歩いていると突然駆け出して、最初に拾った人が何もなかったように平然と歩き去る姿。そして他の人たちは、いきなり行動停止をする。その間、一言も発しない情景は、見えない規律に従っているようだった。それは日本人には理解し難いものに思えた。

またあるときには、こぼれた粟飯の粒を一つ一つ丹念に拾って食べるところを見た。

そのような有様を、広東に滞在していた十日間に見た。果たして彼ら苦力たちは、そんなにも生活に困っているのであろうか。ああしなければ生きていけないのだろうか。

見た目は確かに生活に困窮《こんきゅう》しているようであるが、彼らは実にアジアの隅々まで生活圏を広げている。そして一般的には、利己主義的とか個人主義的な性格だとされている。しかし、われわれ日本人が考えている以上に、不可解な意志を持った人間集団なのかもしれない。

日本は今、大東亜戦争で彼らと戦っている。武力による表面的制覇が短期間あったとしても、内面的な精神面の把握なくしては、勝利とは言い難い。大東亜の大陸、その南端の広東に来てそのことをしみじみと感じる。こじきに等しい苦力たちがいて、豪華な店舗を構える商人がいる。町中を彩る女たちの姿も麗しく、それらが渾然一体の喧騒の中にある。踏まれてもちぎられてもなお芽を吹く雑草のごとき民衆の底力があり、執念に似た恐ろしいまでの生活力がある。
自分はこの人たちの一面に接して、本当に何を学び得たのであろう。

広東を我は去りけり飛行機で波頭白き広い海わたる

波際に美し陸のうねる線襞《ひだ》の如くに真白く長し

七月二十二日
いまだ船は基隆《キールン》にある。
二十日に発つ予定が一日遅れて、さらに台風があるとかで延びて今日になった。最初の計画はどこへやら、この分では憲兵学校の入校にさえ間に合うかどうかおぼつかない。潜水艦の脅威などもあって、どうも思うようにならぬ。
台北に飛行機で来たときほど乗り物に酔ったことはなかった。もう少しで嘔吐するところだった。台湾では軍司令部に行って船便を依頼したが、担当の曹長から思いがけない厚意にあずかり、世の中もまた広いものだという気がした。昭南を出てから今日までの間は随分と嫌な目にも遭ったが、台北に来て初めて良い気分に浸ることができた。花屋ホテルに案内してもらって、翌日の二日に台湾司令部の副官部を訪ねて、ようやく乗船請求権を得ることができた。

基隆に来たはいいが、ここでまた一苦労だ。相変わらず嫌なやつが受付にいて、ついに基隆の憲兵隊に泣き付くことにした。やはり憲兵は憲兵同士でなければと、しみじみ感じた。ここでは偶然にも知友に会い、地獄に仏のようだった。世の中は、どこかで良いことがあるものだ。彼の官舎に案内されて奥さんにも会うことができた。友人にふさわしく、本当に心の優しい良い人であった。西瓜やビールをご馳走になり、一年ぶりで香りの新しい浅草海苔にもありつくことができた。

台北は静かで美しい町である。舗装がしっかりしていて、町の家並みが案外整っている。そして何よりも住む人のおだやかな面差《おもざ》しが、自分の心にしっくりきたのだ。一度マレー半島のマラッカの町で、こんな良い所に住んでみたいと思ったことがある。台北はあれとはまた別の感じがするが、ここにも住んでみたいという気分になった。

人力車に乗っても気持ちが良かった。車夫が日本人になりきっているような台湾人の人なつっこさがあり、しみじみと心の奥に染み込んでくる。昭南やサイゴンや広東のような人間のいやらしさを感じることもなく、いかにも自然で気持ち良く感じた。台北には最初から好印象が持てた。一日たつと、ますますその感を強くした。どこか測り難い、一種の感謝の念がわいてくるようだった。

基隆の町は汚かった。そしてどことなく暗さを感じさせる所だ。後に控えている台北があんなに整っているのに、台湾の玄関がこのようでは、訪問者に良い印象を与えないだろう。港町の欠点である騒音と汚さは仕方ないとしても、もっと良くする点があると思われる。

とにかく台北は良い所で、基隆は汚い所だと感じた。

七月二十四日

単調な潮の流れとゆるやかな船体の揺れは、船中の旅人を常に侘《わび》しい気持ちにさせる。初めての船旅ではないので、そう感じられるのだ。海の上での毎日は珍しいものもなく、ただ夜昼ともに寝て過ごすのみだ。これから着く門司のことを考えたり、日程が遅れているので到着後どうしようかと思ったりするくらいで、ほかに何も考えることはない。予定どおり時間があれば、朝鮮へ寄ることもできたかもしれないが、あと一週間では冒険である。入校に間に合わせるためには、真っすぐ東京へ向かうしかないだろう。旅費もわずかだし長靴も私物だし、もし余裕があればどうにかして朝鮮に行きたいものだ。そうすれば靴も金も参考書も間に合うのだが、今は期日が迫っていてどうすることもできない。

もし関釜《かんぷ》連絡船が欠航でもしたら問題である。まあ用心に越したことはないのだが、下関まで行ってみないと何もわからない。

エンジンの音はかすかに船体に響き、扇風機の音が船室に満ちている。

バナナ買いて腐れを憂う人多し台湾より帰る船の中にて

七月二十五日　潜水艦に襲われる

昨夜又潜水艦に襲はれて立ちさわぐ人余りに多し

頬被り襷をかけて女等はボートに移る支度などせり
（襷＝たすき　着物のそでを束ねて上げるひも）

幼な子を両手に高くさし上げて魚雷来るやと海にらむ女あり

はるばると昭南を発ち台湾の沖辺に捨つる我命かな

すでにして吾定まれる生命なれ母へ妻への土産も棄てむ

月冴えて追はるる船は苦し気に波を蹴立てて逃げ狂ひあり

波頭大きく高く砕けつつもの知らぬ気に月影をうつす

もの言はず魚雷受くまま此の船はエンジンの音と波を裂く音

水柱立つを思ひつ舷側にもたれたるまま敵潜水艦見む

嬉々として遊び騒げる幼子の真昼の仕草眼に浮かびたり

高々とふなべり迄につき上ぐる真暗き波は生きているらし

島見えてあゝ救かれり叫ぶ人の声上ずりてどよめきの声

砲打ちて潜水艦は去りたりと船長は今朝大声で報告す

せかされて船室窓より這出でし昨夜の人をつくづくと見む

博多の沖合に停泊していたわれわれの船は、七月二十六日早朝に門司港へ入港した。そして軍輸送司令部の小舟に乗り換えて、やっと門司に上陸した。風のない門司の町は鍋の底に立ったような気がして、周囲の山々の緑は高い塀を思わせた。手鞄を一つ提げただけの軽装だったが、びしびしと押し迫るような太陽は骨の髄まで貫くように熱かった。汗も皮膚からではなく、身体の奥の方から絞り出されてくるように思われた。

そこから門司の憲兵隊に出頭して列車の割引証をもらい、郵便局で学校と郷里の父に到着の電報を打った。やれやれと思ったとたん、次から次へと汗が流れ出てきた。拭いても拭いても止まらない。ハンカチでは間に合わずタオルを出す始末だった。それでもどうにか、昭南の人たちから頼まれていた手紙を全部投函した。

それから駅に出て、下船のときに依頼しておいたトランクを受け取った。そこではひどく乱暴な赤帽がいて怒鳴られた。苦笑しながらも重いトランクを引きずって、海辺に近い町外れの小さな食堂に入った。

昔と違い、店の人たちの接客態度が悪く、あまりに不親切なので憤《いきどお》りさえ覚えた。冷たい飲み物があるというので調理場の方をのぞいてみたら驚いた。そこにあったのは、バケツいっぱいに水道水を入れて、その中に何とかエキスとやらをタラタラと垂らして香りを付け、食紅のようなものを加えてかき混ぜた、人工甘味料だけの飲み物であった。商人根性の悪い面が、日本人の汚点をさらけ出しているようにも思われ、非情に嫌な気持ちにさせられた。

戦争中であるから物がないのは分かるが、人の善意というものはなくしてはならないはずである。品物の不足を理由にして、客にいい加減なものを出すようでは、とても大国民とはいえない。口では総力戦だとか軍民一致とか言っているが、この状態ではまだまだ各自で考えるべきことがあろう。

わずか数時間であるが、去年の今頃も友人たちとこの町で過ごしている。しかし、こんなに嫌な気分にはならなかった。戦地から来たひがみではないが、もう少し普通の状態であってほしかった。

去年戦地へ発つときにこの門司を訪ね、その足で下関に入ったことが強く印象に残っている。あのとき、一年後の今日のことを予想できただろうか。現在の有利な戦況が、一部の日本人をこのように昂《たか》ぶらせているのではあるまいか。戦争の激しさはこれからであるというのに。

六章　水辺の小舟

1　上陸作戦

時はさかのぼって昭和十六年十二月八日、高根隊長が新京で出陣を心待ちしていたときの、シンゴラでの軍司令官の様子はどうだったろうか。大型の上陸用舟艇の舳先《へさき》に立っていたのは、第二十五軍司令官の山下奉文《ともゆき》中将だった。あの肉付きのよい身体を海の上に立たせて、まさに英軍との攻防戦の最前線に赴かんとしていた。

すでに第一陣・第二陣が上陸して、シンゴラ海岸には日本軍の橋頭堡が築かれていた。山下中将は幕僚とともに乗船「竜城丸」から舟艇に乗り移り、まだ明けきらぬ海上を海岸へと向かっていた。

シンゴラ一帯の海岸ではこの時期、シャム湾を渡ってくる強い季節風が吹きつけることが多い。海岸には一・二メートルにも及ぶ巻波が打ち寄せ、上陸作戦には不適当な場所であった。しかし日本軍は相手の意表を突くために、わざとここを上陸地点に選んだのである。

上陸した八日は、この季節の中でもことに巻波の激しく寄せる日だった。ここでは英軍の飛行機による攻撃の恐れがあるので、短時間で上陸する必要があった。英軍が日本軍の動きをとらえきれていなかったこともあり、シンゴラでの上陸作戦は障害が少なかった。マレーシア領のコタ・バル方面での上陸作戦は英軍正面から行うもので、予想どおりに激しい戦闘が行われた。シンゴラでは、上陸用舟艇は本船と海岸を忙しく往復したが、大砲や戦車などの重兵器を海上で移し替える作業は困難を極めた。大きな波により上下する舟艇に合わせての移し替えは、タイミングが難しかったのだ。寸刻を争って上陸するために、将兵たちは海岸からかなり離れたところから海中に飛び込んでいた。

そのとき舟艇の舳先に立つ山下中将は、司令官としてマレー半島上陸作戦を行うことに身の引き締まる思いであった。世界中に植民地を持つ英国と正面切って戦えるとは、これこそ武人の誉《ほまれ》、これに優る死に場所はなかろうという気持ちだった。舟艇の中では部下たちが中将の後ろ姿に注目していた。期待を込めた多くの視線が集まっていた。そして中将は、この期待に応えなければならなかった。しっかり受け止めようとした。

中将の胸中では、さまざまな思いが駆け巡っていた。あの二・二六事件のとき、自分は反乱軍を鎮圧する立場であった。反乱という許し難い事件でもあり、青年将校たちを捕らえたことも致し方のないことであった。しかし彼らの思想・行動に対しては、これを支持する人たちも少しくらいはいたであろう。そして兵士たちの中には、自分を心情的に認めない人間もいるかもしれない。だが、部下の命を預かる立場にある司令官は、彼らにいささかの疑念をも抱かしてはいけないのだ。そんな思いが中将の胸の中を去来していた。それは今自分の心に感じる、熱い視線への義務感からであろう。

さらに、方面軍司令官としての作戦全般に対する心積もりもあった。南方作戦はマレー半島にとどまるものではなく、中国大陸に匹敵するほどの広大な地域に展開する大作戦であった。マレー・シンガポール攻略戦を一刻も早く完遂させて、次の地域に将兵を進めなくてはならなかった。

また、ほかにも重要な指令を南方総軍司令部より課せられていた。それは南方地域における中国人勢力が、中国戦線への援助を行えないように押さえ込め、というものだった。しかし具体的な作戦は示されず、一体どんな方法で、という疑問の残る指令だった。参謀たちとの作戦会議でも、日本軍に敵対する者には断固制裁を加えるべし、という意見しか上がってこない状態だった。

「どのようにして」

そうした思いのすべてが、舳先に立つ山下中将の頭の中を駆け巡っていた。シンゴラの海岸はあくまでも波高く、上陸を目の前にした参謀・将兵たちの視線が中将の背に突き刺さっていた。

そのわずかな戸惑いの時間を破る一つの声が舟艇の後方から聞こえてきた。

「こら、山下！　さっさと飛び込め」

舟艇を操縦する一人の兵長がどなったのだ。

「おお」

そう答えて中将は海中に身を投げ入れた。ほかの多くの兵と同じように、全身を海水にぬらしながら上陸していった。このときから中将と兵士たちは、死ぬも生きるも一体の強い心の絆《きずな》で結ばれたものとなっていった。

一兵長が司令官に対して叱咤激励《しったげきれい》するというのも、国の命運を賭けた一大事のときであったからだろう。兵長は将兵の輸送に命を賭けていた。司令官は大き過ぎる責任の渦を目の前にして、それを全うする覚悟を決める間合いを必要としていた。そして中将が海中に飛び込んだ瞬間から、マレー方面軍の勢いは止まらざる渦の中に入っていった。

その後マレー作戦は日本軍の思惑どおり進み、クルアンでの参謀本部でのことだった。

第二野戦憲兵隊長・大石中佐は、軍参謀長・鈴木宗作中将から次のような指示を受けた。

「軍はシンガポール占領後、華僑《かきょう》の粛清を考えているから、相応の憲兵を用意せよ」

こういったものだった。

その指示を聞いたとたん大石憲兵隊長は、これは大変なことになったと思った。

「粛清、ですか」

「そうだ」

「ですが、シンガポールはまだ陥落していませんし、華僑の敵対者は憲兵隊が必ず捜査・検挙します。ですから粛清などということはいかがかと」

「シンガポールは必ず陥《おと》す。陥さねばならんのだ。華僑の粛清は作戦会議でそのような方針になったのだ。軍令として出す以上は、勅令の憲兵隊ではないのだから従ってもらう。補助憲兵もつけるし、市内の治安維持についても憲兵隊の配置を考えておいてくれ」

「しかし」

「追って作戦命令として出されることになる」

クルアンでは、こうした打診があった。

憲兵隊に帰った大石中佐は部下に漏らしている。

「華僑を粛清せよとは、これは大変なことになった。軍令とはいえ、どうすればよいのか」

クルアンの憲兵隊本部の中には、苦悩する憲兵隊長の姿があった。

苦悩の中にあったのは、かの中将も同様であった。第二十五軍の司令官として、彼の肩にはシンガポール陥落後の作戦計画が重くのしかかっていた。陥落するはるか以前から、次の作戦計画は実行に移されつつあった。ビルマ方面、蘭印方面、ニューギニア方面にも軍隊を派遣する計画であった。したがってマレー・シンガポール攻略後は、ごく少数の兵力で治安維持を行う必要があった。

こうしたマレー作戦の推移により、苦悩する大石憲兵隊長の心中を無視するように軍令は次々に降りてきた。

一月三十一日。シンガポール攻略作戦準備地域よりの住民退避。軍事情報の収集等。

二月十三日。一部補助憲兵を憲兵隊に配属する。憲兵隊では左翼隊と右翼隊の編成を行った。さらにブキテマ要塞に向けての進出命令。

二月十四日夜。マンダイ山付近の検索命令。

二月十五日午後七時。ブキテマ・フォード工場にて日英両軍司令官が会見し、英軍の降伏が決定した。これを受けて同夜、各憲兵分隊に警備地区の配分が行われた。

二月十六日。憲兵各隊に進発命令。早朝、大石憲兵隊長の命で、大西隊長はラッフルズ大学にて英軍旅団長と面接して武装解除を命じた。

大西中尉は通訳一名を伴って、多くの傷病英兵が横たわる大学の構内を通り抜けて英軍旅団長に面接した。中尉は、まず英軍の武功を称えた。

「わが軍は英軍の勇猛果敢な戦いぶりに敬意を表するものである」

英軍旅団長の態度は、ごく平静なものだった。大西隊長はにこやかに会話を始めた。

「ところで、昨夜はよく眠れましたか」

こうして武装解除のための会談は始められた。大西隊長は国際法に基づき、兵器そのほか、私物品以外のものはすべて、大学広場に集積するように指示した。英軍側はきわめて素直にその指示に従い、直ちに隷下部隊に命令を下して武装解除を開始した。

十七日午前九時。大石憲兵隊長は自ら出動して大西隊を指揮し、中央警察署の接収を行った。署長は英国人であったが、すでに逃亡して不在であり、現地人警察官も宿直程度の人員しか在署していなかった。そこでやむなく残っていた警官の高級者を招いた。日本軍が警察署を接収した後は、英国と同等以上の待遇を与えて、そのまま現地人警官を任命した。そして彼らに市内の治安維持に当たるよう説明した。そこで要請を受けた高級警察官は直ちに署員を集合させ、平常どおり勤務に就くことを命じて市内各署に通達した。

その後、大石憲兵隊長は日本軍政部の要員がシンガポールに到着するまでの間、憲兵を指揮して軍政的治安維持に任じたのであった。

シンガポール在留邦人は開戦とともにチャンギ刑務所に収容されており、交換船による帰還者を除けば残った人々はまだ監禁が続いていた。

二月十六日。いまだ硝煙漂うシンガポール市内に入った憲兵隊の中佐は、まずチャンギ刑務所に准尉以下数名を出動させ、監禁中の在留邦人十七名を救出した。

シンガポール市内に入った憲兵各隊は、それぞれ担任地域内の治安維持に当たり、憲兵隊本部はホードカンニングの元英軍要塞司令部跡に設置された。

市内には軍人・軍属の非行防止のため、憲兵以外の軍人・軍属を入れないのが当初からの軍司令部の方針であった。憲兵各隊は市街入り口そのほか要所に憲兵廠《しょう》を配置して、治安維持と軍人・軍属の入市を阻止した。だが兵力不足のために完璧には実施されなかった。憲兵が投降兵の処置などに忙殺されている間に、住人による掠奪、英軍印度兵の失火による火災などが頻発した。概して入市当夜は治安もきわめて不良であったが、その後、補助憲兵の応援配属を受けて、二、三日後には治安を回復することができたのである。

そして戦争によって引き起こされた忌《い》まわしい出来事が待っていた。

昭和十六年十二月。日英開戦となるや、共産党と在マレー抗日各種団体は統合して英軍に協力することになった。さらに英国政府の了解を得て、第二次大戦開戦直後の昭和十六年十二月十五日、刑務所に入監中の共産党員は一斉に釈放された。

昭和十七年一月十五日。英軍司令部の命令で在マレー華僑は日本軍占領地域後方かく乱のため、シンガポールの共産党員百五十五名を四個班に編成して、各戦線にゲリラ指導者として派遣した。

それより先、昭和十六年十二月には英軍司令官の指示により、英軍は中国人と共産党員に武器を供与していた。抗日行動の部隊を組織して、四百名ほどでマレー半島での電信線の切断や鉄道妨害行為を展開した。またシンガポール攻略戦では、近衛師団正面のクランジ川地区で武器を取って頑強に抵抗した。さらにシンゴラ、イポー、クアラルンプール、ジョホールバルなどにおいて、華僑の通敵信号が頻繁に行われた。

以上のように、中国人の組織的抗日運動は英軍指導の下に活発に行われた。

粛清命令を出した要因は、おおむね次のようであったと推定される。

一、マレー、シンガポールは前記のように中国人の抗日意識が強く、作戦中彼らは総力を挙げて抗日行動に出た。

二、シンガポールに中国人を主とする義勇軍二個旅団があったが、彼らは捕虜とならず、英軍の降伏とともに解散し、巧みに市民に混入した。

三、軍は次期作戦のため近衛師団をスマトラへ、第十八師団をビルマへ、第五師団は南西方面に転用する予定であり、マレー、シンガポールの警備兵力が極端に減少する予定だった。

四、日中事変においては、警備兵力の弱い部隊はしばしば便衣兵らの襲撃を受けて苦戦した例は多い。この苦い経験が、中国人は油断できないという警戒心となっていた。

第二十五軍憲兵隊長大石中佐は軍命令の内示を受けたとき、検問実施期間十日間の意見具申をしたが、作戦上の要求から三日間に短縮された二月二十一日より実施の命令であった。

検問を実施した結果、義勇軍、無頼漢、前科者などはおおむね捕捉できたが、特に共産党員、抗日運動の幹部は逃した感がある。また、検問が短時日のため、その選別は困難を極めた。

二月二十三日。選別者を補助憲兵によって厳重処分にせよ、という命令が軍司令部から届いた。明らかに命令である。各憲兵分隊長は、あまりにも苛烈な命令に司令部に対して意見具申を行った。

一、刑務所に監禁して十分に調査した後に処分する。

二、やむを得ぬ場合には島流しにせよ。

この二項の意見具申だった。憲兵隊長以下すべての分隊長が同じ意見だった。

この事件は中国人社会では「華僑大検証」とよばれているが、その犠牲者の数については明らかにされてない。一九六三年三月十四日からの発掘では、一年以上の期間をかけて三十五カ所を調査の結果、六百七壺に遺骨を収納している。この何倍かが実数に近いと考えられるが、あくまでも推定の数字しか見出せない。これは広島の原爆による犠牲者数の場合にも同様で、戦争という悲惨な出来事は、死者の数さえ失わせるのである。

2 ツアー

五十年近くの時を隔てて、市田さんは築山と息子と三人で思い出のシンガポールに来ていた。ツアーの一行が到着した当日は、ホテルで昼食をとってから午後の観光に案内された。その場所は、観光パンフレットにも載っている観光ワニ園だった。養殖したワニを見物させ、ワニ皮製品などの商いをするところである。華人の中でも立志伝中の人物が始めた老舗のワニ園だった。

ワニ園に向かうバスの中では、華人の女性ガイドが相変わらず流暢な日本語で案内を続けていた。それは聞いて心地よく、話の内容も的確なものだった。情報の伝え手としては申し分ないと思わせられた。こうしたことに対する華人の能力というものは、この地域では先住民の人とかけ離れているかもしれない。個人主義だとかいわれるけれど、情報の有効利用についての驚くほどの連絡網を作り上げている。表面的な態度で安易に判断してはならないのだ。このときのツアーの人たちが中国人女性のガイドに信頼をおいて、彼女の仕事ぶりを評価したのも当然だったろう。ガイドとしての能力に非の打ち所はなかった。

ところで、信号待ちでバスが停車したときのことだった。彼女は運転席の横に置いてあった品物を取り出して、何やら説明を始めた。一つは缶入りの中国茶であった。そしてもう一つは漢方の丸薬だった。これらの品物を説明するにも素晴らしい話ぶりで、いかにも客の購買意欲をかき立てるものだった。つまり、いかにその品物が良い品質で値打ち物であるかを説明したのだ。そのようにしか聞こえない話し方だった。よそでは購入しないようにと、いかにも客を思ってのことという言い方だった。しかも、ここで私に申し込めば帰りの空港まで届けてあげますとまで言ってくれるのだ。

こうして商品を説明して注文書を配り終えた彼女だったが、次に運転手に言った言葉には同情もし、おやおやという感じがした。それは中国語の普通話で話された。

「全く面倒だわ。こんなことをガイドにやらせるなんて間違っている。あたしたちは観光案内に力を尽くすべきよ」

バスの中で中国語を解するのはガイドと運転手と築山だけだったろうか。市田さんは四十年以上も前にシンガポールにいたけれど、力を入れて学習したのはマレー語だった。嘘か本当か、三カ月でマレー語を習得したという話であった。話半分にしても市田さんがシンガポール・スマトラで立派に任務を遂行したことは確かなので、そうしたことからも戦争中の雰囲気を想像することができる。戦争という不幸な出来事が、ある程度は民族同士の理解をもたらしたということはあるだろう。それが平和の時代に友好的にされたならば喜ぶべきことなのだが、あまりに大き過ぎる犠牲の上に行われたことなので、市田さんも決して自慢するようなことはなかった。

ガイドの女性は完璧に仕事をこなしていたのだが、商品の販売にはあまり気乗りがしなかったようである。彼女の別な横顔を見て、築山はほほえましく思った。客の前では申し分のないガイドであっても、やはり彼女も好き嫌いのある一人の人間なのだ。つまらないと思う仕事もあるわけだ。そのつまらないと思う仕事も立派にやるということは、彼女が持つ財産の一つであろう。

案内されたワニ園は日本人にもよく知られたところで、多くの観光客が訪れていた。ただ、かなり古い施設のため、観光というより養殖場の見学という気分にさせられる。ここに入るときに築山は、香港の文字の入ったTシャツを着ていた。

「シャンガン、シャンガン」

ワニ園の従業員は、築山が香港から来た人物と思ったのだろうか。築山を見てはやし立てた。このときは、イギリスから中国への香港返還を前にして、何かと気になる時期だったのであろう。ともに旧英国植民地で、軍事基地のあった港湾都市であったからだ。シンガポールの中国系市民にとっては気になるTシャツであったわけだ。

ここで見るワニも、肉食動物の例に漏れず食事時以外の時間の多くは昼寝を決め込んでいるようだった。南国の日差しの下で並んでいるところを見ると、その上を渡って向こう側に行けそうな気がしてくる。日本神話の場面を想像するのには良い機会だった。ただ、どう猛な肉食動物をすぐ近くで見ることには、やはりある種の恐怖感が伴う。それは二千年前の現地の人も同じだったであろう。神話で、どうしてワニが間抜けな動物となり、マレーシアの豆鹿がずる賢いものになったのかは疑問だ。単に話を面白くさせただけなのか、何かの理由があったのか、それは分からない。ただ、神話では最後にワニ鮫が仕返しすることになっている。こうした思いもあって築山は、目の下三メートルほどの所にいるワニを見ることを楽しみにしていた。神話のイメージでワニを見て、そして何を感じるのだろうか。そうした期待を持っていた。

人は圧倒的に強大なイメージの存在を目の前にしたとき、何か不思議な精神的存在を感じることがある。常にはない何ものか、力強さの源泉をそこに見るのだろうか。その点でワニは、人を寄せつけない強大な存在であったろう。その力の源泉を人の精神に取り込むためには、あるいは間抜けなワニのイメージを必要としたのかもしれない。豆鹿は食料の対象であって、感謝の念から頭の良い動物という面が強調されたのかもしれない。そうしたことは築山にとって想像の世界のことだったが、このワニ園での見学は有益だったといえよう。

だが、と思う。日本神話のことである。凶暴なワニがあっさり兎になど騙されるのは、何かもっと他の意識が働いているのではないのかという考えが、築山の頭を去らなかった。

そうしてワニの昼寝を見終わって、築山たちは売店の前のベンチに座って休憩した。そこからは、まだ生まれたばかりの小さなワニの子の水槽が近かった。どう猛なワニとはいえ、それはそれ、小さきものは皆美しという気持ちは誰にもある。子ワニたちが水槽で遊んでいる様子は、実にかわいらしかった。作り物の人形が動いているようだった。

しばらく子ワニを眺めていた築山に、市田さんは昔の思い出をふと口にした。

「スマトラにおったときは食べるもんがなくてのう。とにかく軍隊は腹の空くところじゃった」

「そうですか」

市田さんはワニを眺めながら昔のことを思い出していた。

「とにかく腹が減ってしょうがなかったから、ワニを捕って食うたなあ」

「ワニを」

そのとき目の前にいたワニを、築山は神話のよりどころとして見ていた。ところが市田さんは、食べ物の思い出として見ていたのだ。同じものを見て、人は何と違った風景を感じ取るものなのだろうか。築山はワニ園の住人がハンドバッグになる前に誰かの口に入るかもしれないなどと考えたが、やはり動物園の餌になるのが妥当かなと思ったりした。

「ワニを腹いっぱい食う夢を見たことがある」

「そんなに、おいしいものですか」

「とにかく腹が空いとったからなあ、うまいまずいは問題外じゃ」

「はあ」

「スマトラには虎もおったな」

「へえー、虎が」

「虎を食べることはなかったが、それほど深いジャングルがあった」

「ジャングルが」

「小アマゾンといわれるくらいでの。湿地のジャングルに入ったら、中は寒うて暗うて、恐ろしいところじゃ」

「虎やワニがいるんならね」

「ジャングルの中で大きな音をたてたら、空気の振動でそこだけ雨が降ってくるしなあ」

「凄い湿気ですね」

「そうよ。それからよう足元に気を付けんと、下手をすりゃあ底なし沼のように身体が沈んでいくからなあ」

「そりゃ怖いわ」

「腹が減ってワニを捕りに行ったが、それほどジャングルの中は怖いところじゃ」

「はい」

とにかく市田さんにとってワニは、特別な思い出があったようだ。

「あれは川の中島のようなところじゃった。いっつもワニがたくさん甲羅干しをしておった」

「はあ。ここにいるような大きいやつですか」

「いいや。大きいの小さいのがいろいろとな。大きいといえば信じられんくらい大きいのがおった」

「どのくらいでしたか。十メートル以上もあるような」

「ふふふ。それじゃあ小さいな」

「そうですか。ここにいるのでも七、八メートルくらいしかないと思いますが」

「そうよな。じゃが、あれは十五メートルはあった」

「十五メートル」

それは驚きの大きさだった。築山にしてみれば、十メートルでさえ長すぎると思えたのに、十五メートルというのは信じられない大きさだった。ここのワニの二倍以上あったというのだ。ということは、体重は八倍もあることになる。市田さんの話はいつも少し大げさな感じがしていたが、嘘をつくような人ではなかった。何といっても旧軍の憲兵を終戦まで立派に務め上げた人である。事実に対する洞察力というのは信じてあげてもよいと思われた。

「それで、その大きなやつを食べたんですか」

「いや、小さめのやつじゃったが、五、六メートルはあったかのう」

「そうですか」

「ちょっとおしろい臭かったが、腹いっぱい食べれたんは良かったな」

「どうやって捕ったんですか」

「そうじゃな。現地の人から小舟を借りてな。細長い、日本の弥生時代にあったようなやつじゃった」

「ワニと同じような」

築山のイメージの中で、このとき日本神話に登場するワニ鮫と、細長い弥生時代の舟とが交錯した。ワニ鮫と小舟が古代人の精神の中では同じ水平線の上に浮かんでいるような、そんな気がした。

「あれは喫水が浅うてな、ワニが水に浮いとるのと変わらんかった。ワニが口を開けたら、船が吸い込まれるようなもんでのう」

「水の中で格闘したんですか」

「危ない危ない。現地の人は夜に捕りに行くけど、わしらは手榴弾を一発使うてな」

「はあ、勇ましいですね」

「何の。戦争に負けてしもうたら、勇ましいとか言うても何にもならん」

淡々と話す市田さんは、あの恐ろしいワニを食べたという話で、何を語りたかったのだろうか。築山が知る範囲では、ニューギニア戦線などは特に食料不足だったと記憶している。敗戦後の収容所でも不十分だったと聞いたことがある。しかし手榴弾でワニ狩りをしたというのであれば、少なくとも収容所に入る以前のことであったろう。

「船といえば、シンガポールでは水上分隊におったな」

「そうですか」

水上分隊のことに言い及んだときの市田さんは、夢見るがごとく、遠くの懐かしい風景を見つめているようだった。


築山は水上分隊のことは、このとき一言聞いただけで、ほとんど何も聞いてはいない。その知識も全くなかった。考えられるところでは、マラッカ海峡に接したシンガポールの立地条件を思えば、憲兵隊の責務は非常に重要なものだったと推察される。英軍の潜水艦が出没していたであろうし、付近の小島などでは英兵やオランダ兵の検索が必要だったろう。また、現在でも同様だが、海賊たちが常に出没する海域であれば、それらの取り締まりも行わなくてはならない。とにかくこの地域に何らかの取り締まり機関が不可欠であることは、現在に至るまで変わってはいないのだ。

水上分隊のことには全く知識のなかった築山だったが、親しくしていた市田さんの行動に一つ思い当たることがあった。それは何気ないことではあったが、水上分隊というキーワードが出てくると、市田さんが生き生きとするのだった。

市田さんには、よく魚釣りに連れていってもらったことがある。小舟を瀬戸内海に浮かべて一日、波に揺られながら雑魚《ざこ》釣りをすること。これがまあ楽しくて、おいしい魚が釣れて、人間本来の心を取り戻す良い機会である。ところで市田さんは、船を運転するときには特別な行動をとる。それは、どんなに先を急ぐようなときにも繰り返される行動様式だった。まさしく市田さんという人間の存在にどうしようもなく染み付いた行動様式といえただろう。それは、海の上で目に入った流木とか漂流物は必ず拾い上げることである。流木に船を寄せて、拾い上げるときの市田さんは実に楽しそうだった。築山の知る限りそれは、身体が弱くなって海に出られなくなるまで続いた行動だった。それは瀬戸内海の環境保全につながることではあるし、誰にもほめられはすまいが立派な行動ではあった。築山の計算によれば市田さんは、死ぬまでに瀬戸内海のゴミを数十トンも一人で処分したことになる。誰にもできることではなかったのは確かだ。

拾った流木は丁寧に切りそろえて蓄えていた。そんなところにも元憲兵という経歴によるものなのか、丁寧な仕事ぶりを見せた。それを煮炊きに使ったりしていたが、市田さんはことのほか寒がりで、たき火がとても好きだった。たき火のために消費した流木などは膨大な量に上ったことだろう。

おそらく流木を拾うときの市田さんの心は、水上分隊時代に帰っていたのではないのかと思う。あんなに楽しそうに、あんなに自然に海のゴミを拾い集めるということは、それが市田さんの人生で最も充実した時代の記憶と結びついていたのだろう。水上分隊の一員として任務に没頭した懐かしい記憶。あのときの市田さんの心は青春の日々を思い出していたのだろう。死ぬまで瀬戸内海の検索を続けていたといえる。

さてワニの話の続きだ。スマトラ島などインドネシアでは、オランダ軍が相対的に弱かったので、戦後もしばらく日本軍の、特に憲兵隊による治安維持が行われていたということだ。敗戦国の軍隊による治安維持とは、考えるだけでも困難が予想される任務である。それをやりとげたのだから、感謝状の一枚くらいもらってもよさそうなものである。おそらく、そのときに食料不足に陥ってワニ狩りをしたのだろう。ワニを食べなければならないほど、食料に困っていたのだ。しかし市田さんの口ぶりのどこかに、ワニに対する親近の情のようなものが感じられた。目の前にいる養殖のワニなどではなく、野生のワニに何か思い入れのあるような気がした。だが、そのときの築山は、川の中島に並んで甲羅干しをするワニの群れこそ、因幡《いなば》の白兎の神話が生まれた原点かもしれないなどと、安易に考えを膨らませるだけだった。

しかし、市田さんのワニに対する思い入れは、その程度ではなかった。恐ろしい野生のワニというイメージとは、また別の次元の話だった。まして童話に出てくるような愛すべきものでもなかった。

彼は現地の生活に根ざした、ワニの存在が持つイメージの本来の意味を知っていたのだ。

この日のシンガポール市内観光は、その後で買い物などをして終わった。ガイドの案内は気持ちよく、ツアーの一行はみんな満足してホテルへと戻った。


二日目は、朝から一日かけてマンダイ蘭園とジョホールバルの観光に行った。朝のレストランで会った市田さんは、いつにない元気な様子だった。張り切っていたといえよう。思い出の地シンガポールに来ることは、かねてからの念願であったからであろう。ジョホールバル行きを楽しみにしていることが見て取れた。

しかしバスに乗り込んでからは、いつものように居眠りを始めた。いや、居眠りなどではなかっただろう。自分がどのあたりにいるのか、眠っているようでもちゃんと分かっていたみたいであった。とにかく市田さんは静かにバスに揺られていた。

この日もガイドの案内は気持ちの良いものであった。話のツボを心得ているというか、客を退屈させず丁寧に周囲のことを説明し続けた。ユーモアをまじえたり、シンガポールの珍しい話を織り込んだりして、築山たちの耳を楽しませた。

そしてバスは市内からマレーシアに続く高速道路に入っていった。

高速道路を走りながら、ガイドは乗用車が市内中心部に乗り入れるときの規制のことなどについて話をした。淡路島くらいの大きさしかないのに一つの国になっているのだから、この規制は必要であろう。これに限らず何かと規制の多い国で、最初に英国の軍事施設として開発されたという歴史によるものなのかもしれない。築山のように他人から何かを強制されることの嫌いな人間には、美しい町の底に沈んだ闇の部分を見る思いがした。そうしたシンガポールについてのあれこれを、ガイドは次々に話していった。そしてバスは両側の切り立った、小さな峠道のようなところに差しかかった。そして、例のごとくガイドはその場所の地名を紹介した。

「このあたりをブキテマ高地といいます。シンガポールでは一番標高の高いところです」

ああ、忘れようとしても忘れられぬその地名。そのときまで眠るがごとくバスのシートに身を沈めていた市田さんは、驚いたように身体を起こした。そして築山に尋ねた。

「今、ブキテマ高地と言うたな」

「そうですね」

「そうかブキテマか」

バスのエンジン音が両側の切り通しの壁にはね返って、ゴオーゴオーともズゴーズゴーともつかぬ不気味なものに聞こえてきた。言わずして分かる市田さんの恐怖の記憶だった。そのとき、あのすべてを悟りきったような市田さんの目に、何かにおびえたような表情が走った。

ブキテマ、ブキテマ、ブキテマ。ブキテマは死の山、恐怖の記憶の場所。バスはごう音をけたてて、その場所を通り過ぎていった。

五十年も前のあの日の記憶を夢の中に再現したかのように、市田さんはとつとつと語った。

「ブキテマ高地では、大変な激戦じゃった。わしらの小隊の半分が戦死した。周りが暗うなってきた時じゃったが、英兵に手榴弾をぶち込まれてのう。小隊が移動するときはな、こう、まあるうなって行きようたんじゃ」

市田さんはいつもと変わらず、怒るでもなく嘆くでもなく語った。ブキテマ高地はシンガポール攻略戦に参加したすべての将兵の記憶に残る場所である。そして華人や現地人といった、後のシンガポーリアンにとってもそうである。不穏の黒雲に覆われたごう音とどろく高地は今、観光バスに乗ってただ通り過ぎる場所でしかないのか。築山にとってはそうだったろう。しかし市田さんには、ただ通り過ぎるだけ、その名を耳にするだけでも、大きな意味のある場所だったのだ。遠い日の夕刻、生と死とを分かつ手榴弾が市田さんの頭上を通り過ぎた場所だったのだ。

そしてバスが次に行った場所はマンダイ蘭園だった。シンガポール島の北部、四万平方メートルの緑に囲まれたなだらかな丘にそれは広がっている。静かな園内には今を盛りと色とりどりの蘭が咲き誇っていた。熱帯の熱い日差しの中で光りに酔うがごとく、燃えるがごとくにたたずんでいる。

ここでは一本のランブータンの木が、蘭の花に囲まれて立っていた。つややかな緑の葉を繁らせて、ゆるく傾斜した蘭園の中腹に立っていた。その一本の木がそこにあることで、蘭園の景色にアクセントを添えていた。後になって蘭園のことを思い出すときにも、その一本の木は必ず築山の記憶の中に甦ってきた。何の変哲もない一本のランブータンの木。蘭の花がどうであったかはとうに忘れても、何の変哲もないその木のことは長く築山の記憶にとどまった。その木は蘭園の作業員が休憩する場所でもあったろうか。熱帯の日差しの中にひとときの潤いを与える場所であったのか。蘭を見飽きた築山たちは、自然にその木の下に導かれるように歩いていった。

その木の下まで来てみると、忘れられたようにランブータンの実が、たくさんこぼれ落ちていた。たわしのような形で太い繊維に包まれた木の実は、日本では見られないものだけに観光客の目を引いた。それは今朝ホテルの朝食で食べた木の実だった。全く意外な場所でランブータンの実を拾う機会を得たものだ。築山は好奇心にかられて、その実を一つ手にした。赤と黄色のまだらに染まる木の実は、確かに南国の太陽に育てられたものにふさわしい色と形をしていた。試しに皮をむいて口にすると、かすかに甘い果汁が口の中に広がった。

蘭園でのひとときは過ぎて、バスはいよいよジョホールバルに向けて出発した。

蘭園から少し走って、バスはコーズウエイの国境の橋に向かった。この橋はシンガポール攻略戦のときに英軍が爆破して後退していった橋である。中国の蘆溝橋《ろこうきょう》と同じように、日本人の記憶に残る橋である。

国境の橋は簡単な手続きだけで通過でき、乗客は何もしないでマレーシアに入国した。橋のこちらと向こう側では大きな経済格差があるそうで、ガイドの説明もその点を強調するものだった。

国境、と呼べばよかったのだろうか。そこには両岸から来た車両が多く列をなしていた。国境の管理事務所の軒下では、小銭を交換している男たちがいた。国境をまたいだ両替商人と呼べばいかがわしい感じがするが、そんな大げさなものかどうか確認したわけでもない。見たところはそうした雰囲気だったのだが、乗客が注目してもガイドが説明することはなかった。

バスがジョホールバルの停留所に到着すると、新たにマレーシア人のガイドが乗り込んできた。もっとも、マレーシア人とはいっても華人のガイドという点では同じようなものだったのだが。しかし、やはりマレーシア人には変わりなかった。説明によると、マレーシア国内ではシンガポール人のガイドは禁止されているそうだ。マレーシア人の雇用を確保する意味があるのだろうか。一般に東南アジア地域では、シンガポールに富が集中しているのだが、それは一人当たりの国民所得が飛びぬけて大きいことに表れている。だが、真の金持ちはインドネシアの石油王であり、マレーシアの大商人であったりする。シンガポールのウイークポイントは、国土が絶対的に小さいことである。

ところで、このマレーシア人のガイドは築山の知る日本人女性によく似ていた。つまり日本人とあまり見分けのつかない容姿であったわけだ。とても若くて、この仕事に就いてあまり時間がたってない様子だった。教育されたとおりにガイドをしようとして、精一杯に緊張していることが見てとれた。そして彼女の話す日本語というものは、それはもう丁寧で美しいものだった。ございます、あるいは、していただきます。こういった調子で延々と話し始めた。シンガポールの経験豊かなガイドとはまた別の、若い女性の初々しい仕事ぶりに男性客は好印象を持った。一生懸命に自分の職責を全うしようとするその態度が、自然とこちらに伝わってくるようだった。乗客の気持ちを引き立てようとして軽いジョークをまじえながら話し続けて、バスはジョホールバルの王宮へと向かった。

ところが、ここで一つ気分を害することが起きてしまった。それはガイドのひとことが、乗客の日本人女性の機嫌を損ねてしまったのだ。全く、言葉ひとつで客の気分を害してしまうなんて、ガイド稼業も楽じゃないと知らされる場面だった。

「オバタリアン」

その頃日本ではやりだした流行語である。テレビなどで頻繁に使われて、少し暗いイメージのともなう言葉だった。軽い侮蔑《ぶべつ》の意味があったからであろう。日本人の多くが笑いころげるのを見て、若いマレーシア人ガイドはサービスのつもりで使ったに違いなかった。ところがその意に反して、日本人女性をいたく立腹させることになってしまったのだ。そうした年齢の日本女性が、若い女性から面と向かって言われたとすると、それは気分がよかろうはずはなかった。

「私はオバタリアンなんかじゃないわよ。ばかにしないでちょうだい」

顔色を変えて怒る客を目の前にして、若いガイドはなす術《すべ》がなかった。彼女の気落ちした様子は、見ているこちらが気の毒になるくらいだった。ただオロオロするばかりで、車内には冷たい空気が流れてしまった。ほとんど泣きながら謝罪をし、気を取り直しても、ようやくガイドをこなすような状態であった。気まずい空気をのせて、バスは王宮へと向かった。ところが、車内の男性客は彼女に同情的だった。

「悪い日本人がいたんだろう。あんな言葉を面白がって教えたりして」

もっともな感想だったろうが、それを耳にした怒れる女性が機嫌を直す機会も失われるのではないかと、見ているこちらが心配になってしまった。そうするうちにもバスは無事に、いや、冷たい空気をのせたまま王宮とモスクのある場所に到着した。

客が全部降りた後に、シンガポールのガイドが中国語で教育的な指導をしていた。

「オバタリアンというのは、意地悪な年かさの女性という意味なのよ。日本人の少し年の大きい女性に使っちゃだめよ」

若いガイドに言葉はなかった。

何にしろ経験というものは必要なことだ。その日、築山たちは一人の若いガイドが、経験を積む場面に立ち会ったのだ。


宮殿とモスクというのは、ジョホールバルのスルタンによって建立されたビクトリア様式のものである。白い壁が南国の太陽に照り映えて美しく、日本人にもなかなか人気のある場所だ。

スルタンというのはイスラム教を背景とした王のことである。日本でいえば移封された大名のような存在であろうか。現地人の中にアラビア人の王がぽつねんといるような、そんな危うい存在であった。現地人とはかけ離れた体格容貌をしていたからこそ、世俗権力が保証されていたのかもしれない。自分たちとは著しく異なった人間を見ると、人はある種の恐れを感じるものなのであろう。そうした感情が、スルタンをしてマレーシアにイスラムの小国家を多く誕生させた要因の一つだったかもしれない。

スルタンのことはどうあろうと、この王宮から眺めるジョホール水道は、五十年も前の地獄の渡河作戦のことなど忘れ去っているかのように静かに流れていた。築山と市田さんたちは時間の余裕を見て、ジョホールの海岸まで歩いて行った。

このときジョホール水道の流れは静かに、そしてゆったりと両岸を洗っていた。時は移り、海岸にはマングローブの繁みはどこにも見当たらなかった。繁みのない海岸は、瀬戸内海の地方都市あたりの眺めと大きく違う印象はなかった。

ジョホール水道の海岸に杖をついて立った市田さんは、しばらくは身じろぎもせずにそこを見つめていた。感慨深く、万感胸に迫る思いであったろう。

しばらくして市田さんは重い口を開いた。それは、渡河作戦の夜の壮絶な戦いの光景についてだった。

「渡河作戦のときはのう、こっちから夜の海を見ておった。ここをみんな、泳いで渡って行った。夜の海をな。花火を一発ずつ持っていって、渡れたら打ち上げたんじゃ。わしらはこっち側で数を数えとった。ありゃ、あっちで一発、こっちで一発、いうてな」

壮絶な美しさとでも言うべきだろうか。生と死とを分かつ花火があの夜の空を彩ったというのだ。考えただけでも心の中に強い印象を残す話だ。しかし、それ以上に市田さんの記憶の中には、生き生きと残っていたのであろう。以来、築山にとって花火大会の夜は、人の生と死に思いを巡らす時となった。

このように美しい夜の思い出だったが、簗山がその後あたった戦史関係の記述の中に、花火のことに触れた個所は見当たらなかった。それは市田さんの思い違いだったのだろうか。まんざら嘘をつくような人ではなかったが、そんな印象的なことが、どの戦史にも残っていないはずはないという気もした。他の人にはあまり印象に残らないことだったのか。泳いでの渡河作戦など、日本軍の貧乏臭さを見るようで忘れたかったのか。あるいは単なる市田さんの思い違いなのか。ただ、信号筒のことを花火と表現したのだとは思う。真偽はいずこかにあるとしても、その光景はシンガポール攻略戦の劈《へき》頭《とう》を飾るにふさわしいものであると思う。

この日の観光はジョホールバル近くの民芸品製作販売の店に行ったり、ホテルでカレー味のマレー料理を食べたりして終えた。翌日は自由行動ということで、ほかのみんなはオプショナルツアーとかゴルフの予約などを入れて、この日はホテルの自室に帰っていった。簗山たちは明日一日、行く予定の場所があった。そこは市田さんの思い出の中でも特に苦しい経験をした場所である。シンガポールに到着したときに飛行機の上からも探した所だった。

この夜シンガポールの夜は更けて、市田さんは夢の中で五十年近くも前のあの日のスマトラに飛んでいた。

七章　スマトラから

1　サゴルンダン

昭和二十年八月二十二日。スマトラのパンカランブランタン憲兵分隊に、軍司令部から「降伏」の指令が届いた。それよりも数日前、日本の敗戦を知らされた市田憲兵曹長は、部下の憲兵を伴って現地人の呪術師を訪ねていた。呪術などという迷信は信じない市田曹長だったが、数日来の混乱の中で、親しくしていた近くの村の呪術師から意見を聞きたいと思ったのだ。

日本風にいえばちょうど還暦を迎えた年齢の呪術師だった。彼には現地の情報をよく教えてもらった。若い頃にはシンガポールやクアラルンプールに住んでいて、その経歴が何かと役に立ったのだ。深い森の奥に隠れ住む呪術師というイメージではなく、広い世間を渡り歩いた苦労人といった人柄だった。日本が敗れた今となっては、彼のように現地人の考え方と同時に広い視野を持った人間の意見を参考にすることは大変有益であると思われた。森に住む呪術師の家に赴いたときには、助手と二人でサゴルンダンを作っていた。高床の家のベランダに、ゴザを広げてそれを干していた。

サゴルンダンとはサゴ椰子のデンプンから作る真珠状の乾燥した小球で、現地人の主食であった。水と一緒に飲んでも一回の食事になるという便利な食べものである。ただしほとんどがデンプンで、エビとか野菜のおかずを必要とした。

サゴルンダンの作り方は、まず、サゴ粉をふるいに通して均質でかたまりのない粉にする。プングランという布があって、これを広げて二人が持ち、その上でサゴ粉を揺する。するとサゴ粉は無数の小球になる。これをもう一度ふるいに通して均一にしたものをゴザに広げて乾燥させる。さらに大釜で時間をかけて煎《い》るとサゴルンダンの出来上がりである。

市田曹長が呪術師の家を訪ねたとき、ちょうどサゴルンダン作りが一段落したところだった。

「ラブマートさん、ご機嫌いかがですか」

「おお、これは市田さん。今日あたり来るのではないかと待っていました。いや、ちょうどよかった」

「は？　待っていたとは」

「わしに相談があるのではないかな」

「いや、相談というほどではないが」

「トアン（だんな）隠し事はいけない。わたしとあなたの仲ではないか」

「そうですかな。じつは」

「まあ、そう急がなくても。大事な話は後にして、コーヒーでも一杯飲んでからにしましょう」

「そうですな」

助手がコーヒーを入れてくれて飲む間に、二人はスマトラの生活を語った。

「トアン、ここではどんなことが印象に残っているか」

「蜂蜜を採りに行ったときのことは楽しかったですな」

「トアンは酒の方がからきしだから、せっかくの蜂蜜も少しなめておしまいでしたな」

「あれは面白い経験だった」

野生の蜜蜂の巣の採取は、ジャングルの中の高木にあるものを観察することから始まる。たっぷり蜂蜜がたまった頃を見計らって、呪術師が手伝い数人を伴って出かける。蜜蜂の巣は、真っ直ぐに立つシアランの木の枝の、地上三十メートルほどのところにぶら下がっている。シアランというのは植物学的にいうと一種類ではない。蜂が好んで巣を作る高木の総称である。こういう高い所での作業だから、普通の人が登って採ろうとしても落ちて死んでしまうことがある。それで、呪術師だけが採ることになっている。呪術師は木の下に行くと呪文を唱えてから木に登る。巣に近づくと煙で蜂を追い払ってから巣ごと採取する。巨大な巣にはたいてい、その下半分に蜜がたまっているので、それ以下だけを切り取る。特殊なかごに入れて、下で待ち受ける人にそれを綱で降ろすのである。それから蜂蜜と蜜蝋が取り分けられる。蜂蜜は甘味として利用されることもあるが、もっぱら発酵させて蜂蜜酒を薬用に利用することが多い。

「日本にも蜜蜂はいるのですかな」

「いますとも。ただし、ここのようには大きくないですが」

「そうですか」

「ところで、あなたが呪術師になる前には、シンガポールやクアラルンプールにいたそうですね」

「それが何か」

「ほかにはどのあたりに行きましたか」

「昔のことで、あらかた忘れたようです」

「ずいぶんいろんなことを教えてもらいました」

「それほどではない」

「日本軍が負けることは、いつ頃から分かりましたか」

「それは」

「テンノウヘイカからお言葉がありましたな」

「言ってください」

「そうです」

「あれから少ししてから」

「そうでしたか」

「トアン、力を落とさないことだ」

「はい。でも、どうしてあなたには先のことが見えるのですか」

「それは、オランブニヤに教えてもらうのだ」

「本当ですか」

スマトラの森の奥には恐ろしい虎がいた。そして川にはワニがいた。人々はこうした猛獣の恐怖とともに、日々の生活を営んでいた。例えばワニ狩りである。

人々はワニを本当に恐れた。ワニに食われたという話はいやというほどある。河川の通行が、危険極まりないものであったことは間違いない。丸木舟に乗ったときのあの不安定さと、何よりも自分の身体が水面とほとんど同じ位置にあるという状態はいけない。ワニがやって来て頭をもたげようものなら、こちらの頭の方がワニの口よりもはるかに低い位置になってしまう。

ワニ狩りというのは、夜に舟に乗って二人でやるものである。一人は船尾で櫂《かい》をあやつり、もう一人は舳先で槍を構えて行く。舳先には灯火が一つ点けてあり、ワニはその明かりを見ると、それをめがけて襲いかかってくる。十分に近づいて、まさに灯火に飛びかかろうとするその瞬間、舳先の男がワニの眉間に槍を思い切り突き立てるのだ。槍は銛《もり》になっていて、穂先だけが柄から離れて逃げ去ったワニにくっついていく。穂先には別に、紐で浮子が付けてあるから、ワニの行き場所はすぐわかる。翌朝、陽が昇ってから、二人で浮子を頼りにワニを探す。探し当てるとその場で皮をはぐ。こうしたワニ捕りの人たちは、狩りの期間は幾つかのタブーを守ったという。

陸地では虎が恐ろしかった。虎がいたから家の床をその前足が届かぬくらい高くした。もちろん人々は、森の奥深くには決して入ろうとしなかった。

そして問題のオランブニヤである。森にはワニや虎のほかに、もっと恐ろしい超自然の妖怪たちがいた。中部スマトラにいたオランブニヤが、パンカランブランタン近くの森の中にも生息していた。例えば一人で見知らぬ人に出会ったとする。なかなか人なつこい人物である。何気なく話しているうちに、ついつい夢中になってしまいその人に付いていってしまう。連れていかれる所がオランブニヤの国である。そこは、当人が住んでいる村とあまり違ったところではない。何一つ不自由のない所だが、いったんそこに行ってしまったら、もう村には帰ることができない。日本でいえば浦島太郎が行った竜宮城とでもいえようか。このようにして森や川から、ふっと立ち消えて、それっきり村に帰ってこない人間が何人もいるのである。ほかの人がその現場を見ていたとしても、その人が連れ去られるところだとは思いもしない。なぜならば、オランブニヤは連れ去られる犠牲者にしか見えないからである。

2 呪術師

ほとんどの病気は魔物が体内に忍び込むから起こるのである。あるいはどこかの魔術師が術をかけるから起こるのである。こうした森の世界にあってワニや虎を叱りつけておとなしくさせる人物がいたとしたら、まず大変に尊敬されるだろう。あるいはオランブニヤと交渉して、そこに連れていかれた犠牲者を連れ戻したり、またほかの呪術師がかけた魔術を打ち消す術を使えたりする人がいたとしたら、これは大変な存在である。それのできる人が、まさしく呪術師なのである。それゆえに呪術師は、この森の社会では誰よりも頼りにされて、同時に恐れられもする存在なのである。

ラブマートはどこからかこの術を会得して、村に帰ってきた呪術師であったのだ。外見からすると彼の立ち居振舞いは普通のムラユと少しも変わらない。

ムラユとはマレーの語源ともなる言葉だが、このあたりの原住民に対する呼び名である。これには二種類あって、海のムラユと川筋のムラユに分けられる。海のムラユは生来の漂泊航海民で、東南アジア海域全般を自分の住みかとしている。

呪術師ラブマートは普通のムラユと変わるところはなかったが、しかし村人は彼が呪術を使うといって畏怖《いふ》の念を持っていた。彼が病気を治したり、失踪した人の居場所を言い当てたりしたからである。村から消えて旅に出ている間に、森の中の大呪術師について呪術を学んだのだと人々は固く信じている。それから多くの人は、彼が時々真夜中に森へ行くのを知っていて、それは古い墓地へ薬を取りにいくのだと噂していた。

「ところでラブマートさん、村人はあなたが、真夜中に古い墓地へ薬を取りに出かけると言っています。それは本当のことですか」

「そのとおり。森の中の墓に一つの木箱があってな、その中に陶器が入っておる。その陶器の底にはいつもほんの少しだけ水がたまっている。じっと見つめていると、古井戸のように静かで深く、人の心が吸い込まれるような水だ。それを持ってくるんだ」

「それで薬を作るんですね」

「そうだ」

「そのとき、オランブニヤに会いませんか」

「いつも見かけるな」

「それはどんな人なんですか」

「普通の人には見えない。だけど私には見える。あの連中は時々、パンカランブランタンに買い物にきている。いつかこの中の一人がパンカランブランタンで病気になった。私がこれを治してやったので、それから仲よくなったんだ。おかげで、こちらの頼み事も聞き入れてくれるのだ」

「本当ですか。そんな人を今までパンカランブランタンで見かけたことはなかったですが」

「本当に来ている。もし握手をしても相手の手に骨がなかったら、それがオランブニヤだ」

ラブマートの話は、現地人の多くから部分的に聞いた話と一致していた。そうしたことを信じる社会があり、ある意味で演劇的な呪術を行う呪術師が活躍の場を持っているのだ。そのことが正しいか正しくないかは問題でなく、そうした考え方が大きな価値を持つ社会なのだ。市田さんは日頃の合理的な考え方をひとまず置いて、ラブマートの顔をまじまじと見つめた。シンガポールなどという大都会を知る呪術師の存在が、少しだけ不思議だったのだ。すると彼は市田さんの方を見返して、ニヤッと笑みをもらした。

「ところで、今日あなたが何のためにここへ来たのか、言い当ててみよう」

「ほう、それは、ぜひお願いしましょう」

憲兵曹長の緻密《ちみつ》な捜査ぶりのことを知らないはずはないラブマートである。何のために来たかが分かっているのなら話は早い。自分の今後の運命を占ってもらうのもよさそうだ。

「トアン、日本が戦争に負けて、本当に残念だった。日本の将兵は皆よく戦った。ジャワ島では独立宣言をして、これからは日本軍の手を借りずに独立戦争を戦うだろう。そのうちスマトラにも独立の気運が盛り上がる。そこで、だ」

「そこで」

「日本人はいずれ全員国に帰らなくてはならないだろう。だが、何かの事情で帰ることができない者もあるだろう。独立軍に参加する者も出てくる」

「どうすれば良いのか」

「日本に帰る間に命を落とす者も多くいる」

「どうすれば無事帰れるか」

「トアンと私の仲だ。占ってさしあげよう。少しここで待っていてくれ」

そう言うとラブマートは奥の部屋に引っ込んでしまった。高床の大きな部屋に残されたのは、市田曹長と部下の青海伍長の二人だった。この部屋はガランとしていて家具の類は何もない。助手は高床の家から外へ出て行った。

五分ほどしてラブマートは小さい植木鉢のようなものを持って出てきた。中には炭火が入っている。

市田さんはコーヒーを沸かしてくれるのかと思った。しかしそうではなかった。その火鉢を市田さんの目の前に置くと、懐から小さな紙包みを取り出した。それを開くと鉛筆ほどの小さな木片が入っている。そして、それを山刀で削って、削り屑を火に落とした。するとじきに煙がモクモクと立ち上った。

「どんな香りがするかな」

ラブマートが尋ねた。確かに木屑をいぶして煙が立ち上っているのに、どうしたことか特別な香りはしない。不思議なことがあるものである。市田曹長は黙って、なおもよく香りを聞き分けようとした。

しばらくして再びラブマートが尋ねた。

「どんな香りがするかな」

やはり特別な香りは何もしない。一生懸命にかいでみるがよく分からない。

そうしているうちに市田曹長はだんだん不安になってきた。これはすでに呪術なのかもしれないという気がしてきた。自分の知らない何かの呪術を、すでにかけられてしまったのかもしれない。

不安が増してきた市田曹長に、三度同じ問いが発せられた。

「どんな香りがするかな」

ますます不安が増してきた。「香り」というからには、良い匂いがするに違いない。ことにスマトラの森林ではダンマールという香木が採れることで知られていというのに。何の匂いもしないということは、もしかしたら自分が邪悪な心を持っているのではなかろうか。そんな気もしてくる。かといって、いい香りがするなどと言ったら、この呪術師に嘘を見破られてしまうに違いない。市田曹長はこのとき、悩ましい気分で五、六分黙って香りをかいでいた。そのうち、大きな煙の中に一筋、二筋、少しだが芳香が立ち上ってきたように思えた。

「良い香りがする」

市田曹長は呪術師に答えた。

ラブマートはその答えを聞いたが何も答えない。黙って火鉢を取り上げて、今度は部下の憲兵の前にそれを置いた。年の若い憲兵は、何を答えてよいやら分からない。しばらくして何やら部下の憲兵が言うと、ラブマートは火鉢を取り下げた。

今度は何をするのかと見ていると、呪術師は高床の家の窓を開け放った。薄暗い部屋の中からは森の中を流れる小川が見渡せた。ジャングルの木々を縫って流れるその川は、静かで、そして薄墨色をした大量の水であった。スマトラの人たちは、この水で身体を清め、そしてトイレに利用している。清浄と汚濁とを併せ持つ、日本人には理解の及ばない流れであった。

「占いの結果は」

二人の憲兵は呪術師の次の言葉を待った。

「これからの三年間、見るものも見えず、聞くことも聞こえぬような、混沌《こんとん》の闇の中に投げ込まれるであろう。それは、自分がどのように思おうと避けられぬ運命だ」

そこまで言うとラブマートは窓の外に目をやって、しばらく薄墨色の流れを見つめていた。そしておもむろに続きを語った。

「どんな道を通ろうとも、水はついには海へと帰っていく。真のイスラムはメッカへと至る。水の流れるごとくに生きるのだ。そうすれば二人の運命も開けてくる」

それを占いと呼ぶべきだったのか。何やら訳のわからない禅問答のようでもあった。水の流れるがごとくというのは、言葉としては美しいものの、今ひとつその真意を測りかねるところがあった。だが、この呪術師の言うことには、どこかに真実の響きが込められているのではないかと思わせるものがあった。だからこそ、呪術師であったのであろう。

混沌とした情勢の中で市田憲兵曹長は、親しい現地の呪術師から一つの言葉を贈ってもらったことになる。

そうしていると家の外で助手の声がした。ラブマートが助手に、部屋に上がってこいと言ったらしい。助手が部屋まで来たとき、市田曹長は内心ほっとした。助かった、といった感覚である。それまで市田曹長は、完全に金縛りの状態だったのだ。助手はラブマートに何やら言った。その言葉の最後に「ガルハー」というのが聞こえた。ガルハーとは沈香《じんこう》のことである。それにしても、何て安物の沈香を使うのかと思った。金縛りから解放された市田曹長は、そう自分に言い聞かせて、恐ろしさの漂うその部屋で自分の安全を確認した。

しばらくするとラブマートはもう一度木を削って、その削り屑を二つの薬包紙に包んだ。一つを市田曹長に、もう一つを青海伍長に持たせて、自分の手のひらをその上に重ね合わせてしばらく目をつむった。それから厳かに言った。

「何か困ったことが起こったら、私のことを思い出しなさい。その夜は夢を見るでしょう」

こうして呪術師との歓談は終わった。ラブマートは二人を屋敷の外まで送り出してくれた。何ということのない占いだとは思ったが、その影響は大きかった。憲兵隊に帰っても、どことなく身体がけだるいのである。そして、ふと気が付くと、またあの煙のことを考えているのである。「きっとあの呪術師は自分たち二人に術をかけたのだ」「いや、やっぱりそんなことをするはずがない」そんなことを、とめどなく考える憲兵曹長がいたのだ。

ムラユの森には確かに人を吸い寄せ、金縛りにする呪術師が住んでいる。彼らは磁石のような力を持っている。その人が近くまで来れば、その磁力のために文字どおり人々は身動きができなくなる。まるで、こちらの気力と体力のすべてを吸い取られてしまったような状態になる。しかし、遠くへ離れると磁力の強さは急速に減退する。市田曹長の観察では、ラブマートの力が隣村に及んでいるようには見えなかった。しかしその村の近辺では、その力は絶大であった。人々は本当に彼を恐れていた。

昭和二十一年六月二十六日　高根隊サバン島に移送される

月日のたつのは早いものである。われわれを待っていた運命は、敗戦国の軍隊でありながら現地の治安維持に当たること。進駐してきた英軍の指揮下に入って、ついには戦犯容疑者として収容所に入れられることであった。スマトラ島ベラワン港で、英軍からオランダ軍にわれわれの身柄は移行された。

港では日本の古い貨物船の船倉へ、一行約三百人余りが、ごたごたに詰め込まれた。この船の行く先はスマトラの北端の島、サバン島である。

われわれは「動く荷物」という言い方が適切だった。赤い顔のオランダ兵にこづかれ、豆ランプのうすい光しかない船倉へと押し込められた。サバン島へ行く船の中では、途中で一回の食料配給があったのみである。煮た籾《もみ》の中に白い米粒がわずかにのぞいているだけという、すさまじいご飯であった。これをより分けるにしても方法がなく、それでも食べたい一心から長い時間かかってこのご飯を始末した。変われば変わるものである。こうした境遇に陥ってようやく、苦力《クーリー》のあの行動が理解できるような気がした。

ただ、ここで感じることは、われわれに対する取り扱いを一〇〇点満点とすれば英軍は六〇点程度で、オランダ軍は三〇点程度といったところであろうか。

揺られつつマラッカの海通りけりサバンへ急ぐ船倉にとざされて

混み合いて並ぶふなべり海の面の日差しを撥ねて吾眼に痛し

船腹の丸窓青く見えにけり水面か空かとろりと溶けて

六月二十七日　洗礼

むし暑い船での輸送も一昼夜で終わり、昼すぎにはスマトラ島の北端を望むサバン島の港に着いた。はるばると来つるものかな、である。

港にはオランダ兵が大勢待っていた。高等官以上の者は先方のトラックで荷物を運んでくれるというので、彼らにそれを託して丸腰で行軍した。この島にはインド洋から強い風が吹きつけて、椰子の木の緑色の葉が、まるで裸の人間が両手を高く掲げて精一杯左右に振っているように見えた。

行軍の途中では、オランダ軍駐留の兵舎の前を通るときに、緑色の樹々の間にはためく鮮やかで美しいオランダ国の五色旗を見た。誇らしげに翻《ひるがえ》るその国旗は、われわれの眼に痛かった。そして、急に丸腰になった日本軍隊のみすぼらしい姿が、ひとしお悲しく哀れに思われた。

総数で約三百人ほどの、われわれが徒歩で進めば、歩調も乱れるし隊伍も崩れる。これを見つけるとオランダ兵は早速怒鳴って、行軍の速度を規正する。椰子林や広葉樹林の間を縫って海を左手に見ながら進み、ようやく開けたところまで出てきた。そこから一層強く吹きつける風を真横に受けて進んでいくと、サンゴ礁の白い肌がむき出た岩山に平行して設置されたブラックキャンプに到着した。

三重の鉄条網を張り巡らしたこのキャンプの姿は、見るからにわれわれの今後の待遇を予想させるものであった。そしてそこから、近くの岩礁に丈余の波が打ち寄せている光景が見えた。しぶきを上げて狂うがごとく立ち上がっては崩れ、また、立ち上がっては崩れ落ちている。

このキャンプの入り口には十数名の衛兵が警備についていた。日本陸軍用の重機関銃が正面を向いて据え付けられており、青い服を着た衛兵たちの白い眼が一斉にこちらを向いて、われわれをにらむように迎えた。

と、そのとき一人の兵がつかつかと出てきて、われわれの隊列に近づいた。先頭にいる自分の前に立ちふさがって、襟元の階級章に手を触れて何かを叫んでいるが、どうかしたのだろうか。言葉も通じないし、自分には何の意味かも一向に分からなかった。

「この日本軍の階級章が欲しい」

それくらいのことだろうと思っていた。が、突然、本当に突然、彼の右拳が飛んで来て自分の下あごにガツンと命中した。

下唇が裂け黒い小豆ほどの血が、ポタポタと足下の白く乾いた砂の上に滴り落ちた。

あまりにも不意の出来事に言葉もなく、ただ反射的に闘争心がムラムラとわいてきて、彼に対して身構えてしまった。自分は右足を引いて反撃する態勢をとった。

と、すぐ後ろにいた福本通訳が飛んできて、自分の両腕を後ろからしっかりと押さえつけた。何やら先方の兵に声高に怒鳴り終わると同時に、自分の耳の後ろから覆いかぶせるようにして言った。

「大尉どの我慢して、我慢して」

そう押し殺した苦しそうな声を繰り返しながら、自分をキャンプの中へぐんぐん押していった。門の中に入っても自分は全身が震え、煮え返るような憤激は収まらなかった。唇から滴り落ちる血もそのままに、両頬に滂沱《ぼうだ》として伝わり落ちる悔し涙は、拭いても拭いても後から後から続いてどうすることもできなかった。

そして福本通訳を通じて詰問した。

「何故このような暴力をふるうのか」

彼らの答えは簡単だった。

「日本軍への報復だ」

自分はその回答に納得できなかった。われわれは戦犯容疑者として素直に、罪あればいさぎよく連合軍の裁きを受けるものである。あえて個人の暴力的制裁を受ける必要性はどこにもないはずだ。

だが、過去には日本でも同様に、われわれ軍人の独善的行為が大局を誤った結果、諸外国に不信の念を広めたことがある。人種は異なっても人間同士が、みにくい争いを繰り返す姿は、砂を噛むような後味の悪さを残すのみだった。

こうして自分は、過去において日本人の行った行為がすべて、その人に対しての個人的な報復としてではなく、広い意味の日本人に対する復讐として行われることを知った。その憎しみを、その個人に代わってわれわれが受けねばならない、共同責任という運命を背負わされていたのだ。

このブラックキャンプは、トタン張りの急造バラックだった。平屋造りの細長い棟の真ん中に、やっと一人が通れるような通路が一本貫いて、両方が出入り口になっていた。部室は板敷きにしてあり、その上にアンペラを敷いて畳二枚の広さに三人が割り当てられた。平屋なのに丸太を組み合わせて二、三階を造り、各階は人が直立することができないくらい低かった。座ったままでいるしかなく、まるで貨物船の船倉にいるような錯覚にとらわれた。頭上スレスレのところに階上の床板があるという具合で、ちりやほこりはもちろんのこと、水をこぼせば頭からぬれる状態であった。将校以下、下士官も兵も棟こそ違え構造上の区別はなくて、かつて日本軍が連合軍の捕虜を収容したものと、寸分違わぬ構造とのことだった。

卑劣とはいいながらこれも報復手段の一つで、彼ら連合軍の日本人に対する心情を思い知ることとなった。

胸先にしたたり落つる紅色の血しぶき知れど何も思わず

掌をあてて朱の血をふさぎけりいくさに負けし兵なるわれは

誰をしも恨みはすまじ此の運命忍びつつなほ涙流しぬ

六月二十八日　ブラックキャンプにて

椰子の葉で編んだ二枚のアンペラの上に、岡山県出身の竹田大尉と、自分と同期で仙台生まれの高司大尉と三人で居を定められた。

動けばきしむ板張りの上にアンペラを敷き、その奥にリュックを押し込んで、蚊帳《かや》を細長く巻いて枕とした。

風のない夜はむし暑くて、布団代わりに敷いた携帯天幕の上に、朝起きれば自分の汗の跡が人型となって黒くぬれていた。

一メートルの高さもない天井の上には、ここにもまた人がひしめいて、その板張りの上にもまた人がいる。真っ昼間にはトタン屋根が焼けて、昼食をとるわずかの間に裸の身体も顔もすぐに汗が噴出してくる。お腹のへそ近くに刻まれている横皺《よこじわ》を伝って、汗がポタポタ下着の上にこぼれる。

吹き透す部屋に寝そべり一日は生きてる吾を思いけるかな

下船してなほ揺れ動く心地するアンペラの上横になれども

六月二十九日

濃い藍色に染まるインド洋に浮かぶこの島は、毎日のように海から陸へ強い風が吹き上げていた。そのために南洋にはつきものの、やぶ蚊の襲撃もなく、その点では助かった。夜にはアンペラの上に三人とも足と頭を交互にして就寝したが、狭い場所を少しでも広く使うことに苦心した。われわれの心とは反対に、夜の空には洗われたように綺麗で白い星たちが輝いていた。特に南十字星は目に痛いほどはっきりと光り輝き、われわれに強い印象を与えた。

インド洋の波は荒く、サンゴ礁を打つ音は地鳴りを立てて狂うように跳び、躍り上がり、夜空にもくっきり白い水しぶきを上げる。われわれは、ただぼんやりと鉄条網に寄ってこの海を見たり、星を仰いだりする。そしていつまでも繰り返す波の音を聞いて、自分たちの運命を考えたりするのだった。

蚊の住まぬ此の島に来て今更に情に似たるなさけ味はふ

雨降れば寝そべりつつも之からの生くることなど考えて見たり

野に咲ける我花は今何処か今日も仰向き天にぞ祈らむ

（我花＝高根隊長の奥さんの比喩。後に出る野路菊も同様）

六月三十日　水浴

キャンプの所長はオランダ人で、階級は曹長である。背丈はわれわれ日本人と大差なく、年は三十歳くらいで世帯持ちのようだ。終戦近くまで日本軍の捕虜として収容所生活をした経歴を持っていたので、日本人の性質も知り、接し方も心得ていた。

今日は全員監視兵に見守られて海辺まで出て、一群ずつの水浴を許された。その後には砂浜で相撲をとらされた。このとき相撲に出てきたのは朝鮮人が主で、日本人は積極的に出ようとはしなかった。ここにいる朝鮮人は戦争中に欧米人俘虜《ふりょ》収容所の監視に勤務していた関係で、いまだに全員帰還を阻止されていた。日本軍属として戦犯容疑者となっていたのだが、彼ら朝鮮人はこの処置を嫌って、自らを高麗人《こうらいじん》と称してわれわれ日本人とは別待遇を望んでいた。連合軍としてはあえてこれを取り上げないで、キャンプ内の日本人との話し合いで別棟に起居させて、作業も別行動をとらせていた。

そして彼らは過去に受けた属領人としての屈辱と圧迫に対して反発して、日本人に意識的に対抗した。

この空気を知っている日本人はオランダ人が勧める相撲を避けることが当然であり、彼らと意味のない争いが生ずることを心配していた。

このときキャンプには朝鮮人八十名、台湾人二十名が収容されており、台湾人も同様の考えを持っていた。

すき透る蒼海に入り浸りけりキャンプにくらすいまの此の身で

茶色の目茶色の眉の人なりきオランダ人の近くに寄れば

何処かしら口はへの字に曲がりいてオランダ人の皮膚の色悪し

七月一日

キャンプ内の作業は、赤レンガに付いているコンクリートのかすをはがすことだった。どこかの塀にでも使われていただろうこの崩れたレンガの塊には、白いコンクリートがダニのようにへばり付いていた。

われわれには作業用の手袋もなく、たたく槌《つち》もなく、拳大《こぶしだい》の石でコツンコツンとレンガをたたいて作業を続けた。手にはすぐに肉刺《まめ》ができた。このような単純な作業の繰り返しが少しの休憩もなしに午前も午後も続いた。昔、シベリアの流刑囚が広い野原で看守の厳しい監視のもとに、ただ意味もなくレンガの山を築き、築いた山を崩して再び山を築き、さらにまた崩したという。この繰り返しの苦役を連想して、自分もその流刑囚になったような気がした。

そして、その流刑囚のごときわれわれの頭上に、赤道直下の灼熱《しゃくねつ》の太陽が容赦なく照りつけた。

何事も思ふことなく腰かけて煉瓦を叩き暮れにけるかな

今はただ耐え得ることがいのちなり何も思わず何も語らず

指の肉刺見つめいる今この我を鍛え足らぬと思ひ見るかな

海の色の紫色に光けり山肌の濃きみどりの彼方に

七月二日

いふことも飽きて仰向きいねおれば高きあお空雲の横切る

家なかに外をのぞけばまぶしかりひとときの間の作業の休み

祈ることのあらはさねども此の頃の祈ることこそ吾いのちなれ

七月三日

暮れ明けて早くも七日となりにけり細き三日月空に懸りて

恨めどもいうこともなし炎熱に只に耐えけり汗を流しつ

七月四日　首実検（一）

今日はキャンプ外の広場に集合させられて、オランダ人による首実検を受けた。ちょうどラジオ体操でもやるように各人が広場いっぱいに広がって、彼らが来るのを待った。

銀色のバスが二台も来て、男女合わせて四十人位のオランダ人がゾロゾロと悠長な足取りで降りてきた。そしてわれわれの顔をにらんで回った。オランダ人に知った顔もないが、赤い顔の長身の男や、太ってズングリした体型の派手な服を着た中年の女がいる。そして茶色の目が列をなし、あるいは群れてわれわれの前を通り過ぎていく。恨みのこもった眼で、われわれをにらみながら。

戦犯者の指名はこんなにして行うのかと思った。戦勝国の一方的でこのような滑稽じみた行為は、地球上に戦争のなくならない限りさらに続くことであろう。

そして自分が容疑者の一人に指名され、列の中から抽出された。英国人ならともかく、オランダ側から摘出されるとはどうも腑に落ちない。福本通訳を通じて問い合わせたところ、自分の左耳がつぶれて変形しているためだった。つまり、自分を指名したオランダ人は、日本戦車兵の耳がつぶれていたのを目安としていたらしい。白人から見ると東洋人の顔など皆同じように見えるらしい。

自分の耳がつぶれていたのは柔道のためである。当時の階級と勤務場所を述べて、オランダ人がいう年月に自分は東京で在学中であることを強調したところ、日の暮れる頃には誤りであったことが判明してキャンプに戻された。


人違ひ名指しをされておかしけれオランダ人の取り調べはじまる

七月五日　本格的な作業開始

将校と高等官以上の軍属は、今日からキャンプ屋外での本格的作業を命ぜられた。一行四十名が二台のトラックに乗せられて、サバン港へと出発した。

指揮するのはオランダ軍の軍曹で、二十八、九歳で優しい面長顔の青白い青年だった。われわれの中には現地語を解する軍属も多かったので、オランダ人の命令・指揮は一応分かった。しかし荷物の積み降ろしに急を要するとき、やたらに怒鳴る彼の言葉が分からず一向に要領を得ないことが多い。

赤茶色の髪と青い眼、茶色の瞳の彼が何かを言うとき、われわれはその眼を見る。ところが日本人の黒い瞳を見慣れているわれわれにとっては、彼の茶色の瞳孔が不思議に思われるのである。何か現実離れした感覚は、まるで西洋人形の目を見るようである。そのときに相手から自分が見据えられているという実感がわかないで、彼の怒鳴る声にハッとするのである。おや、人形の眼ではなかったのだと思い直すことが度々であった。

あの茶色の瞳は、生きた人間のものとしては自分に奇妙な錯覚を抱かせた。このことを同僚たちに話すと、みんな自分と同じような印象を持っていることが分かった。


自動車の上に背中をまるくして苦役に出でぬ港の町へ

裸の背汗の流れて吐息して今日も波止場の風に吹かれぬ

七月六日

今日の作業は、サバン島の警備に当たっていた日本海軍が残した砲弾類の処理だった。草むらの中に置き去られた八百キロ爆弾をトラックに搭載する作業である。

地面からトラックの荷台に厚板を渡して、この上に爆弾を転がしながら押し上げる。爆弾の中央部あたりには飛行機から吊り下げるための吊り環があって、これが転がすのに邪魔になった。また、弾頭と尾頭の太さが違うために真っ直ぐ転がってくれない。爆弾など扱い慣れないわれわれは、汗を流してこの代物に組み付いた。爆弾は重いので少し手を抜けば、こっちに転がり落ちてくるので危険である。作業する者たちの気合が一致しないと、仕事はなかなかうまく進行しない。

苦しいために力を抜くと監視兵は怒鳴りつけ、足で蹴り上げる。その上、赤道直下の灼熱の太陽は、この鉄製の黒い爆弾を手が焼けるのではないかと思うほど熱く照りつけた。そのために爆弾から伝わる熱気がわれわれの発汗をより促して、互いに苦しい息を吐くばかりである。汗に汚れた着衣と体臭が身辺にまとわりついて、まさに「苦役」という表現が適当であった。

ことに四十歳以上の軍属たちはこの重労働が相当にこたえており、若いわれわれに比べて一層哀れを催すのをどうしようもなかった。これらの軍属たちは日本にいれば県知事相当の人であり、現役の判事・検事のそうそうたる人たちなのだ。それがこうして汗を流して体力以上の苦役に従事して、爆弾や砲弾に取り付いている姿は哀れを催す。戦争の生んだ悲劇の一こまというには割り切れぬものがある。

よく上村判事が作業整列のときに後ろに立って、裸姿の自分の肩を軽くたたきながら言った。

「大尉どの、いい体格だねえ」

冗談とも本当ともつかぬ言葉を漏らしていたのは、他人の身体の頑強さをうらやむより、辛い苦役を振り返って出た、ため息であったように思われる。

特に、巨大な八百キロ爆弾は、あらん限りの力で押しても、ビクともしなかった。この一個の爆弾に汗まみれのわれわれが、よたよたと酔っぱらいのように組み付き、しわがれた掛け声をかけて荷台に押し上げる姿はまさに亡者であり、地獄絵図そのものであった。

撥ね返す海のおもての陽のいろに今日も激しく身体つかるる

七月七日　荒《すさ》みゆく心

爆弾積載作業は全身の力を振り絞っても困難で、危険な作業だった。各人は誰ともなく敬遠して、勢いこの爆弾に組み付いても力のあまりかからない個所へと回ろうとするのは人情である。

「彼らは若いくせに力を出し惜しみしている」

「彼らは老齢を理由にして、ずるけている」

こうした感情が、言わず語らずしてその動作に表れた。そしてその結果は、作業能力の低下と浪費時間の増加だった。この点を監視兵は見逃さなかった。足で蹴り、ビンタを張ったりするのである。その繰り返しで、われわれの心は次第に荒んでゆく。この苦役に服する人たちの気持ちは皆同じであろう。これとは別だが、連合軍の戦犯容疑者に対する調査がどのように進行しているのか一向に分からない。そして予想外の人たちまでが次々に検挙・拉致《らち》されていった。

強制労働による肉体の苦しさに加えて、いつ何時《なんどき》どんな戦犯容疑で検挙されるかもしれないという不安が増していった。このキャンプ内で、常におどおどした弱い目の光をして、痩せこけた頬骨の尖った人たちが増えていった。何とかして戦犯容疑の黒い魔手から逃れられないものかという焦りが見え始めた。

さらに食料制限は絶対カロリー量の不足をきたし、われわれを痩せさせて飢餓状態へと追いやった。互いに助け合う気持ちも薄らいで、ただ生きんがために醜く争う原因となるのではないかと危ぶまれる。

荒みゆく心を静め和やかな花に祈らむ野路菊の花

岸を打つ波の響きのなつかしく佇みしまま故国を想ふ

七月八日

「八日」という日の印象は忘れることができない。昭和十六年十二月八日は、日本興亡の運命を賭けた日米宣戦布告の日である。すなわち「八日」なのだ。

戦というものは、いつかは勝敗が決する。日本は惨敗を喫したのだ。

すでに終戦後一年近くになるが、この北スマトラ北端の離島では、敗戦した日本国民の故国での惨めさをうかがい知る由《よし》もない。何とかして日本の現況を知りたいという思いが募るばかりである。ただ戦犯容疑者の一人として、遠くから国民すべての幸福を心から祈るのみだ。

八日なれば過ぎ去りし日の思い出に吾国民の幸ひを祈る

七月九日

上半身裸のままで下半身は長ズボンをちぎった半ズボンをはいている。すっかり直射日光に慣れたわれわれの身体や顔は、すべて真っ黒になってしまっている。毎日こうした格好で働くのみだ。そして一日の作業が終わり、トラックに乗せられてキャンプに帰ってくる。キャンプでの夕食が済むと、消灯時間の九時まではゆとりがあった。

南洋の夕暮れは早い。日本のような薄暮の時間はほとんどなくて、太陽がすっぽりとインド洋に落ちると、すぐに夜の帳があたりを閉ざしてしまう。そして、昼間の激しい炎熱に代わって涼しい夜風がやってくる。心待ちにしていたこの風は、われわれの昼間の苦しい作業の疲れをいっぺんに拭い去ってくれた。

キャンプの隅に建つ望楼の監視兵の黒い影が動く頃、空の星の数が増してきた。いつも見慣れた南十字星の輝きが今日はことに美しく見える。寂《じゃく》とした四辺の草むらに虫のすだく音も聞こえて、異郷の地に捕らわれの身をしばし忘れる心地がした。

日焼けせし我肌などを眺めつつ夕暮れ時のあばら家に立つ

七月十日

どうしたことか腹痛がする。福本通訳を通じて作業休止を申し出た。オランダ人の軍医が診察してくれたが、投薬なしの休養である。キャンプ内の部室はいつも三人ぎっしりと詰めたアンペラの上だが、今日は作業に出て誰もいないので、一人で長々と手足を伸ばしてみた。

一人静かに寝そべっていると、床の敷板のきしみが妙に頭の芯にひびく。ブラックキャンプの鉄条網そばにある火力発電所のモーターの音が、腹痛に拍車をかけてドッドッと身体に伝わってくる。

仰向いて見上げる天井には、水でぬれた跡が黒く染み付いて見える。その文様は、どこかしら日本地図を思わせた。こんな物を見てまでも日本のことが気にかかるとは、腹痛のために少々弱気になってしまったかとわびしくなってくる。どうした原因で腹痛になったのだろうか。


腹いため足どりゆるく歩めどもモーターの音腸にひびけり

七月十一日　腹痛止まず

腹痛のためキャンプ外作業を休む。

一人で庭の草取りである。パンカランブランタン分遣隊の重松、黒島が心配して来てくれた。ひとしきりキャンプ生活の苦しさを語り合った。

自分から遠ざかっていく両人の、後ろ姿の何と痩せていることか。やはり栄養不足であろうか。


砂ほこり立つ庭中にうずくまり今日も祈りぬ野路菊の花

七月十二日　亡者

腹痛も和らいだのでキャンプ外作業に出る。

サバン島北端には、高所を切り開いて日本海軍が大型飛行機の発着場を建設していた。建物も当時のままで、滑走路のコンクリートが白く長々と続いていた。この滑走路を造るとき、まだセメントを流したばかりの柔らかい上へ、日覆いとしてかけたのであろう椰子の葉の跡がくっきりと残っている。

この飛行場での作業は、鎌と鍬で草を除くことだった。しかしこの鎌や鍬というのは名ばかりであった。鎌は木の先端に鉄片の付いたもので、刃などは全然なくて、鍬は先がカンナ屑のようにめくれていた。

どうしてこのようなもので草を刈るのか、不思議な思いがした。ところが監視兵はその鎌で草を刈れというのだ。同じようにこの鍬で草の根を削れという。

この作業の目的は草刈りではなくて、われわれ日本人を苦しめるためのものだった。先のめくれた鍬を振るって地面をたたけば、ただ草の根元から白い土ぼこりが舞い上がるのみである。このばからしい繰り返しをやめると、すぐに監視兵が走ってきてわれわれを足蹴にした。

汗と涙を流して一列横隊になりながら、ポンポンと草の根をたたく姿は、地獄に追いやられた亡者の姿そのままだった。

野路菊に祈らむとして目つむれどただ目まいする飛行場の原

七月十三日　天の与えた休養

雨が降ると作業は休みだった。

インド洋の彼方に小さな雲がわくと、決まったようにこれが急速に発達し、空を覆って激しい雨となる。監視兵も作業するわれわれも、一斉に木陰や軒下に雨宿りする。

空腹と疲れにあえいでいるわれわれにとって、この雨は天の与えてくれた休養であり、心の暗さまで洗い流してくれる清涼剤でもあった。

雨雲の動きに今日も噂して苦役の休み待ちのぞみたり

七月十四日　待望の雨

豪雨が襲来した。

キャンプの屋根をたたく音も凄まじく、待望の雨がやってきた。屋根から滝をなして流れ落ちる雨水は、庇《ひさし》から軒下まで続く白い帯のようだ。これが地面に届くと渦巻くように水がわき立って飛沫が砕け散り、部室の高い板囲いを越えてアンペラの上にぬれ落ちた。

これが待望の雨だった。この凄まじいほどの雨が続く限り、作業は一時休止となる。

部屋の中でうずくまっているわれわれは、この激しい雨のお陰でつらい苦役からわずかの時間でも逃れることができた。全く身体の芯から蘇生するような思いであった。われわれは皆この雨に感謝して、いつまでも続いてくれと心の中で祈った。

しぶき迄家に入ればめざめけり真暗き部室の隅にいねれど

雨降ればぬかるみの海となりにけりわれらの住めるブラックキャンプは

七月十六日　食事

昨日の豪雨でキャンプ内の広場は、たまり水でいっぱいになってしまった。今日の作業は朝から砂の運搬である。砂は海岸から手製のモッコでキャンプまで運んできて、盛り土してくぼんだ所を埋めた。

二人ずつ組んで一列縦隊になり、ぞろぞろと続く裸の列は何百メートルも続いていた。全く原始的な作業であった。昔の築城の作業で、多くの人夫が労役に服するときのことを再現したならこのようであったかと想像した。

それにしても皆の足取りは重く、モッコに入れた砂の量が随分と少ない。海岸からキャンプまでの距離は約二キロ程度で、何回も何回も往復した。最近は満腹したことのないわれわれにとってこの作業は苦しくて、砂の量を定量にする元気もない。幸い監視兵の目も届かないので、形ばかりの作業であった。

途中、道端に生えているヒユの葉を摘んでこの砂の中に隠し、キャンプ内に持ち込んで夕食の足しにした。また、水筒に海水を入れて持ち込み、塩を作る準備をした。

このキャンプは英軍のものと違い設備不足で、物資も貧弱で少なく、その上、摂取するカロリー量も足りない。キャンプに勤務するオランダ人は妻帯者が多くて、その生活程度も低い。物資の不足は日本ばかりでなくオランダも深刻らしい。このサバン島でもその例外ではなかった。

われわれの主食は米ではなく、乾燥ジャガイモが主なものであって、これに乾燥野菜を混合した粥《かゆ》であった。そのため食事当番の者は食料分配のときに、まず粥の中の実をすくって食器に入れて、その後で汁を等分に分けるという公平なやり方をした。お腹を空かした皆は、食事の分配にはことに注目していたからである。

自分らの部屋の食事係は中司大尉だ。彼はまず手製のビンロウ樹のスプーンで、粥の底の中身をすくい上げて飯盒《はんごう》に分けた。それからスプーンをその中にさして目盛りをつけて、その上に汁を等分に入れるのだ。

粥は口に入れても歯に当たるものはほとんどなくて、ただスルスルとのどを通り過ぎるのみだ。それでもキャンプでは最も満腹感を与える食物であって、タピオカの粉を混ぜて粥の堅さを増すように炊事係は苦心した。

時々は粉ミルクの配分があった。ドラム缶を屋外にすえて、粉ミルクをこの中で溶かして皆に分配した。この配給は何よりも嬉しく、惜しむようにして時間をかけて楽しみながら飲んだ。もちろん、この粉ミルクも乾燥ジャガイモも乾燥野菜も、すべて米国の製品であった。

砂運ぶわが足音に蟹逃げて波先のたゞ砂にひろがる

七月十七日　首実検（二）

キャンプ外の広場に集合させられて、また連合軍関係の戦犯容疑者の首実検があった。大型のバスや乗用車で乗りつけた彼らの名指しで、このキャンプの収容者の中から五人の者が抽出され、拉致されていった。今日拉致されたこの人たちの運命が、明日は自分たちに回ってくるのかもしれない。否、きっとくる。その公算は大きい。すでにその場合の覚悟はできているものの、それに徹しきれない凡人の弱さがあり、連合軍の戦犯審理の解釈が納得できない。

このキャンプでの苦役には耐え得ても、戦犯という不合理の死に神が、われわれの心に黒雲となって覆いかぶさってくる。この不安は、われわれ容疑者のほとんど共通のものであった。

空腹と疲ればかりでなく、この大きな不安が焦燥感となってわれわれの心をさいなみ、くぼんだ眼は異様に光ってゆく。

掌《てのひら》の肉刺《まめ》数えつつ此の頃のくらしつくづく想ひ見るかな

七月十八日　火蟻

今日はオランダ人宿舎の裏山で開墾作業だった。

最初の作業は、日本では見たことのない広葉樹の繁みに入って、この木を切り払うことだった。すでに誰かの手により一部が伐採されていた。その跡には、黒い土まみれのサンゴ礁の岩肌がのぞいていた。残っている木を切り払うのだが、繁茂していてなかなか作業は進まない。

困ったことには木の枝に赤い大きな火蟻が巣を作っていて、どうしてもこの巣をつぶさないで木を倒すことはできなかった。やむを得ずこの木を切り倒したところ、われわれは火蟻の大群に襲われることになった。子供の頭くらいある泥の巣から無数の蟻がこぼれるように散らばって、その一群がまるで水の上に油をこぼしたようにパッと広がった。あっという間もなく、すぐに足先から身体の上へと走り上がってくる。恐るべき勢いである。そして半裸の背や腹をところ構わず容赦なくかみ付くので、その痛さに思わず声を上げた。かまれた跡は赤く腫れてヒリヒリ痛む。逃げるように作業の場所を移しても執念深く追ってくる。

この火蟻は蟻というよりも、むしろ羽根のない蜂といった方がぴったり当てはまる。どうしてそんな名前を付けたのか自分は確かな根拠を知らない。だがスマトラ島で警備中に、ある兵の仕草を見てなるほどと思ったことがある。

その兵はあるとき、マッチ棒をすって火を点けた後ですぐに消して、先端の燐の部分がまだ真っ赤に熱しているのを火蟻の尻にくっ付けたのだ。ところがこの蟻は逃げもせずに振り向きざま、猛然とこの火の玉に食いつくのだ。そして火にかみ付いたままの姿勢で死んでいった。この、火にもかみ付くという強烈な闘争心が、すなわち火蟻の語源であると自分は思った。

また、この火蟻の色は炎のように赤いから火蟻なのであろうか。かみ付かれたら火傷を受けたように疼痛がするから火蟻だという人もあるが、自分はその学名などは知る由もない。

この火蟻の襲撃を何とか避けながら、早く時間がたつのを神に祈る思いだった。そして、ただ激しい闘争心を持って襲ってくる、この火蟻の痛さには全く閉口した。

火蟻群れてからだ喰はるる山の上今日もテラテラ陽の燃えつづく

青くさき木の葉のいきれにむせりつつ汗して今日も木の枝を伐つ

疲れ果て遥か見渡す白雲の行き先とまた我が身を想ふ

哀れにも腹空きくれば夢にまで喰うことなどのつづけて見たり

野路菊のくらし如何にと思ひつつなお生くことに疑ひを抱く

日の暮れて今日も手の肉刺数えたり重労働の長くつづけば

夕暮れの点呼に屋根をかすめ去るつばめの如き羽根欲しく思ふ

膝と手をつきて床の上這ひにけり今日も疲れてキャンプに帰れば

すぎ去れる楽しみなどは今はただ夢にありけり淡くはかなく

情けなく身の落ちぶれて行きにけるからだも心も共にいやしく

七月十九日　水の制限

毎日の空腹はもちろんのことながら、水の制限もはなはだしく、肌着さえも十分に洗うことができない。

困苦欠乏に耐えることは慣れきったわれわれにとっても、ここでのオランダ人の方針が変わらない限りこの水の制限が緩和されそうになく、全く苦しいことだ。島内には川もあり上水道もある。そしてすぐキャンプの外側には、大量の水が出る井戸もあった。なぜわれわれに十分な水を与えないのか。

朝起床したときに、各人水筒一本のお湯を作業用に確保できるのみで、洗面用には支給されない。各人の食器を洗うにも、一リットル入りの缶詰の空き缶に一杯だけである。夕食時に水筒一本の給水があるが、洗濯用の余裕などありはしない。夕食後その水筒の水を洗面器に移してタオルを浸し、それで身体の汗を拭うくらいのものだ。最初の頃は毎日海へ連行されて水浴させられたが、その後の真水がないのでかえって塩分が身体に残って汚れた。そして海での水浴の希望者は次第に少なくなっていった。ところが、偶然に誰かが水浴中に貝を見つけて食べたのを知って、それを採って空腹を何とか満たそうと、再び水浴に行く者が増えた。

汗と油とほこりで汚れた上着や肌着などは、海水で洗ってみるものの石鹸が溶けず、それを乾かしても塩分があるのでどうにもならなかった。その後われわれも次第に要領がよくなって、毎日の給水を少しずつ空き缶や洗面器にためて洗濯や行水の足しにしたが、全く水の一滴は血の一滴に等しいことを改めて痛感した。

七月二十日　　夜景

汗すれば土にまみれて黒かりき泥を塗りたる人形の如くに

漁火か夜の彼方の海の上にチカチカとして青き灯またたく

星などを数え更け行くこの宵は島の面を風の吹き抜く

のびのびといねんとすれど身体ぬちきしめく如く骨の痛かり

いまはただ働くのみの身体なり島の苦役に今宵も更けて

七月二十二日　侮辱

今日から便所の取り壊しが始まった。

何分にも四百人余りいる収容所であったので、朝六時起床から作業整列までの一時間で用を足すのは大変だった。点呼、洗面、朝食、作業準備、整列という具合で、こういうことに慣れたわれわれであっても、一番困るのは洗面所の狭さより、便所の不足であった。自分の順番が来るのを待ちながら足踏みしているもどかしさ。順番を待っていれば整列に遅れてしまうので、やむを得ず汲み取り口にしゃがんで用を足す見苦しい状態になる。もちろん何の囲いもなく、これには全く困った。われわれは彼らの仕打ちを憎んだ。同時に、文明人の処置とは到底思えなかった。

特に便所の取り壊しが始まってからは、野天の構内各所に長い溝を掘らせて便所として使用させられた。何の覆いや囲いもない場所での犬や猫に等しいこの行為である。戦争犯罪容疑者というのは、こんなにまでされても黙っていなくてはならないのか。

思えば腹の底からむらむらと激しい憤りが感ぜられる。


忍ぶことの苦しきことと知りながらこの苦しみをなを忍べというか

七月二十三日　船

作業しているとき、沖に船の通るのが見えた。

日本に帰ることなど今の自分には、はかない夢のようなものであった。しかし今目の前に船が行くのを見ると、この赤道直下の捕らわれの島から、逃れたい気持ちが訳もなくわいてきて、目をしばたくことも忘れて眺め入るのだった。いつか船便さえあれば帰ることのできる一般抑留者と違い、戦犯容疑者という烙印《らくいん》を背に押されているわれわれには、どうしても拭い切れない心の暗さがあった。

サバン島から眺めるスマトラ本島も、その場所によっては、故郷の新潟から佐渡島を望むより、はっきりと見ることができた。

「もし脱走するならあの北スマトラ、アチェの山だ」

など、苦役に疲れたわれわれの誰しもが吐く言葉であった。

墨色の船のかすみて過ぎゆけり貨物船らしマスト見ゆれば

七月二十四日

海の面は波のうねりて漁労する小さき舟の見えつかくれつ

岩の上を燕とびけり輪を描きて羽ばたきもせずただ輪をかきて

七月二十六日　爆弾投棄

日本海軍の弾薬庫は全島各所にあった。よくもまあこんな辺鄙《へんぴ》な場所に弾丸を運搬したと思う。そしてその量の豊富なことよ。敵の反抗を予期して準備を万全にし、守り抜いた彼らの周到さには全く敬服のほかはない。

敗戦によって、ただの危険物になってしまったこれらの弾薬は、すべてわれわれの手で投棄させられた。背に負い、肩に担ぎ、足を使って岩角を踏み、沼を越えて海岸へ搬出し、船に積んでインド洋に投棄した。勝つために、国民の血や汗による税金と、そして寺の釣り鐘や各家庭の金物などで造られたものだった。これらが今こうして無造作に海中へ棄てられてしまう。

みどり色の海底へ白い泡の尾を引きながら沈んで行く。

浮き上がってくる気泡の一つ一つに、沈むものの無念の魂がこもっており、恨みがこもっていよう。

だが現実は、ただポカポカと、はかない泡が浮かんで消えるのみだった。

しばらくして海底に届いた爆弾は、これを最後に一連の泡を残して永遠に別れを告げて逝《ゆ》く。

そしてインド洋は、何も知らぬげにみどり色に光っていた。


地へ届く音も聞こえず爆弾のなきがら沈むみどりの海へ

酸味多き木の実噛みかみひとどころ部屋隅に寄り友だちと話す

七月二十七日　肩が重い

爆弾の投棄作業は今日も続いた。

特に大きな爆雷を海中に放るときに、われわれは空腹で力が出ない。精一杯押しても引いても、甲板からなかなか落ちてくれない。

監視のオランダ兵はこれを見て、シャツの下から赤く日焼けした毛むくじゃらの太い腕をめくり、たった一人で海中へドボンと放った。そして日本人の力のなさを嘲《あざけ》ると同時に、力の出し惜しみをするわれわれの行為を見破って、近くにいる一人の背を足蹴にした。

われわれは共同のサボタージュびとだったのか。

「ヨイショッ、ヨイショッ」

こう、力のない掛け声で、互いに顔を見合わせながら弱々しい眼で合図し、なおも力の出し惜しみを続けて、いたわり合った。そしてやっとの思いで作業を終えた。

毎日の空腹が続いて肩が重いし、足もだるい。現在のわれわれには、身体を維持するための絶対カロリーさえ不足しているのだ。

みどり色の海に尾を引く艫の上に我も腰かけ見つめてありき
(艫=とも、船の後方、船尾)

島影のうごき行きけり弾丸積みて棄てる小舟の波に漂う

七月二十八日　望郷

新聞もなく、ラジオもなく、終戦後一年近くにもなろうとするのに、一向に日本の状態を知らせてくれない。たとえ戦犯として処刑されるにしても、現実の日本の様子は切実に知りたい。作業中に会う現地人から聞く、日本は大丈夫だという噂を唯一の楽しみにしていた。

戦争で日本を発つときには、みんなと死別したつもりで出てきた自分であった。すべてあきらめているとはいうものの、戦争の終わった今となれば、無性にみんなに会いたい。

ただし現実はそのように甘いものではない。
この海と空が、日本へ続く唯一のつながりだ。そして、流れる雲の行方に憧れ、細りゆく月の光に、やるせない望郷の念を無言で訴えた。

夜毎夜毎月の細りてゆきにけり空の澄みたる此の頃の夜は

船出して今日ひとつきと経ちにけり夢もまだ見ぬ親やふるさと

かえりみる己が心の落ちぶれぬ今日もいちにち人の噂して

七月二十九日より三十一日

星仰ぎ祈る人ありその影のただ長々と白砂へ黒く

この月も終わりとなりて暮れにけりサバンの風の今日も涼しく

砂ぼこり立てつつ続く薪運び石踏みながら長い道ゆく

八月一日　仇名《あだな》

ブラックキャンプの所長はオランダ人の曹長で、ほかに軍曹が四人いた。直接われわれの監視に当たる兵はメナド人である。

ある程度彼らの性格が分かって慣れてくると、誰いうともなく彼らに仇名を付けた。

所長の曹長は「虎」という仇名で、兵器係軍曹は「赤鬼」、炊事係軍曹は「青鬼」である。もう二人の中で女のような優しい顔をした軍曹を「花ちゃん」、いつも笑ったような顔をしている軍曹を「ニヤニヤ」と呼んだ。

メナド人の兵は「抜け作」と「小虎」、もう一人は「黒ちゃん」と仇名が付けられた。そのほか特徴のないものは一般にオランダ人をすべて「赤」、メナド、アンボン人の兵を「黒」と呼んだ。

英語を解するのは曹長だけで、ほかの軍曹たちはそれを知らなかった。そのためにわれわれとの対話はインドネシア語を使用した。

それから毎朝の点呼と作業の開始、終了時の整列に、われわれはオランダ語を用いて号令した。もちろん作業班長として指揮者になる場合は、特に空々しい声を張り上げてオランダ語で言った。

「ヘイアーク」

「ホーレンクス」

これを怒鳴るわれわれの心中は、全く砂をかむ思いである。

いく日かあけくれたちてふるさとは真夏の頃となりにけるかな

天の川今宵も光り連なりて故郷の夜と変わらざりけり

八月八日　演芸会

西本という元ラジオの放送記者が、軍属としてここに抑留されていた。かつて自分が物した野球の実況放送を、得意の声で今日の演芸会に再現してみせた。これはとても皆を喜ばせてくれたが、そのほかにもガマの油売り、詩吟、剣舞、民謡、踊りなど、大勢の人がいろいろと隠し芸を披露してくれた。そして捕らわれの身であることも、すべて忘れて楽しいひとときを過ごした。

楽しい演芸会もやがては終わり、すぐにも押し寄せてくる空腹感があった。その上あきらめきれない戦犯という暗い運命の波が、心の隅からひたひたと、われわれの胸を冷たく越えてくるようだった。

とらわれの人々寄りて星の夜に演芸会見る楽しさもあり

八月四日（日曜日）

腹這ひて作業なき日はのびのびと日陰の部屋に寝そべりて見る

力わざつづけて太る我が手指曲げて伸ばして見こごめてみたり

八月五日（月曜日）

海荒れて浜辺の今日も白波の泡立ち遠く連なりつづく

八月六日

めし喰めば汗したたりて汁の実の塩辛き程の今日にありけり

陽の落ちて夕月空にかかりたり黄色に近き色淡くして

乾パンを噛みつついねる此の頃のくらしに慣れし吾身となりぬ

風の無きサバンの町は静かなり落葉松《からまつ》に似た木陰に寄れば

一掬の水の尊さ顔洗ひ布切れ洗ふくらしに慣れぬ

一粒の米を探して喰む我は苦役に服す捕われの人

遠い雲青い空かな野路菊の面影追へばゆめ見る如し

椰子の実の固さに慣れて噛りつゝ額の汗を右腕に払う

ひるねせば海の面のまばゆかり椰子の木立の間かすめて

八月七日

うねり立つ波に泳ぎてわずかなるひまによろこぶ我らなるかな

八月八日

うちぬれて庇のかげに憩いへり珊瑚礁砕く構内作業に

つる草の樹の下通る藪の道垂るる露冷え頬に当たりて

血まめでき掌ひろげ見つめけりまだわが片手やわらかくして

八月九日　みどり色の海

今日もまた兵器投棄作業で船に乗る。

岸辺から沖へ出るとき、光線の具合で海の色が目に染みた。まるでエメラルドのような緑色に見えた。この深い海は灼熱の太陽の下で少しも温度を変えず、兵器を投げ込むたびに上がる飛沫が冷たくわれわれの肌をぬらした。

舟の上からいくら瞳をこらして海の底をのぞいても、深い底など見えるはずもなく、ただ冷たいみどりの色のみが眼の中に広がってくるばかりだった。そしてこのみどり色の海が静かであればあるほど心の波はグラグラと揺れて、日本へ帰る希望を失ったわれわれは深い海の底へ引きずり込まれる気がするのだった。

ひとところみどりに光る海なりき兵器を捨てる小さき舟の上

八月十日　我執

モッコでの土砂の運搬作業であった。

作業現場はキャンプにすぐ近い場所なので、衛兵の監視の目がよく届き、モッコの中の砂の量の不足や、足取りの遅さなどを何回も注意され怒鳴られた。そのために作業によって消耗するエネルギーを、要領を使ってカバーすることができない。それでも何とか体力の消耗を防ぐため、のどが渇いて仕方ないと申し出た。キャンプ内の炊事係から熱い湯を出させて、土砂運搬の帰り道にこれを飲んで、わずか一分でも三十秒でも停止して身体を休めた。こうして監視の目をごまかして、エネルギーの消耗をできるだけ防いだ。そんなにしてまで、ただ本能的に生き抜くことにのみに、身も心も打ち砕いた。

唇に熱き柄杓の湯をすすり土を運びぬ汗を流して

八月十一日　日朝相撲大会

顔も背も砂にまみれて競いてし相撲見る日は楽しかりけり

八月十二日　木登り

日本海軍の構築した防空壕での作業であった。壕内の側面に張り付けた厚い壁板を、槌でたたいて抜き取るのだ。

真っ暗くて狭い穴の中では、重い槌がどうしてもうまく振れなかった。すぐ次の者が交代してやったがなかなか作業がはかどらず、監視のオランダ兵が代わってたたいたりしたがやはりうまくいかなかった。最後にロープで板の端を結わえて大勢で引っ張り、どうにか外すことができた。

こんなに苦労して穴の中から板など引き上げなくても他に方法があると思ったが、物資不足のこの島では、これが一つの財産でもあるようだ。

この後で、オランダ軍の機嫌が良いようなので一つ頼み事をした。

「椰子の実を採ってもよいか」

そう頼んだところ、案外素直に許してくれた。しかし、さて木に登ろうとしてもなかなかうまくいかない。実のなっているところまでは随分と高いうえに、直立している幹には到底登れそうもなかった。そのとき、オランダ軍曹に従っていたジャワ人の監視兵が肩の銃を外してこの椰子の実を撃ったけれど、二発撃って二発とも当たらなかった。

「かしてみろ、俺が撃ち落としてやる」

自分がそう言ってジャワ人のそばへ寄ると、オランダ人は慌ててこれを制してにらみながら言った。

「お前が登って採れ」

と言う。自分は仕方なく靴をはいたままで、この椰子の木に抱きついた。

木に登ることなど、すでに忘れかけていたこの頃である。それでも何とかして葉が張っているところまで、ようやくたどり着いた。しかしそこからが大変だった。幹を囲んで四方に伸びている葉柄には、硬いトゲが並んで生えており、この間を潜り抜けてもっと上に登らねば目指す椰子の実までは届かない。幹からこの葉柄に身体を移して鉄棒の懸垂の姿勢をとって、十メートル近い木の上でぶら下がることは、まるで軽業師のような冷や汗の出る芸当だった。

葉柄をすり抜けようとしたときには、トゲで肌をむしられて痛く、その上にまたがってやっと吐息した。葉柄の上の繁みにある椰子の実の幾つかを足で蹴落としながら、もう二度と椰子の木登りはやりたくないと思った。

木から降りても両腕が赤く腫れて力が抜け、筋肉がカチカチに硬くなって、自分のものではないように思われた。

八月十三日

暗闇に汗にまみれて槌ふるう穴倉の中激しき作業

椰子の実の汁すう休みひとときにわが生きていることを知りたり

八月十四日

パンの木の陰に憩いて去る年の敗戦の日のこと語り合ふ

満月も雲に隠れて見えざりき野路菊の花何処に咲くや

八月十五日　終戦一周年目

日本の状態がどうなっているかは知っている。

あれから一年、今日はポツダム宣言を受諾した日である。

作業は朝からキャンプ近くでの砂運搬である。モッコの相手は土田大尉だった。二人はゆっくり、ゆっくり、足に重い鉄の鎖でも引きずっているかのように歩いた。

このあたり一帯は茅の原で、まだ小さくて赤い芽もたくさん見えた。この小さい芽を子供の頃に河原の堤防で摘み、ふくらんだ芽を割って穂になる白い部分を噛んで甘い汁を吸ったものだ。

岡山県生まれの大尉に言った。

「君は子供の頃にこれを食べたことはなかったか」

そう聞くと、やはり食べたと言う。

歩きながら自分はこの茅の芽を抜いて噛んでみた。味もないこの白いぬれた綿のような舌触りは、子供の頃に噛んだ味とは違っており、何の感興もわいてこなかった。

それよりも頭の中に浮かんでくることは、いまだにこの目で見たことがない、現実の日本の姿であった。あれこれと想像するだけで、本当のことは何も分からず、ただ収容所生活の自分たちの姿を振り返るだけである。そして、音もなく冷たい風のようなものが、ただ胸の中を吹き抜けて行くのみだ。

昨年の八月二十二日は、スマトラ現地軍の、『抗戦か』『降服か』の決定がようやくついて、軍司令部からの方針がわれわれのところに届いた日である。すなわち『降服』であった。自分は隊員を集合させて陛下のお言葉を伝えるとき、何か堅いものが胸につかえて声は途切れ、涙を流してただ全員で泣きぬれたものだ。

その直後にわれわれの総指揮官平野少将が自殺し、つづいて近藤少佐も自刃した。もうそうなれば、決定した軍の方針にわれわれがついていくということよりも、残った人たちが最善の方法を尽くして、生きて日本に帰り着くことが大切であった。そのためには、わが隊員の意思を尊重し、彼らを何とか日本へ帰してやることが第一の問題だった。一人一人を自分の部屋に呼んで、『脱走か』、それとも軍方針に基づいて、『従いて行くか』尋ねた。脱走する隊員のためには、その準備や時期など、できるだけの便宜を与えてやらねばならなかったのだ。

わが隊では脱走者が四人いた。そのうち三人は現地人に殺害され、一人は英軍に逮捕されて自殺者も一人出した。

そのほかに日本の将来をはかなみ、また降服という不名誉を否として自殺する憲兵も各所に次々と出た。ほかの部隊でも将校以下脱走者が続出した。わずかの期間で敗戦による混乱が各地に勃発して、現地人は暴動を起こし、混乱はいや増していった。

あれも夢、これもみんな夢。そして一年が経過してわれわれの現実は今、砂原に足を引きずっての土砂運搬であり、肩には堅い担い棒が食い込むばかりだ。本当にこれでよかったのだろうか。敗戦日本のポツダム宣言受諾とはどんなことなのか、おおよその予想はついていた。自分は国際法を学んだ憲兵であるから。しかし、ここにいる四百人余りの日本人にとっては、脳裡に深く刻まれるだろう冷たい現実のみがあった。痩せた身体に空腹をかかえて、ギラギラと目だけを光らせている。

この日、長浜曹長が炎天下に三時間もオランダ兵に直立させられたとか。聞けば、かつての俘虜監視勤務中の仕返しとかいう。ああ、戦勝国の処置、何をかいわんやである。


めぐり来るひととせの日の早くしてものも云はざりものも思はず

日の本の民はこの日を涙して空を仰ぎぬただ涙して

茅の芽前歯に噛みつゝ土運ぶ敗れし年より一年めぐりて

八月十六日

椰子の実の水を三個も呑みつくすからだの疲れに息つくわれて

八月十七日

籐などのからまる藪を通りけり汗して道を切り拓きつつ

八月十八日

陽の落つる夕暮れ待ちて語り合ふブランタンの我がなつかしき部下と

八月十九日

とどろきて黒煙上がる空見つめ疲れし身体もてあましたり

八月二十日

うねり立つ波頭かなこの海をあかずながめるサバンの島で

波頭かき裂きながら風襲ひ人の声までうばひ去りけり

八月二十一日　殴り込み

夕食後の点呼の前に、われわれのいるキャンプに台湾部隊の殴り込みがあった。

自分はちょうど舎外にいたが、何だかわれわれのキャンプ内が騒がしく、人々がののしり合う声がするので行ってみた。見ると、狭い通路に大勢の人が集まって小村大尉が押しつぶされるように前かがみになり、皆から拳で打たれているところだった。どうしたのだろうか。部屋の二階、三階からは大勢の者が身体を乗り出してこれを見ていた。また、通路の人たちはこの群れと一緒になって騒ぐばかりである。中には制止する者もあるが、最後には誰が打つのか打たれるのか分からない状態になってしまった。鈍い電灯の下で一体何が起きたのか。興奮した一人一人の顔だけが赤く見えた。

同僚の大尉がやられているとあっては、ただ見ているわけにもいかない。そのうちに制止する方が多くなって、この騒ぎも大事なく終わったが、興奮した顔の大部分は若い台湾人たちだ。聞けば、この大尉の元部下だった台湾人の仕返しとのこと。

自分に舎外へ連れ出された大尉は、大きな声で台湾人たちに言った。

「夜はいつもお月様が出ているとはかぎらないぞ！」

暗に反撃を狙う意味の言葉を怒鳴ったので、自分は彼の背中をたたいてこれを制止した。お互いに殺気立っているこのキャンプの中で、戦犯という逃れ難い運命に対面している者同士が、何でこのような不始末を起こすのか。もうここは日本の軍隊ではなく、オランダ軍の収容所なのだ。一人でも戦犯という犠牲者を少なくさせて、一人でも多く生き残り、日本人も、台湾人も、朝鮮人も故郷に帰らなければならないのだ。特に朝鮮人や台湾人は祖国が独立して、もう立派な独立国家の一員であるはずだ。不幸にも日本の属領としてこの戦争に巻き込まれたのだが、普通なら解放されてしかるべき人たちである。しかし残念ながら彼らは、連合軍下においては日本軍人として扱われて、われわれと同様の戦犯容疑者なのだ。

かわいそうなこの人たちを、われわれ日本人がいたわってやらねばならない。長い間の忍従と屈辱の生活の反動から爆発したとしても、それを責めるより、かえって彼らを哀れむ心でいっぱいであった。そして、今度はこの償いをわれわれ日本人がしなければならないだろう。

小村大尉、君も彼らを許してやってくれ。


覆い来る木の枝葉など払いつつ青きパパイヤの実を噛じりけり

つい知らず人の噂の調子づき渦中へ入る我を見出しぬ

八月二十二日　直立不動の制裁

神林司政長官がいかなる理由でか、オランダ側から炎天下三時間も、昼食抜きで直立不動の制裁を受けしという。

何のための制裁か、何のための暴力か。本末転倒した彼らの卑劣な行為を憎まざるを得ない。あえていう、何のための戦争裁判なのか。

白髪交じりの司政長官の心中、察するに余りあり。

忍び耐うことこそよけれこの我を慰めるものわれにありける

八月二十四日　所感

今日は井伯中尉が直立不動の制裁を受ける。

オランダ側の、昨日に続く今日のこの行為。彼らは一体何のために、かかる卑劣なことをやるのか。その根底に何があるというのであろうか。彼らが行うこのような行為によってわれわれを刺激し挑発し、そして何をしようとしているのか。彼らは不穏な事態の発生を待っているというのか。

椰子の実を拾い噛めども味もなしただ吹きすぐる風の音して

八月二十五日

払うても払うても尚手の裏につきて離れぬ砂ほこりかな

野路菊のゆめをも見ずに日はすぎぬ苦力に落ちしこの我なれば

濡れ腐る衣服も七日つづけ着て洗うもできず折釘に掛く

指太り掌固くなりにけり苦役二ヶ月満ちて此の頃

爪伸びて黒く汚れし掌をさして此の頃苦になりもせず

干乾びしパンのかけらに卑しくも尚噛まんとする我となりける

まっしろき砂見下ろして我のみの世界なりしとてゆばりしにける　（ゆばり＝小便）

真南の十字星高し森の上また雲出てかくれけるかな

砂とべば洗濯の布持ちしまま目をばつむりて背をまろめけり

靴下も手袋までもしめつけて南京虫の襲うを防ぎぬ

（南京虫＝トコジラミ科の吸血昆虫。夜出て来て人畜の血を吸う）

日曜はひねもすいねりすごせども夕べの頃はまだ身体の痛し

悪口をいうまじとわれ誓いしについ人のまた口車にのる

背の骨の痛みはとれず友どちと交互に背もみ行い見たり

八月二十六日　斑猫（一）

今日は一行四人でオランダ人の兵器係軍曹について小島での作業だった。小舟に乗って約二十分ほどの、サバン島の港の出口に近い名もない小さな離れ島である。

標高約八十メートルで、周囲は四キロ程度であろうか。雑草の繁った島で、道路はあるにはあるが草に埋もれていた。日本海軍が山腹に沿って念入りに造った道路は、その岩山に似合わぬ広い掘削道路だった。道の途中に発電所があって、日本式のバラックが一棟残っていた。いかにも日本人が住んでいたという状態が家の内外に溢れていて、特に山から落ちてくる流水を筧《かけい》であしらい、水のたまる場所に池を造ってあった。そして竹筒の柄杓《ひしゃく》などもそのままであった。こんなところで住む人のいない日本の屋敷など、見るのも空しかった。だがここで驚いたことは、白黒の斑《ぶち》猫が一匹、のどを鳴らしてこの家から出てきたことだ。あるいはまだ日本人が残っているのではないかとさえ思われた。

おそらくこの島での寂しさを慰めるために、日本人の誰かがかわいがって飼っていたのであろう。敗戦の後、日本人が帰っても、とり残された猫はいつか主人が帰ってくるものと思い、こうして毎日この家で待っていたのかもしれない。

バラックの周囲には野生バナナの木が繁って、豊かな実りを見せていた。家の中には障子戸もあり、板張りの床に敷物はないが日本式の敷居もできていた。引き戸が走るようにも造ってあった。

われわれはここで休憩して、オランダ人の軍曹から米軍用の携帯食料をもらった。この軍曹はもう四十歳すぎの年配で背が高く、顔は長いうえ頬骨がとがっていて赤い顔をしている。そして青い大きな目をギョロつかせて、一見恐ろしい鬼のような風貌であるのは全く『赤鬼』の仇名そのままである。ただし案外気は優しくて、われわれ捕虜にとって評判は悪い方ではない。

このバラックを後にして山頂に登ると、日本海軍の電波探知機が残っていた。もう誰もいない島でこの電波探知機は、風雨にさらされたまま両手をいっぱい空に広げて、こうして一年間まだ電波を探しているように見えた。

さらにこの山頂から港に近い岬の方へ降りていくと、伸び繁った草原の中には二十センチ砲が据えられたままであった。砲身はまだ錆びもせず白く光っていて、インド洋を向いたこの砲は、ただ主人のない寂しいわが身をかこつように、繁った草の葉の間で黙っていた。

周りからうまく隠されるように造られたこの砲台は、ただの一回も使用されずに済んだのであろう。日本の海軍の人たちはどうやってこの高い山の上までこの砲身を運んできたのだろうか。その労苦のほどが思いやられる。この砲台の左手前には地下連絡壕が造られて、鉄製の伝声管もまだそのままである。壕内の側壁は、崩れないように板囲いをしてある。そして地下の弾薬庫に通ずる暗い通路をカンテラに頼って歩いたらしくて、壁の上段の手が届く高さのところへ、一定の距離を置いてブリキ製のカンテラが行儀よく載せてあった。

この砲台はどこを見ても、周到な日本海軍の警備の跡が残されていた。ここにもわれわれと同じ日本人が故国を離れて戦うために来ていたのである。日本の運命を背負いながら戦わずして敗れ、みすぼらしい姿で多くの涙をのんで帰らざるを得なかったのであろう。

山の上に吾海軍の築きたる人なき砲台見れば悲しも

棄てて去る愛せる砲に涙して海の兵等は去りにしならん

人もなく草背丈まで伸びしきて砲台は今何をゆめ見ん

別れ去りし人に代りて撫でやりぬ砲台の上砲に寄りつつ

カンテラの台は転げて交通壕の入り口は只埃あふるる

八月二十七日

落葉松に似たる木陰に憩へども風なきひるは只暑くるし

八月二十八日

ちがや刈る風なき原に日のくれて海の色のみ青くのぞかる

藍色の海を見あればこの島の動くが如く流れる如し

八月三十日

パンの木に登りて自転車待ちにけり爆雷はこぶむしあつき昼

八月三十一日

滑車きしる古井戸のもと人集ひ幼子の如くはしゃぎさわげり

海の色濃い藍色にかがやけり泡立つ岸の白さに冴えて

九月一日　名目上の指揮官

朝鮮部隊のキム君より、手製の雨下駄をもらった。堅い木をサンダル型に削り、大変手間をかけて作っている。ちょっとかかとを高くして体裁を整え、先の方に厚い布を輪のようにして巻き、爪先を突っ込めるようにした歩きやすいものである。部室の板敷きの上から所用で外に出るとき、非常に便利であった。何の因縁かこの朝鮮部隊の皆に推されて名目上の指揮官になった自分は、なぜかしら変な気分だった。

このキャンプでは日本人と朝鮮・台湾人とは別棟に起居して、洗面所・便所・炊事場が共同で、作業については別行動だった。彼らには自分たちの主張があった。

「朝鮮および台湾人は、たとえ戦犯として連合軍の規制の下にあるとしても、独立国としてのメンツを立てろ」

そうキャンプ長のオランダ側に申し出て、われわれ日本人の指揮下に入ることを拒んだ。しかしオランダ側は、戦犯である限り朝鮮および台湾人を日本人と区別はしなかった。

そしてキャンプ内での別居だけは許可したのだが、その行動に違いがあった。要領のいい彼らは現地語に精通して、オランダ人やそれに従う現地人に上手に取り入って作業にしても割合に簡単で楽な、自分たちの希望する場所に行っていた。日本人側はそれを知っていても、表面上は誰も不平をとなえる者もなく、また意に介することもなかった。

この連合軍のキャンプ内で、日本軍の戦犯容疑者と同一視される立場にありながらも、高麗国および中華民国と自称する彼らは、そうした言動に理由というものがあった。宗主国のための戦争に駆り出されて、戦犯容疑者の列に加わせられたことは、別な意味で本当の戦争犠牲者といえるだろう。

自分は過去において勤務の関係上、朝鮮語一等通訳の資格を持っていた。したがって彼らのキャンプ内での起居のときや作業中に、自国語で日本人を軽視して報復的な不穏の言葉を漏らす者が多くいたこともよく理解できた。しかし日本語で堂々と語らぬ限り、知らぬ顔で過ごした。もちろん口で言うだけで具体的な行動に移される可能性も少なく、また最悪の場合を予想しても連合軍の規制の下にある限り、その懸念はないと信じていた。

しかしいつかどこかで何らかの形で、われわれ日本人がこうした彼らの情念に対して償うべき時期が来ることだろう。

このたび連合軍の要求で、朝鮮部隊の指揮官は日本人たるべしとの通達があった。そしてキャンプ内では誰が引き受けるかが論ぜられたが、今さら日本人でこの面倒な任を進んでやる者は一人もいなかった。ところが日本人側でこのことに苦慮していたときに、朝鮮側から自分を名指しして頼みにきた。

朝鮮側から推されて名目上の指揮官となったとはいえ、自分のやることは彼らの意向を十分に汲んで、一人でも多く自国へ帰れることに努力してやることであると心に決めた。自分はたとえ戦犯容疑者であるとしても、他人のために微力を尽くす機会が与えられたことが多少なりとも喜びであったかもしれぬ。そして彼らと語る機会を多く作った。何事にも『話せば分かる』という時と場合がある。人間同士のつながりは、たとえ過去の忌まわしい事柄でも心が触れ合えば溶けてゆき、和やかさが保たれるものだ。

今朝はサンダルをもらったが、次にはビンロウ樹の箸を持ってくると言っていた。

野路菊の生まれしこの日雨降りて夜明けの頃に目ざめいねむれず

九月二日

泥の手を洗いもせずに鍬持ちて吾等を見張る石垣の石築く

九月三日　シンガポールから来た人たち

元ラハトの憲兵分隊長槌本大尉以下三十名が、シンガポールから回されてきた。理由は、この人たちの取り扱い身分が英軍ではなく、オランダ軍の裁判所管轄のためであった。

一行の中には、顔見知りの赤田大尉や篠原准尉がいた。そのときはちょうど昼の食事中で、自分はタピオカの粉粥を飯盒に半分ほど食べ残していた。自分に挨拶する篠原准尉の目付きで、彼の空腹を察したのでこの粥を勧めると、髭の伸びた顔を上に向けて、それを一気にのどの奥に流し込んでしまった。この様子を見て、シンガポールの同胞たちもこんなに空腹にあえいでいるのかと知れて、目頭を熱くさせられた。そして今日またここに餓鬼道に落ちたわれわれの仲間が加わり、顔色の悪い痩せた姿で群れをなし、シンガポール収監所の噂をボソボソささやきあうのだった。聞けばシンガポールで処刑された人たちのほとんどは、かつて自分と共に戦い、行動し、勤務し、苦労した顔見知りの者ばかりだった。

シンガポールにおける戦犯容疑者の処刑は、ゴムの袋を顔にかぶせられて、十三の階段を登らされ、群集の前で行われる絞首刑であった。戦犯という名を冠して戦勝国が一方的に行う、不公平極まりない行為であると思った。裁判の結果だとはいえ、弁護人とは名ばかりで実際の弁護は行われない。何とか口実をつけ、一人でも多く抹殺して復讐する考えらしい。戦争に負けたときから報復は覚悟していたものの、なまじ裁判という見せかけの手続きを踏むことで、かえって精神的に大きな圧迫を感じることになってしまった。

戦犯容疑者取り扱いは特に豪州兵が乱暴で、チャンギ監房の未決囚にいる無抵抗のわれわれの仲間を、ただ意味もなく大きな拳で次々に殴って回ったとか。たとえ誇大に喧伝された噂にしても、処刑されていったメンバーを知る者としては、全く虚構の話とも思えなかった。

いよいよ明日処刑されるという夜は、夕食に鶏肉を饗応するとか。そして処刑されるものは「愛国行進曲」や、「此処は御国を何百里」の軍歌を唄うとか。国のためにつくした自分たちの行為によって、戦犯という名のもとに明日は命を絶たれていく心境はいかばかりか。たとえ悟りきったとしても、心の隅に残る日本への郷愁と苦悩があり、そして諦めがある。

それらの話を自分は隣の部屋で、壁を通して聞いていた。その話と同様に、哀しい運命をたどる日本人の一人が自分なのだ。今日は他人の身、明日はわが身という、人間の運命の哀れさと悲しさがある。上官の命令だと釈明しても、全く取り合ってくれない戦勝国の裁判官。処刑される理由がない者を、よく調べもせずに葬り去る現実。処刑された仲間の死体処理に赴くときの心。そしてその作業がある。

戦勝国が敗れた相手を、しかも個人を、よく調べもせずに悲惨な境遇に落としていくことが人道上許されるのであろうか。裁判というのは公平でなければならない。処刑された日本の下級軍人戦犯者の魂は、果たして浮かばれるのであろうか。あと何十年かたったとき、同じ年代の日本人から何と言われるのだろうか。

そして自分たちは現実に、この運命の中に追い込まれているのだ。その上、食料の不足による耐え難い空腹や激しい労役がある。われわれの明日は全く見えてこないのだ。われわれはこの状態に置かれたまま、じっとこの暴挙を甘受するしかないのだろうか。これを打破する手段を実行に移してはいけないのだろうか。

残飯に集まる群中その一人腹空く我にありにけるかな

三日月の雲にかくれる空見ればほのぼのとして春の夜を想ふ

汽笛鳴り黄色き船は出て行けり白いハンカチ円くまわして

この吾等何時来るならん夢の船乗る身になるをのぞみても見ず

九月四日

雨降れば仕事もなくて震ひつつ軒端に立ちて半日過す

九月五日　斑猫（二）

先日作業をした砲台のある離れ島へ今日も行った。そしてバラックの小屋を再び訪れたとき、子猫がいた。先日のあの猫は一匹ではなかったのだ。

手を差し出すと、親と同じ毛並みをしたその子猫は、まるで友達でも見つけたように元気にじゃれついてきた。意外に痩せてもいないようだ。いつの間にか親猫も一緒に自分の足へ頭をすりつけてのどを鳴らしている。急にかわいさが胸の中に込み上げて、思わず頭を撫でてやった。

誰もいないこの家で、どうやって暮らしているのだろうか。食物はどうしているのか。もしや逃亡した日本兵がまだここに住んでいるのではあるまいか。

自分はいささか疑惑の目で、詳細に家の中を改めた。部屋にはほこりが白くたまって、炊事場も使用されている形跡はない。やはり人はいないのだ。

さらに隣の部屋に入って発電機の状態を見てまわると、この機械のはめ込みの文字盤に日本の会社のマークがあった。しばらくぶりに見る日本の文字は非常に懐かしくて、指先で触れてみると、ふくれた真鍮《しんちゅう》版の冷たい感覚のほかに、ざらざらとした凹凸の手触りを感じ嬉しかった。

作業が終わって昼食のときに、オランダ人からもらった食パンのかけらを親猫にやると、その場では食べないで、くわえたまま自分の足下から軒かげに走って行った。
もう誰もこの島に住む人はいないのに、この親子は野良猫になってしまうに違いない。そうなってしまったら、一体何を食べるのであろうか。もうここには、われわれを最後に日本人は来ないであろう。日本海軍の人たちにかわいがられた猫の親子よ、どうか元気でいてくれ。自分は心の中で祈った。作業を終えて、小屋を離れるときに振り返ってみたが、もう猫の姿は見えなかった。小屋から突き出たトタンのひさしに、赤道直下の白い太陽の光がはね返るのみだった。

主のなき猫の親子の哀れなり頭を寄せて足にからまる

九月六日

六十キロ爆弾の信管を外す作業であった。仇名を『ニヤニヤ』という目の引っ込んだオランダ人は、兵器の取り扱いについてはやけに詳しい。

むし暑き草土手の上うつむきて爆弾筒の信管をとる

（信管＝爆弾・弾丸などの火薬に点火して爆発破裂させる装置）

九月七日

紅葉色の木を見上げつつふるさとの秋を語れる人たちの多し

八章　脱走計画

1　検挙

九月八日　脱走計画

シンガポール作戦の結果は、英軍にとって単なる基地の一つを失っただけではなかった。アジアの、いや、世界の植民地を失うかもしれぬ重大事であった。戦争が終わってから英軍が戦犯容疑者の摘出を理由にした報復手段をとるとき、われわれ憲兵が第一に狙われるのは当然である。

彼らはまず昨年八月にシンガポールを奪回した直後に、市内で在勤する憲兵を一兵も残さず逮捕監禁した。次にスマトラ在勤者に対しては日本軍司令部を通じて文書によって自首を強要しようとしたが、効果は少なかった。そのため本年五月、軍情報部を通じて一部の英軍将校が直接スマトラに進出し、検挙に乗り出した。

われわれもその気運を察知して、事前に彼らの企図する検挙範囲と対象を知り、さらに戦犯容疑者名簿を入手した。そして特別指名手配のない限りにおいては成り行きに任せてよいと判断した。しかし、この判断は甘かった。

九月三日にチャンギ監房から戻った二、三の者の伝言の中に、大松大尉からの指令があった。

「貴官を探している、速やかに脱走されよ」

最悪の事態たる指名手配であった。英軍の軍事法廷における戦犯処理が不合理極まるやり方である限り、これは到底甘受すべきものではなく、一時この矛先を避けるべきだと悟った。すなわち脱走である。

しかし自分の心残りは、いまだこのキャンプに残る十三名のわが隊員のことであった。

「日本へ無事帰すこと」

その見通しが明瞭でないのが悩みであった。が、現実は考えるより急を迫られていた。つまり第二、第三の伝言が来たからだ。脱走するとすれば参加人員、時期、方法・手段を検討して、さらに脱走後の行動なども考慮する必要があった。注意しなくてはならないのは、実行に移すまでオランダ側に察知されないことはもちろんだが、日本人同士でも参加者以外には、絶対に秘匿を要することである。特に憂慮すべきことは脱走を成功させる手段が隠密行動ではなく、徹底した武力行使による以外には道がないことであった。そのためにやるべきことは二つあった。

一、衛兵所の襲撃

二、追跡部隊の完全遮断

以上二点である。

もしこの「武力行使」が事前に発覚すれば、われわれの脱走どころか、それ以外の者まで犠牲にすることは明白であった。衛兵所の守則に次のようなものがあった。

「日本の戦犯者が逃亡もしくは之を企図して行動した場合、制止及ばざる場合兵器を使用・射殺して差し支えなし」

こういう条項があることをわれわれは知っていた。従ってわれわれが脱走を敢行する場合、絶対に失敗してはならなかった。成功したとしても残る人たちへ、共犯容疑か企図支援の連座罰かを科せられることも予想された。しかし、これについてはキャンプ長の責任のみで、一般の人たちへの影響はないものと判断した。

今いるキャンプ敷地は長方形で、その一角にある出入り口には衛兵所があった。ここに日本軍の重機関銃二台を据え付けてあるので、左右を射撃し得るのはもちろん、縦に並んだ二棟のキャンプは射撃によって芋刺しになるのは避けられない。加えて至近距離であるのと密集して起居しているために、その被害は甚大であることが予想された。

キャンプの周囲は鉄条網を三重に張ってあり、特に内側の第一列と真ん中の有刺鉄線の間は約二メートルの空間を造ってある。そこにはサンゴ礁を砕いた真っ白い砂が分厚く敷き詰めてあり、もし間に物が落ちたら夜目でもすぐに分かるようになっていた。

もし人間でも入ったとしたら大変である。

「待っていました」とばかり重機関銃の洗礼を受けるのは必定である。その上に、夜間は探照灯の回転照射と、高台から見下ろす監視兵の目が四方から光っていた。

監視兵は長以下十六名で、立哨時間が二時間交代で日本軍と異なり、自動小銃を肩にして口笛を吹いている有様である。一見したところではのん気に見えもする。しかし日本軍方式の応急動作と緊張感に欠けてはいるけれども、逆に形の上の緊張した態度より開放的な監視態度の方が、事件発生の場合に軽快な応急処置がとれるようにも感じられた。

脱走参加人員は、シンガポールのチャンギ監房から指名された者と、どうしても処刑される可能性がある者を物色して結局十五名に達した。

脱出方法としては、まず夜間の暗闇を利用して鉄条網を切断する。脱出後、各個に監視兵を倒し、火力発電所の破壊、手榴弾使用による衛兵所控え兵の排除の後、トラックを奪取してパラワン港へ向かう。さらに港湾監視兵を襲撃して発動機船を奪取し、アチェへ向かうというものである。

この具体的な計画は、機密保持からも自分自身においてのみとどめて、ほかの者への発表は実行時期が来るまでは語らなかった。そして自分が、参加人員の特技と性格と決意のあるなしを審査して、脱走時の部署を決めることにした。さらに決行時までの脱落者と第三者へ秘密が漏れることも考えて、細心の注意をするとともに、発覚の未然防止に努める必要があった。もし発覚した場合にも自分一人のみに責任がとどまるべく、最善の考慮をした。

幸いなことに、われわれは兵器の投棄作業に従事していたので、日本海軍の手榴弾を手に入れることができた。

山腹をくり抜いて造られた弾薬庫の中から手榴弾を持ち出すときは、皆に背を向けてかがみながら、ほかの人から見えない反対側のズボンの物入れに突っ込んで、何食わぬ顔をしていた。

しかし、物入れの中の手榴弾は安全弁がしてあるというものの、作業中の暴発が心配だった。何度もハラハラすることがあったが、作業中に不用意に衝撃を与えないように注意した。昼食時には人の群れから離れて、椰子の実を割って中身をえぐり出して手榴弾を入れた。その後で椰子の実の外側の繊維でしばって、一見して外からは見えないようにした。これを作業終了後にトラックに持ち込んだ。帰る途中のキャンプ外周のカーブで、速度の減少する一瞬を利用して、この椰子の実をなるべく手許を下げて鉄条網の中側へ落とした。これを作業班解散後に拾い上げて貯めていった。

あるとき運悪く、この動作が衛兵所の監視兵に発見されてしまった。そして衛兵所前で個人点呼と服装検査を受けている間に、衛兵司令の命令で監視兵が、手榴弾の入った椰子の実を下げて帰ってきた。

このキャンプの規則にあった。

「日本人はキャンプ出入りの都度、監視兵の服装検査および点呼を受け、物品持ち込みは許可せず」

これからすれば、椰子の実の持ち込みなど到底思いもよらなかったが、監視兵によっては見逃すことも多かった。それを知っていてやったことなのだが、不運にもその日は監視兵の交代があって、このように困った事態がやってきたのだ。

こうなってしまえば万事休す。こうなっては何も打つ手はなく、腹をすえて平静を装い点呼と服装検査を受けた。

椰子の実を取りに行った監視兵は、手榴弾が入ったのとは別に、本当に食用にするために持ち込んだものと合わせて五、六個を、南京袋に詰め込んで持ってきていた。われわれが整列している前まで運んでくると、別の監視兵はちょうどいいところへ運んできたといわんばかりに、中から一個取り出した。銃剣でたたいて端をけずり、おいしそうに椰子の実の中の水を飲んだ。

腹はすでに決めていたものの、もし自分の椰子の実を監視兵が銃剣でたたいたら、手榴弾が飛び出すか爆発するかだ。目の前でそれを見ている自分は、全く呼吸の止まる思いがした。

天の助けか、この監視兵の動作を見ていた衛兵司令は無言のままであった。われわれをそこで解散させた上、その椰子の実の全部、炊事係を通じてわれわれのキャンプ内に持ち運ばせて夕食に使用するように命じた。炊事係の日本兵は、この椰子の実の入った南京袋をかついで静かに構内に入っていった。

一難去ればまた一難である。今度は日本人に発見されそうになる破目に陥った。

解散となっても服装さえ解かず焦ること焦ること。早駆けで炊事係の持つ南京袋から手榴弾の入った椰子をタックルするようにして取り戻した。怪訝《けげん》な顔をしてブツブツ言う声を背中に受けながら自分の居室へ持ち帰って、大きな安堵の息をついた。

このようなやり方では手榴弾の持ち込みが露見する恐れが大きいので、次回からは方法を変えることにした。椰子の実の中に手榴弾を入れるのは同じだが、今度はキャンプ近くの草むらの中に投げ入れることにした。そして後日の海水浴のときに、洗濯物と一緒に包んで持ち込むことに成功した。洗濯物であれば監視兵は大して注意もせず、この方法は案外容易であった。このように苦労を重ねて、手榴弾は都合八個持ち込むことができた。これらはその都度安全栓を確かめ、古靴下の中に入れて部室の床下の土中に埋めた。

さらにこの方法で鉄線バサミも入手した。

発電所の破壊については水上軍曹が夜間に常勤していたので、脱走計画には好都合であった。そのほかトラックの奪取や衛兵所の襲撃、そして歩哨の排除なども夜間戦闘が上手なわれわれには十二分の勝算があった。

脱走計画の最後、バラワン港にいる監視兵の配置、兵力、施設、兵器、装備、交代時期と時間、そのほか彼らの勤務要領なども、われわれの作業中に調査してよく知ることができた。

これとは別に、兵力を持つオランダ側の警備隊本部の位置と距離、兵力、装備、機動能力などを調査判断した。その結果、たとえわれわれの武力脱走をすぐに知ったとしても、これを阻止し得るだけの時間的余裕はないと判断した。仮にそれがあったとしても、彼らの能力からして、その行動範囲より遥かに遠いために、おそらく後手を踏むであろうと思われた。以上を総合判断して、われわれのサバン島脱出は、成功の確信を十分持てるものだった。確信は持てても、果たしてその可能性はいかばかりであったろうか。

この脱走計画については、兵器の確保や情報の蒐集《しゅうしゅう》がほかに漏れるのを防ぐために、危険を冒しつつ全部自分一人で行った。

ひとときの朝寝楽しくいねふして雨の音きく今日にありけり

九月九日　驟雨《しゅうう》

『花ちゃん』と仇名のあるオランダ人軍曹に連れられて今日は、島の南端の大きな湖の近くへトラックで八百キロ爆弾の積み込み作業に行く。

ちょうどこのときに南方特有のスコールがやってきた。西の空に低く雨雲が垂れたと思うと、湖の向こうから白い柱となって湖面に広がり、一斉に湖の表面は沸き立ちながら大きく揺れるようにざわめき騒ぐ。それから岸辺の草木の葉はバシバシと激しい音をたて始め、白く光る雨の矢は稲妻のように素早くわれわれを取り囲んで、ゴウッと一挙に水面へと突き刺さる。圧倒的な自然の息吹に触れたような気がして、呼吸が困難になるような錯覚にとらわれた。

しばらくしてこの雨が去った後には、すぐ手の届くような近い鮮やかな緑の中に、南国の柑橘の花がぬれて、夾竹桃《きょうちくとう》に似た赤い花が静かに揺れていた。

湖のすぐその彼方雲湧きて藪打つ雨の激しく迫りぬ

九月十日

爆弾の積み込み作業をする。小野司政官が『花ちゃん』に殴打される。

あやまちを赦せじ怒るこの人の哀れを思ふ今日にありける

九月十一日

爆弾の尖頭を外し、火薬を抜き取る作業をする。火薬は海辺に並べて燃焼させた。

寝起きすぐ頭痛かりうつむきて昨夜の寝付く頃を想ひぬ

九月十二日

玉の為す汗を拭きつつ砲弾の哀れな姿ながめ入るかな

九月十三日

白い陽のまぶしく梢に動きつつ短き真昼寝汗して過す

九月十四日　構内作業をする　午後は海にて石を運ぶ

雲の峰南の空に立ちたれば明日の日照りの今宵憂ひぬ

九月十五日（日曜日）　休務にてリュックサックの修理をする

干潮を待ちて貝など探せどもただ打ち寄せる情けなき波

九月十六日　石の運搬中に左小指を負傷する

打ち寄せる波に揺られつ僅かなる息つくひまに故郷を想ふ

水ぬちに浸ればぬくむ海水の湯に似たるごと我肌に伝ふ

九月十七日

打ち寄せる岸辺の波はインド洋のはるか彼方の国より来る

九月十八日　弾丸の積み出し作業をする

仰向きて椰子の実を吸ふ人たちの背中も肩も汗にまみれぬ

九月十九日　爆弾の積み込み作業をする

驟雨来る波止場に駆けて弾丸を積む苦役の我等此頃慣れたり

九月二十日　爆弾投棄作業中に右すねを負傷する

島影にまた島見ゆる海の上を弾丸捨てにゆく船に乗りたり

九月二十一日

水くぐり石拾ひせば友どちの川に泳ぎし幼き日想ふ

九月二十二日（日曜日）　頭痛して一日いねる

珍しく石鹸ぬりて顔洗ふ水配給の雨の日の休み

九月二十三日

オレンジの花咲く下を通りけり自動貨車にて揺られながらに

九月二十四日　弾丸積み込みと投棄作業をする　なぜか頭が痛い

雲垂れて海は煙りぬ吾立てり丘も驟雨にかくるるならん

雨漏ればひるねする間もなかりけん雨期に入りたるサバンの島は

雫して次々に葉の動く見ゆひるねの窓のみどりの木の葉

水道の栓あけしまま人去れば沸立つ如く水泡流るる

両手にて掬ひて見たし生水の溢るる場所に休憩すれば

うねり立つ海の真上を船乗りて弾丸捨つる日は雨となりけり

はるかなる彼方の沖を船ゆけば故郷へ帰る夢など想ふ

九月二十五日

頭重く仕事に興のなくなりききしむが如く身体の痛く

九月二十六日　朝鮮人部隊を第七作業隊と呼称変更する

雨降りのつづく此の頃ひるやすみ横たわるわが五尺の土地なし

九月二十七日　日本人の乗れる日本の廃船あり

廃船の底にたたずみ作業すれば重く汚き油の残れる

九月二十八日

雨の音きき慣れたりとこの昼も小屋のひさしの下にたたずむ

九月二十九日

二百五十キロ爆弾にてけがをする。班長のことにて同僚と口論になる。また、無罪者釈放の噂流れる。

此の頃は雨期に入りけりこの島に明けて雨降り雨降りて暮るる

野路菊の夢見る朝は侘びしかり今朝もトタンを雨の叩きて

新しき寝巻き着替へてねころべば布の香りで故郷想ふ

帰るてふ噂も湧きてこの部屋に若い人等の笑顔溢ふる

この我は残りて裁き受くるらむ運命にあれば心騒がず

九月三十一日　取り調べを受けるために構内に残って作業する

消せる輪がまたも消される雨だれを見つめつ受くる取調べかな

2　金米糖

十月一日

朝鮮人部隊と代わり、物品運搬の作業をする。

竹田大尉以下三十一名が、オランダ軍によりメダンに連行されることになる。

同じ部屋の狭い一枚のアンペラの上で、足と頭を交互にして寝て過ごしてきた三人の一人ともお別れだ。

拓大を出た彼は、岡山県の出身でいまだ独身という。自分は煙草を吸わないので監視兵からもらった現地製の辛い葉巻をあげると、彼は日本軍の乾パンの中に入っている小さな金米糖をくれた。手のひらに乗せたわずか四、五粒の刺のある赤や白い色。それでもこのキャンプ内では大した貴重品の甘味料であった。

それ以来、監視兵からもらった煙草や米軍のラッションの中にあるものと、いつも大尉の金米糖と交換する習慣になった。

彼は生来豪放で明るくて、いかにも拓大に育った屈託のない生地そのままの姿である。過去には同じ隊に勤務したこともあったが、よく酒を飲み過ぎて乱暴したこともあった。むき出しの性格は誰彼の容赦もなく、歯に衣を着せずにズケズケ言うので初対面の人などはびっくりして、一部の者からは嫌われたりした。しかし正義感が強くて、彼をよく知る人には本当に付き合いやすい好人物であった。わがままに育ったせいか服装などは無頓着で、制服のボタンを外して上司から注意されることがたびたびだった。年齢の割に頭髪が薄く、童顔はツヤツヤして、まばらな口ひげなどは猫の毛のように、なよなよと見えた。

「拓大を出た者が、何で憲兵など志願せんでもよいのに」

自分がからかって言ったことがある。

「アハハハ」

彼はのどの奥まで見えるような大きい口をあけて、ただ笑っていたものだった。

さすがに今回、別れるときには蒼白い顔をこわばらせて言った。

「お先に」

片手を上げて、すぐ隣の便所にでも立っていくように、あっさりと去っていった。

どうか生きていてくれ。そして、再び会うことがあったなら、心ゆくまで話し合おう。

大尉からもらった金米糖がまだ十粒ほど残っていたので、先刻別れるときに彼にやると、童顔の目を細めてにっこり笑いながら一挙に口の中へ放り込んで席を立った。立ち去る彼の少々猫背の寂しい後ろ姿が、まだ眼の中に残って仕方がない。

十月二日（水曜日）

竹田大尉以下三十一名連行される。寂しきものあり。

手拭を振りふり共に声を上げ戦友を見送る囲いの中で

逢ふことは予想もされず戦友の別れをおしむ今日にありけり

慰める言葉もあらず友どちと別れる際はただに黙りて

十月三日

沖の辺を巨船のゆけば噂して帰国の日など夢の如く想ふ

片割れの月いただきて帰る日はサバンの町の灯火またたく

十月四日

日本人記者来る。われわれに一言の挨拶なし。オランダ側の横暴か、営倉入り六人あり。

雨雲を待ちつつ並べる友どちの哀れ悲しき面持ちのして

十月五日

汗出てヒリつく肌をさすりつつ空しく今日も暮れにけるかな

十月六日（日曜日）

休みには常に雨降ることばかり一日いねれど疲れも癒えず

長々と寝そべり過すひねもすは喰うことをのみ語ってすごす

十月七日　オランダ軍兵器庫にて作業する

油くさき倉庫の隅に腰かけて真白き細き煙草吸ひたり

十月八日（火曜日）

こんな哀れな姿ってあるだろうか。

腐肉に群がるうじ虫のように、よたよたと魚雷につかまっている日本人の汚い姿である。

日本海軍の残した大きな魚雷を、信管だけ抜き取っての運搬作業だ。巨大な鯨そのままの姿形に、大小幾つもの推進機を付けている。まさに日本海軍近代兵器の粋といえるのであるが。

この魚雷を専用の車両に乗せて、われわれは大勢で押したのだ。しかも原住民も中国人もいる町の真ん中を、汚い服を着て汚い顔をした日本人が。

掛け声をかければ、あるいは威勢のいい祭りの神輿《みこし》とでもいえただろうか。しかし、飢えと疲れにあえいで押すわれわれの姿は、哀れにも敗残の捕虜の象徴として、これ以上のものはないほど決まっていた。
町をねり歩くわざとらしいこの侮辱行為は、かつての敗軍の、現地人に対する虚勢のデモンストレーションでもあろうか。

汗に濡れ身体へし曲げ足引きつ魚雷を押して街通りけり

十月九日　魚雷運搬

飯盒の底をかしげて吐息せり昼の芋粥水多ければ

くるしみを通りすごして此のわれも更にま強き人となるらむ

悪口を謂うまじと我誓ひつつ今日かへりみて悔ゆること多し

吸ひ慣れぬ辛き煙草をくゆらしつわれ十三夜の月影を踏む

十月十日

満月の輝く見れば野路菊の花のかがやき見る心地する

十月十一日　かの曹長との別れ

構内作業道路を修理する。谷本曹長を見送る。

順番はどうあれ、いつかはここから抽出連行されるのが、われわれ戦犯容疑者の運命である。今日はあの曹長が連れていかれることになった。

夜にはわれわれパンカランブランタン分遣隊の隊員十五人が、キャンプの物置の近くへアンペラを敷いて、ただお茶を飲んで別れを惜しんだ。

どのような理由で戦犯の罪名を受けねばならないのか。自分はこの曹長の人格を尊重して、ただ本人の過去において軍に忠実であったその功績を認めるばかりである。敗戦となった以上は連合軍の定めた裁判に従うしかないのだが、人間の行う道に二つはないのだ。

今さら自分のやったことを隠したり弁護したりしても、今の場合運命をどう変えることができ得よう。賢明な君の判断と勇気ある方法で、どうかこの難関に当たってくれ。生きていたら、約束の三月三日を忘れるな。われわれは日本のどこかで会うのだ。

吾影をひねもす踏みて歩けども砂礫を運ぶ苦役終らず

十月十二日　夜、演芸会あり　昼、かの曹長メダンへ連行される

ああ、飛行機が舞う。

足の裏に堅く応えるサンゴ礁の白い道を、モッコをかついで往復する。

今日はこの道を修理するのだ。われわれの土砂を運ぶ行列がのろのろ続いて、黒い自分の影を踏みながら鉄条網に沿うて歩いているときだった。急に爆音がして、自分たちのすぐ背後の草陰からオランダ軍の輸送機が旋回して上昇していった。あの飛行機には、かの曹長が乗っている。どんな気持ちであろうか。すでに決まった彼の心境とはいいながら、死への飛翔なのだ。互いに苦しみ、悩みに沈んだこのサバンの島を空の上から眺めて、そしてブラックキャンプを見下ろしながら彼は去っていく。

自分は今、土砂運搬の歩みを止めて、このオランダの飛行機に防暑帽を力いっぱい振った。否、オランダの飛行機にではなく、飛行機に乗っているあの曹長にだ。頑張れ！　頑張れ！

機上にいるはずの彼の姿は見えない。旋回した飛行機は急速に位置を変えて上昇していく。そして、青空のかなたへ溶けていった。

防暑帽をとった頭上に太陽の熱さが急に痛く感じられて、大粒の汗が首筋へと流れ落ちた。

その姿見えぬ真上の飛行機に帽子を振って爪立ち送る

青空にしみつつ消えゆく飛行機に我愛いてし部下の乗れるよ

真南にひろごる雲を見上ぐれば夕立も来ず風も起こらず

十月十三日（日曜日）　休務　雨

収容の吾等の身をば忘れ果て笑ひ過せるこの夕べかな

どよめきの笑ひ溢れて厭いてし黒き幕舎もしばし明るし

人かげの間より洩《もれ》る光りにて紙など延べて歌を書きたり

十月十四日　朝鮮人自殺す

朝六時の起床のときに、朝鮮人部隊の一人が自殺した。

どこで手に入れたのか、折り畳み式の西洋カミソリを、しっかり右手中指に添って結わえつけ、右頚動脈をすっぱり切っていた。鮮血がコンクリートの洗い場いっぱいに流れて、その上で大の字になりすでに命が絶えていた。

当人は過去において俘虜収容所に勤務していたため、自分が戦犯としての処刑を逃れられないものとの判断と、かつ神経衰弱も手伝っての敢行らしい。自殺という逃避の道を選んだ彼には、同情を禁じ得なかった。それと同時に、同じ立場にあるわれわれの運命の一部を見せてくれるような、暗い気持ちを揺さぶり起こされる思いがした。

十六夜の月を恨みて命断つ敗戦の民の悲劇また見る

十月十五日　客船二隻入港す

オランダ兵多く乗船して、ジャワ方面に行く途中であるようだ。

うつろなる掛け声かけて弾丸押せど八百キロの爆弾は動かず

十月十六日

萱に似た枯穂の道靡きいて人を積みたる貨物自動車行く

十月十七日

波止場にて砲弾の積み込み作業をする。船が入港してオランダ兵を満載していた。

鈴なりにボートにまでも人乗りてオランダの船今日も入りたり

砂原で銀河を見上げたたずめば馬追虫のすだく音のみ

燦々と照る陽背中に受けながら桟橋に腹這ひ魚群に見入る

十月十八日

けぶり来る雨を待ちつつ立居れど湖面の水は少しも騒がず

紅色のカンナの花の咲きあればふるさとの庭ふるさとを想ふ

汽笛鳴らし船の出てゆく夕暮れは口開けしまま友と立ちつくす

パンの実を煮て吹きながら喰ふ夜は哀しみとまた涙の湧くも

口笛の今宵も幕舎に響きあり故郷の歌や谷間の灯火

桃色にアメリカ合歓《ねむ》の木花咲けばサバンの島の道に雨降る

ジャワアサンの並木路を行くこの朝は石のベンチの黒く濡れあり

渚辺に腹這ひて顔洗ふ時海蟹の赤き鋏の震ふ

雨雲は港の小山越え行きて海面の上に煙り展がる

十月十九日

パンの実を煮て喰む三人灯火の明るさ避けて音静かなり

雲立ちて北の真海の黒かりき今日も雨らしサバンの島は

彼方なる水平線に雲立ちてその雲にしむ黒き船影

海の上区切れる如く間をあけて五つ六つ並ぶ雲の峰かな

見てあれば何時か姿の変りゆく雲の動きの早きものかな

二日間米は喰はざり友どちの話すること喰ふことばかり

くるしみは楽しみにわれ切り換えて生きゆくなどと誓いしなるに

雨止みて朝の道の辺すがしかり我がふるさとの初夏の如くに

十月二十日（日曜日）　弱き権力

奏任官《そうにんかん》五等以上宿舎移転する。このため場所のことにつき丸本大尉と口論になる。釘山司政官営倉入り。

何のためか、奏任官五等以上の者に宿舎移転の命令があった。先任順序に席を決められて、自分の場所は三段の一番下、つまり汽車の三等寝台にすれば一番料金の高いところになった。しかしこの場合には、これを足場にして二段目・三段目の高いところへ人が上下するので、砂が落ちたりほこりが飛んできたりして非常に迷惑する場所である。つまりここでは一番悪い場所なのだ。目を上にやると、二階には丸本大尉が陣取っている。

「オヤ、彼がそこにいるとはけしからん。彼は自分の後任ではないか」

そう心の中で思いながら、彼をにらんだ。そして言った。

「席を換えろ」

無体な要求をした。

おどおどした態度の彼は、それでもせっかく入り込んだ場所を離れまいとする素振りである。その様子を見て、さらに言った。

「席を換えろ」

繰り返しの要求である。

「どうしてですか」

うつろな彼の声であった。

痩せこけた頬にくぼんだ眼。白髪交じりの召集将校の年老いた彼の姿が、押しかぶさるように急に自分の目の中に広がった。

ああいけない。この老齢の同胞を、自分は階級によって片付けようとしている。こんなはずではなかった。弱い者をいたわってやらねばならない。彼が反抗する意志がないとしても、自分の権力を振り回してはならない。もうここでは通用しないのだ。肉体的には彼よりずっと若い自分なのだ。自分が我慢すればよい。

まだ席をどうしようかと迷っている彼に、自分はあわてて言った。

「今のは取り消しだ」

言葉をやわらげて、自分は無造作に一番下の床の上へリュックをドシンと置いた。置いた拍子に砂とほこりが、板目沿いに白く浮いた。

二階の大尉の動きは、コトリともしなかった。

我が方に我儘ありて恥入りしこの我を見む我儘のわれを
陽の落ちて家根の彼方に星光る点呼の刻の今日は遅かり
火を寄せて物焼く人のいつかしら散り果てて夜は静かに更ける

幾回も汗を拭きつつ釘打てど堅木なるらし釘の曲りて

休みには必ず強き雨ふれば水浴もなくただうずくまる

尺八の音もききなれてうつぶせばこおろぎ鳴きて侘しかりけり

炎もえて電灯よりも明るかり大き幕舎に寝そべる頃は

十月二十一日

今日もまた昨日に似たる雲の峰の海の彼方に立ちにけるかな

夕暮れは海面の色濃くなりて空はほのかにけむれる如し

海月《くらげ》などの数かぞえつつ桟橋の真白き板に今日も腹這ふ

十月二十二日　　**湖水付近の埋め立て作業**　**野草を噛む**

今日の作業は湖水の近くで穴埋めの作業だった。

動けばすぐに汗が噴き出る赤道直下の島である。名も知らぬこの島の湖のそばにトラックを止めての作業である。

高司大尉と二人でバナナの木の根元を掘っていると、その株の形が日本の里芋の根によく似ていると思えてきた。バナナの実は食用になるのだから、この里芋の根に似た部分はおそらく毒はなくて、食べられるかもしれない。そう思うと居ても立ってもいられない。なるべく若くて柔らかそうな部分を採って、監視兵の目を盗んで草の中に隠しておいた。

正午の休み時間に椰子の木の陰で火を炊いて、この里芋に似たバナナの根を焼いてかじってみた。しかしその形は芋に似ていても味は全く違うものであって、舌の先がひりひり辛いばかりで、すぐに吐き捨ててしまった。

高司大尉も自分も、予想に反したこの不快な味を、顔を見合わせて笑いあった。空腹のために何とかしてこれを満たそうとするわれわれは、まさに餓鬼道におちた者どもであった。自分たちの知識がないことよりも、このバナナの根のあまりにもよく里芋に似ていることが苦々しく思えた。

何処までも長々つづく藻の湖を裸のままで背泳ぎしけり

青バナナの幹を倒して根を焼きて椰子の木陰にむさぼり喰ふ

十月二十三日　日本船を兵器と共に沈める

裸足にて船底ゆけば熱かりき日本船沈めるまひるのいまは

心ぬちふしおろがみつ逝く船にまたたきもせず熱き瞳おくる

真逆様しぶきを上げて船沈む跡形もなく渦のみ残して

十月二十四日　爆弾積み込み作業　オランダ船今日も入港する

爆弾を包みてありし七年前の古新聞紙に人の群れる

日本の文字はなつかし印刷の意味なき文字をくりかへし読む

十月二十五日　二百五十キロ爆弾の積み込み作業

眉の上痛きが如く重かりき米喰はぬ日の五日も続く

巨船つけば港に溢ふるる雑物の品見定むる心哀しも

流れ来る生人参を噛みながら二百五十キロの爆弾を押す

十月二十六日　兵器投棄作業　午後構内作業　夜、野草ヒユを煮て食べる

水の面をしぶきを上げて魚群ゆく雨のはれ間の海のひととき

膝頭ゆるむをしめて爆弾《たま》押せど二百五十キロの爆弾は動かず

言ふまじと誓ひしなるに友どちと顔見合わせて喰ふこと語る

拾ひたるバナナの房に人寄りて固く渋きをむさぼり喰ふ

砂原に踏む足さえも力なしひもじき今日のモッコ運びは

野草など摘みつ夕べの飯足しにわれも火を焚く群れに入りたり

十月二十七日（日曜日）

いね臥して一日居れど空腹はついに満たざり汗かきしまま

十月二十八日

六十キロ爆弾の爆破作業をした昼休みに、監視兵の上衣を洗濯させられる。

世の末に生まれしか今歯をかみて人の上衣を今日洗ひたり

十月二十九日　午前機雷爆破作業　夕食の芋粥に米粒散見する

八日目に米の飯喰むうれしさは三十路に近き男とも思はず

パンの実を火にくすべりつ火を吹きて焚き火取り巻く人の群れかな

十月三十日　機雷爆破作業　二十個処理する

早き夜はねむりもならず野路菊の花思ふことうれしかりけり

十月三十一日

午前中第十四作業隊と共同作業する。

脱走準備完了。

脱走参加人員も定まり、手榴弾の確保と脱走計画が完了した。

脱走時期は自分が指示するとして、口頭では行わず、自分の部室の柱に水を満たした水筒を掛けておくことによって決行の合図とした。

キャンプ内では食料の件について、不足している絶対カロリー量を、あくまでもオランダ側と交渉して確保するべきだとの強硬論が出た。早い話が、炊事責任者を通訳官任せにするのではなく、今までよりも強い態度で、われわれが直接交渉に当たるべきだという意見だ。そして全員の支持を得て自分が炊事係を受け持つこととし、明十一月一日から交替することにした。

このために脱走時期の障害となる恐れも出てきたが、自分は計画について変更はしないことを心に決めた。

パンの木の陰にいねふし上見れば梢残して雲走りゆく

十一月一日（金曜日）　キャンプの炊事長を申し受ける

いねられずこの新しき作業すればにぶりし頭脳の鋭くなるらむ

十一月二日

煙り狂ふ焚き火の側に立ちしまま作業の代わる此の頃思ふ

十一月三日（日曜日）　明治節　タピオカ粉にて汁粉を作る

忙しく炊事の仕事つかれたり朝早くより煙くぐりて

十一月四日

煙くさき作業場に降り飯炊くといへどこの日も米はなきかな

十一月五日　間食にタピオカ団子を作る

裸足にて泥土踏めば冷たかり薪場の割り木運ぶ昼中

十一月六日

なつかしの白雲眺める暇もなく炊飯の煙今日もくぐれり

十一月七日

咽喉かわき水呑みすぎて苦しかり臥せていねれぬ夜更けにあるか

十一月八日

力なく起きて一日動かねど頭の芯の傷みは去らず

十一月九日　　粉ミルク配給す

満月の冴える夜空に雲走りサバンの島の雨期あけんとす

十一月十日　　タピオカにてコロッケ三個宛配給す

月明の空におどろき炊飯けど暁にまだ一刻もあり

十一月十二日

雨の音を夢にききつついねる夜は消えぬ灯火の瞼に痛し

十一月十三日　　戦犯容疑なき者帰国される噂あり

ふるさとへ帰るしらせの届けども吾は還らじ還るとも思はず

十一月十四日

白砂は暁の頃明るかり初雪の降るふるさとに似て

十一月十五日

雨期あけず今日もはげしく天と地と轟々と鳴りて水溢れけり

十一月十六日　**間食にタピオカ団子二個宛配給**

無意味なる生活つづく此の頃は心やさしき我を見出しぬ

十一月十七日　**主食にタピオカパンを作る**

うす月の東の空に残る頃吾毎朝の一人起きかな

十一月十八日

豪雨して眠れぬ今宵又しても寝返り打てば床板のきしめく

十一月十九日　シンガポールより戦犯容疑者百二十三名到着す

南より捕はれ来る人中に吾を知りたる人々の多し

十一月二十日

井伯中尉以下百七名を送る。この戦友たちは戦犯の容疑なく、晴れ晴れとした顔で出発した。

去るてふと語れど去らぬ吾なればうつし世はまた夢とかわらず

十一月二十一日　下痢あり

力なく何だか気だるき真昼中あぶら汗して庭歩きたり

十一月二十二日

灯をつけて暁の海船行けば去りにし戦友の幸いを祈る

十一月二十三日　粉ミルク一杯宛配給す

たそがれに未だ騒ぎつつ釜の辺をめぐり働くわが仕事かな

十一月二十四日　焼めし、タピオカのおはぎ四個宛配給す　小生の誕生日

我が生まるこの日彼方のふるさとの母は変わらず吾を待つらん

十一月二十五日

忙しくあけくれすごす此の頃はわれふりかえる暇もなきかな

十一月二十六日

未だ小さき妹などの夢を見る暁近きブラックキャンプで

十一月二十七日

目に痛きみどりの青葉かがやきて今日一日も暮れ逝かむとす

十一月二十八日

ふるさとの粉味噌の桶　蓋あればただなつかしく二度裏返し見る

十一月二十九日

思ふことも為すこともなく来る日をば迎へ送れる昨日今日かな

十一月三十日　粉ミルク一杯宛配給す

掻き混ぜるミルクの湯気の香り来てドラムの缶のこの湯気に浮く

十二月一日

炎見つつかまどの前に立ちつくす朝の静かな人めざむ頃

いそがしく歌も作らず走る日をわずかに割きて歌書きなぐる

糧食の不足となりて吐息せど力及ばず捕はれの身は

野草切る手許を見ればふるさとの養蚕《むし》飼ふ若き父をば想ふ

岩のごとく硬き粉牛乳《ミルク》を叩きいる人たちの背に汗の流れる

火の前に裸像の群れてお茶を飲む起床の頃の人のざわめき

青バナナ雨のはれまの鮮やかさ丘の真上に伸びて動かず

十二月二日

雨降りて雨だれの下人集ふ水浴のなき水乏しき此の頃

十二月三日

愚かなる人を相手にさわぐこそ吾もいやしき者といふらむ

十二月四日　**カロリー不足につきオランダ軍曹と交渉すれど相手にされず**

カロリーのこと争ひて淋しかり敗けたる国の敗けたる吾は

十二月五日

垣根越し割木を投げるその彼方巨象の如き白い雲立つ

十二月六日

標識の赤いともしび飛行機の空行く見れば故国を想ふ

十二月七日　脱走して死せる部下たちへの回想

昨年の今日、北スマトラ、パンカランブランタンの憲兵隊宿舎でのことだった。早朝の日直下士官の報告によれば、北村、梶川、上馬場《うえばば》の三軍曹と宮口伍長が、十四年式拳銃を持って脱走したとのことだった。

いずれは隊員の中の誰かが、いつかこのようなことを引き起こすであろうことを予想していた。そして、実際にこの状況に遭遇してみると新たな感慨があった。

「やったな」

そうした安堵とも心配ともつかぬ気持ちが交錯して、自分は一人、隊長室の中で思いに沈んだ。一度は皆で力を合わせて、終戦後の行動は歩調を合わせていこうと誓い合ったはずであった。しかし、敗戦後の混沌としたスマトラ現地の状況は、ただ軍方針のみに頼るべきではないというような事件が頻発した。

その主なものは現地人の暴動と独立運動であり、日本軍将兵の脱走であった。一口に暴動といっても、その中にはさまざまなものがあった。現地人だけのものと、脱走日本兵を加えた混成のもの、また現地人同士でも旧オランダ勢力派と民族独立派の血で血を洗うがごときの対立もあり、そしてもう一方では中国人勢力の武装などもあった。そのいずれも武器を必要として日本軍に強要したのだ。日本軍は連合軍から治安維持の命令を受けていたのであるから、とてものこと武器を供与することはできなかった。日本軍の拒否態度を不満として、暴動の矛先がわれわれに向けられたのは、むしろ当然の帰結だった。終戦前にインドネシア人の独立心をあおった日本軍は、自分自身が窮地に陥る事態に巻き込まれていたのだ。原因があって、しかしてこの結果があるのだ。

この状況でのわが隊員四名の離隊は、時期を誤り、場所の適切を欠いたうらみがあった。であるから脱走してしまった後の対応は、放任してただ運を天に任せる以外に方法はない。もちろん軍司令部への報告はしなかった。最悪の場合われらも、あるいはこの四名と同じ道をたどらねばならないかとも思ったりしたからだ。

ところが数日後、意外にもメダン駐留の英軍から自分名指しの呼び出しがあり出頭した。そこで、わが隊脱走者の一人、上馬場軍曹が英軍に逮捕されていることを知らされた。そしてハワイ生まれの二世軍曹が、たどたどしい日本語交じりの英語で質問した。その意味を要約すると、わが隊四名の脱走者に対する嫌疑は次のようであった。

「脱走に名を借りて、インドネシア人の独立運動に参加、これを指導しているのではないのか」

といった詰問であった。だが自分は状況を判断して答えねばならなかった。

「個人的な意志から、連合軍に降服するのを嫌って脱走した」

そう答えて帰ったが、その後を追いかけるように連合軍の命令が来た。

「貴官がそれを証拠立てるなら、本人たちを速やかに帰隊させよ」

メダン駐留の近衛師団を通じて、難題を吹きかけてきたわけだ。師団参謀もこの命令には困り果てて、板挟みになってしまったのは申し訳ないことであった。自分はわが隊残留者が無事に帰国できるためを思って、やむを得ずこれを承諾して離隊者の行方を探すことにした。

わが隊員の努力によって、逃亡者の居場所はしばらくして、大体のところは判明した。その行動範囲は他部隊逃亡者の縄張りと重複して、憲兵なるがゆえに、わが隊逃亡者は嫌われて、相当な圧迫を受けているとの情報も入手された。

さらにすぐ次の的確な情報によると、わが隊離隊者はすでに、ほかの逃亡日本兵に殺害されたという報告であった。

殺害した日本兵というのは原住民集落の青年を集めて警備隊を組織し、自ら隊長としてその集落の警備と軍事教練の教官となっていた。

その地区にわが隊逃亡者の憲兵が割り込んだので問題が発生した。彼らは憲兵の脱走を妨害行為、あるいは欺瞞《ぎまん》行為と判断して、これを抹殺しておのれの勢力維持と自己保全を図ろうとしたのだ。

「憲兵に地位を譲る」

そう欺いて河原の油田地帯に誘い出して、月明かりの下で三人を殺害してしまった。まだ呼吸している者を土中に埋めたことが確認された。そこでわれわれは軽機関銃を含む小銃一個小隊をもって、この集落を強制捜査した。その結果、わが隊三名の遺体を土中から発掘することになった。

発掘した遺体は河原にたくさんの薪を積み重ねて、重油をかけて火葬に付した。われわれ憲兵隊員一同が見守る中、遺骸の黒煙は、遠く日本を離れたスマトラの殺伐たる草原地帯の空に高く昇っていった。そして、皆のため息とともに消えてしまった。

逃亡の前日には、北村軍曹が自分のところへ言いにきた。

「隊長殿、虫歯を治しました」

わざわざ自分の部室に見せにきたのが、昨日のことのように思える。その金冠が、まさか日本の父母へ送る遺骨となろうとは思いもよらなかった。火葬後に探したその金冠が、色あせもせずに白骨に交じって光るとき、自分はただ暗然として涙をのむだけだった。

また宮口伍長は二十二歳の最年少者で、万葉集を懐に忍ばせていたのも、人一倍哀れであった。出身地は長崎県で、母一人、子一人の二人暮らしであった。後日このことを知ったら、母君はさぞかし歎かれることであろう。

梶川軍曹は年少の割合に洒落者で、黒ぶちの眼鏡の奥に近眼のくせのある目をしばたたかせ、よく風紀上の問題で自分に叱られたものだった。そして遺骸の左手の指にあった太い金の指輪が哀れだった。

こうして死んでいった者たちの生前の面影が脳裏から去らず、この人たちを預かる自分としては、敗戦という結果が恨めしく思われるばかりだった。予想し得ない数々の出来事が起きて、心の支えとして頼るものもなく、宙に浮いてしまったような気がしたものである。過去において心身を鍛えたはずの、日本軍将兵の心のあり方にさえ疑いを持たざるを得なかった。

三人の遺骨を持ち帰って、隊の庁舎で棚に安置した。残った隊員たちが、彼らの見えない姿を見つめて話し掛けても何も応えなかった。涙に咽《むせ》んだ、つましい告別式だった。そして窓の外には火炎樹の花が真っ赤に燃えていたのも、つい昨日のことのように思われる。

終戦前までは生命を戦場に散らすことを軍人の華とした。しかるにこの人たちは、敗戦という惨めな環境の中で、同じ日本人の手によって異郷の地で無念の死を遂げたのだ。自分は殺害した日本人を憎むよりも、このような状態にまで追い込んだ人間の世界を憎む。

自分自身が生きるために、あえてなされたであろうこの行為は、現実に人間の心を鬼畜道に追いやった結果かもしれない。そうであったとしても、忌まわしい戦争が生んだ産物としては、あまりにも悲惨なものと言わねばなるまい。戦争が終わっているのであるなら、戦場で命を散らさずに生き残った若者たちを、神はどうして殺さずに生かして日本に帰らせてくれなかったのか。

あれから一年、今日はその彼らの脱走した日である。三人は死亡して、一人は英軍に捕らわれて、噂によればシンガポールに収監されていると聞く。

そして今、自分もまた同様に脱走者の道を選ばんとしている。

うつろなる心に似たり空に浮く雲の群あり行方も判たず

ひとめぐりめぐり来りぬ去る年の去れる部下等の師走のこの日

九章　野路菊の灯り

1　夢のまた夢

十二月八日　大詔奉戴日

勝つ為に立ちしこの日は夢なりきされどはかなし夢のまた夢

朝月のまろき姿を見上ぐれど千切れる雲に乱れる我心

生くる身をうれしと泣ける吾なるに同じこの身を嘆く今かな

十二月九日

オリオンの星の光るを見上ぐれば秋の河原のふるさと想ふ

十二月十日

雪の如く照り返す屋根真白かり輝く月の空昇る頃

十二月十一日

欠け割れし月の姿は見飽きねどいまのくらしに疲るる我かな

十二月十二日

うす月の面かすかに雲掃けばブラックキャンプのくらし忘るる

妹と机に寄りて本を見るふるさとの夢幼き頃の

眩む程地表の燃えて激しかり陽炎に動く人影ののろさ

十二月十三日

煙たさに顔のゆがみの癖つきぬひるのさ中に人の顔見ても

十二月十四日

泥色に動かぬ海の面見ゆアチェの山の青く浮かびて

十二月十五日

つるべ汲む夕ぐれの頃草の葉の陰に光れる円く赤い実

十二月十六日

真南の十字の星の輝けばスマトラに暮らす五歳を想ふ

十二月十七日

いつかしら本を抱きて眠り落つひるやすみする部室に汗して

炎抱きてかまどの前に立ちふさぐ裸の肌は油塗れし如く光る

野路菊の花忘れざる我なれど落ちぶれしこの今の身想ふ

十二月十八日　米配給ありて朝食に米飯を炊く

三日月の夜毎に丘へ近づけり細い真菰を黒くかざして

母の傍めし喰む夢を見る朝は顔洗ふ間もふるさと想ふ

十二月二十日

蚊帳張りにうつ伏せながら眼つむれば夢の彼方にひぐらしの声

十二月二十一日

朝の間の仮寝の夢にうなされて窓もれる風を夢とまで疑う

十二月二十二日

幾筋も背中に垂るる汗の跡を尊しと吾今日もおろがむ

十二月二十三日　宗方曹長、垣藤軍曹呼び出しの指名あり

また二人我部下の去る報せ受け暗然として何もいふことなし

十二月二十四日　上馬場軍曹シンガポールより到着する

うれしさと悲しさと重なれり一人還りて二人去る今宵

今日はトラックで宗方曹長と垣藤軍曹が連合軍に連行された。処刑されることはないにしても、入手する情報は嫌なことばかりだった。連合軍の裁判の実際を見たことはないのだが、推して知るべしではなかろうか。

彼らとは別れの挨拶どころか、見送ることも制止せられた。それでも何とか監視兵の目を逃れて、道沿いの鉄条網の内側へ走り寄ってトラックの上の彼らへ手を振った。そこには宗方曹長以下十三名が乗っていた。

砂煙を上げながらスピードを出して遠ざかっていくトラックの上では、群れをなした彼らが各々立ち上がって、交互に白い防暑帽を振っていた。彼らのあの姿が、どうしても自分の脳裏から消え去らない。キャンプ近くの直線コースから海沿いに左へとトラックは曲がって、バナナの葉の繁みの陰に見えなくなっていった。

彼らの去った後には、うっすらと白い砂煙が残ったかに見えたが、海からの風でそれもたちまち消え去ってしまった。鉄条網に寄ったままの姿で、自分はしばらくこの場所を離れられずに、トラックの姿を消したバナナの葉の揺れるのをじっと眺めていた。

思い出せば去る一月、メダン飛行隊の軍曹を殺人罪で、スマトラからシンガポールへ護送するときだった。宗方曹長は個人的所用のある由をもって、その護送勤務を自分に命じてくれと願い出た。けれども自分はこれを拒んだ。

「個人的な理由により公の勤務を利用してはいけない」という理由であった。

自分の拒否した行為がどんなにか宗方曹長を落胆させ、その心を暗くさせたことか。しかしこの場合は、彼のみにそのことを許すわけにはいかなかったのだ。多数の隊員を統御することができなくなる恐れがあったからだ。

今にして思えばみんな夢のような出来事だった。そして彼らを見送った鉄条網に寄り添って、こんなことを思い出しながら立っている自分がいかにも哀れで寂しく思えた。

すでに谷本曹長が去り、宗方曹長と垣藤軍曹が今日去っていった。こうして欠けてゆくわが隊の隊員たちの中で、最後には誰と誰とが残るのであろう。

網膜にまだ残りけり帽子振る部下等の姿貨車に去れるよ

千切れる程帽子振る手もかくれたり道辺に繁るバナナの葉陰

今次こそ永の別れとなるならん只に手を振る囲いの中で

尽くすべきつとめ果たさず吾部下を見送る吾の心哀しも

悲しみも憂いも今は思はざりと誓いしなるに吾頬の濡るる

十二月二十五日　クリスマス　作業休み　ぜんざいを作る

生くること既にのぞまぬ我なるに今日の迷ひを如何ともし難し

十二月二十六日

どす黒き雨雲垂れて海の面は空と一つに荒れ狂はんとす

十二月二十七日　日本海軍保管になる松茸の缶詰を支給さる

星を見つつ煙吐くかまどに立つ我の足下をいま冷たき風吹く

十二月二十八日　粉ミルク配給す

吠え狂ふ波は丈余の岩に裂け垂れ下がる雲はこの波を圧す

煙る如く飛沫は跳びて波狂ふ風なき夕べサバンの島は

十二月二十九日　万国赤十字を通し日本へ葉書出す

今日もまた岡の真上に風吹きて招くが如く莠靡《なび》きぬ　（莠＝えのころぐさ）

白雲の彼方はるけきふるさとへつづく空想ふサバンの日和

祈る刻《とき》いつかまどろむ此の頃は心静かに何も想はず

十二月三十日

四国に地震の津波ありしときく。多数の死者あるらしい。死せる人たちの冥福を祈る。

荒れ狂ふ磯の白波今日もまた岩に砕けて砕けて散りぬ

荒海を見入り鉄柵に立つ夕べ太い息する吾を見出しぬ

十二月三十一日　第三回目の演芸会あり　西本放送記者の模擬放送を聞く

日の暮れて歳逝きにけり鉄柵の側に口開け荒海を見る

此の頃は海を見るこそ楽しけれ話す人なく只海を見る

2　連行

昭和二十一年一月一日　四方拝　タピオカの雑煮を作る

（四方拝＝元日の朝に天皇が天地四方を拝して一年の無事を祈る宮中の行事。四大節の一つ）

新しき年は明けそめこの幕舎の吾身と人を思ひけるかな

ふるさとは彼方なるらし四百の捕われ人の陽を拝みたり

包みをば手解き折り目のあるままに白い衣着て故国拝みぬ

野路菊の残して呉れしお守りの袋に見入る元旦の朝

楽観をする人々と議論して淋しく吾は床に横這う

久々に席にもどりて歌などを記するひまあり元旦のひる

我土地に近き人やと尋ねしに余りに異ふ姓にありけり

一月二日

黄昏《たそがれ》て垣根の外に吹く風は次々と葉裏ひるがえしゆく

一月三日　多田丸通訳官メダンへ連行の達しあり

降る星の夜空の下に集ひけり又明日送る愛し部下の為に

肩並べ膝を合わせて語る夜は十三人してパンの欠けら喰ふ

粛々と風の吹く下顔寄せて別れを惜しむ島の夜かな

一月四日　多田丸通訳メダンへ連行される

別れの会合は、各自タピオカ粥を持ち寄って例の小屋のそばでやった。土の上に細長い板を敷いて、その上に黒い飯盒《はんごう》を並べた。片膝を立てたりあぐらをかいたりして、手製の木のスプーンでこの熱い粥を吹きすすりながら、みんなとこれが最後だとささやき合った。

「どうか、へこたれないでなあ」

「頑張ってくれよ」

そう皆が口々に励ますと、もう四十の坂を越した多田丸通訳は元気に言った。

「なあに、殺されるようなことはないですよ」

希望的な予想を話していたが、耳の上には夜目にもはっきり見える白いものが痛々しい。

こうしてまた明日、わが部下の一人を連合軍の法廷へ送る。

戦争に敗けて、収容所の中からこのようにして強引に引き裂かれていく隊員たち。抗しても抗し得ぬわれわれの運命はただ、戦勝国のなすがままにおのれの身を任せる以外に何もない。しかも裁判という美名の下に。

ともすると途切れがちなわれわれのささやきを、すぐ北側の黒い岩礁に、インド洋の波がゴーッと当たって砕ける音がして打ち消した。

一月五日

溝の面に陽の射し込みて輝けば和みし春の小川を想ふ

水の面に真白く小さき塵の浮く溝の流れと共に曲がりて

一月六日

月走り雲走り去る今宵またサバンの島に風の吹き抜く

一月七日

あかつきに森の彼方へ月入れば西が日の出の空かと見違う

一月八日　監視兵「小虎」暴れて人を傷つける

我運命如何になるやは知らざれど今宵も澄める月を見上げぬ

一月九日（木曜日）

珍しく今朝は風なく磯の辺ものたうつ波の静かなりけり

一月十日（金曜日）

真昼間はしんと静まりみどり葉の僅かに動き陽の照り盛る

一月十一日

動哨をのぞく朝餉の暇ありき雨近きらし雲低うして

一月十二日

水掬うその度毎に音のして今朝のしじまも破られにけり

一月十三日（月曜日）

豪雨して屋根も地面も沸ける如くただ音たててときのすぎけり

一月十四日（火曜日）

降る星の夜空の下に語りけり我が生くる身のこと想ひつつ

一月十五日（水曜日）　我が脱走意図を隊員に告げる

パンカランブランタン在隊当時の全員が、夜、例の場所（鉄条網のそば）へアンペラを敷いて会合した。

ここへ来てすでにわが隊は市田曹長をはじめ、五名の曹長と一名の軍曹と通訳という、隊の幹部の大半を連合軍に拉致されていた。これとは別に三名の軍曹と二名の伍長を失い、残されたのは自分と光井准尉を除けば、ほとんど戦犯容疑の可能性が少ない者ばかりだった。その数は合計十三名である。

よってわが身の処置について、脱走することを明らかにして、各人については無事に内地帰還の可能性が大きいことを強調した。しかし隊員たちは自分の脱走に反対して、しかも脱走者メンバーの中に性格不明な他隊の納得し難い者もあるとして、自分たちも参加させてくれという話も持ち出された。自分の身の上を思うて死地にともに飛び込もうという気持ちはありがたかったが、その参加は受け入れなかった。何ら戦犯容疑のない人たちを、どうして自分同様死の淵へ誘うことができ得よう。君たちはもう少しの辛抱で日本へ帰れるのだと、繰り返しなだめた。

常会を開くなど言い笑いつつ愛し部下集ふ星の夜のもと

一月十六日（木曜日）　我脱走の旨を打ち明けたるため、隊員の忠告しきりなり

愛し部下の忠告受くる宵なりき夜空を高く雲の流れて

一月十七日

のたり打つ海辺の今日は静かなり凪のサバンは雲なくはれて

一月十八日（土曜日）

夜風吹く食台の上腰おろし肩を並べて友どちと話す

一月十九日（日曜日）　谷本曹長を夢見る　野路菊を想ふ

この宵も部下の集ひて声ひそめ涙を流し吾をいさめり

一月二十日　鳳凰の舞ひて我を慕ひ寄る夢を見たり

花咲かぬこの島の辺のみどり燃えて今日も静かに磯の波打つ

野路菊の花想はるる此のひるは昨夜のゆめと思い合はせて

一月二十一日（月曜日）

寝汗して目覚める朝は屋根を打つ小雨の音の侘しかりけり

一月二十二日（火曜日）

蘭印最高指揮官の視察あり。

絶対カロリー量の不足。

われわれの作業に従事するためには何カロリーが必要であるのか。キャンプ内の砂川軍医中尉に尋ねて確信を得た後、オランダ側と交渉したが一向にらちがあかなかった。

不審に思ってよく調べてみると、通訳が、独り判断をして勝手に自分の意図を先方に伝えなかったことが判明した。自分の追及態度がオランダ側の感情を害して、逆効果を来《きた》すのではないかという杞《き》憂《ゆう》からであった。

それならばやむを得ず非常手段を講じてやろうと、倉庫から食料搬出の際にタピオカ粉と乾燥野菜を掠《かす》めて、キャンプ内全員の支給量の割り増しをして何食わぬ顔をしていた。

ところが倉庫に出入りしていた係のオランダ軍曹が、われわれに配給する食料をピンハネしている事実を知ったのである。それならば、自分の行為がよしや発覚したとしても彼と刺し違えできると、たかをくっていた。幸いなことに蘭印最高指揮官が今日キャンプ内の視察に際して、われわれへの供与が万国赤十字の定めた量より遥かに少ないことも知った。これは本日の食事定量が平常より数倍も増したことが、何よりの証拠だ。

特に日本人の主食であるべき米の量が皆無であることと、献立の内容が毎日同じ乾燥ジャガイモと乾燥野菜の繰り返しであるのは問題であった。自分は炊事係として何とかこれを解決したかった。それで、非常手段ではあったがキャンプ外より各自が椰子の実の持ち込みをしてくれるように協力依頼をして、さらに未熟パパイヤの持ち込みで副食の漬物を作ったりした。このようにして幾分でも食料の量的補充による満腹感を得られるように留意した。

雨降れど東の空は明るかり凪になるらし此の頃のひる

まな部下の今宵も集ひいさめけり我なすことを違ひなりとて

話終へて立ち上がるわがその袖を潮にぬれたる風の吹きぬく

一月二十三日（木曜日）　豚肉調理のため、朝の一時半まで作業

舟のりて川瀬を上がる夢見たり野路菊想ひめざめし朝は

一月二十四日（金曜日）　脱走せんとす　されど同行者そろわず不能と終わる

荒海も凪の真海も同じかり海吹く風は今日も北なるに

招きつつ呼びかけつ　なぐさめつアチェの山は今日も立ちたり

諦めはすべて涙となるものを諦め切れず今日も涙す

わがものは凡て捨てしと想ひしに義理と情けのきずな切れざり

吐息して腕こまぬきて吐息して海の荒るるを今日も見つめり

火星高く仰向く程になりぬれば鉄柵の外すだく虫の音

一月二十五日（土曜日）　脱走の機を窺う　心重苦し

我心救へず我は悩みつつ地にうずくまり砂に文字描く

もの想ふ我にありけり何時かしら吐息する程物想ひけり

諦めし命なりしに又しても黒くうごめく吾心かな

斯かる日は心静かに野路菊へ祈るときこそ吾心なれ

一月二十六日（日曜日）　ぜんざいを作る

並ぶ人のそのこと真似ていねたれどもの想ふ身の吾はねむれず

一月二十七日（月曜日）　脱走果たし得ず　悩みぬく吾心救えず

吹く風も降る雨さへも此の頃は心ゆさぶるものとなりたり

一月二十八日（火曜日）　隊員の忠告止まず

愛し部下の心裏切りうち秘めて哀れこのわれただの人なりき

一月二十九日

苦しみの日を繰り重ね経ちにけり吾心もて吾心見つめつつ

一月三十日（木曜日）　炊事長の申し送り

炊事長を辞退して、磯村少佐へ申し送る。

任務終へて話高々部下達と茶を酌み交わす今宵なりけり

一月三十一日（金曜日）　脱走を行はんとするも今宵果たさず

雨降りて胸ときめかすこの宵も又破らるる月の光りに

二月一日　脱走未遂

脱走せんとす。またしても果たせず。

脱走に当たっての所持品は乾パンと水筒とタオルのみ。せめて日記は故郷に残したいと思い、全く関係のない山村判事に託した。

わが隊員とか自分をよく知るものに依頼すれば、自分が脱走することの露見は必至である。

三月ぶり垣根の外の珍しくまぶしきみどりの木の葉招けり

心既に決まり動かず凪ぎし日の真海の如く静かなりけり

吾去るをききて部下等は恨むらん愛し部下等の心にさからへば

涙して嗚呼涙してこの吾をいさめて呉れし部下等よ赦せ

死ぬる身は生くる道にぞありにけるこの吾も又日本人にてあれば

人をしも恨みはすまじ己が身を使い果して天にぞ還らん

野路菊は己が心を知る故にこのこときさて恨みはすまじ

いつまでも生くるそれまで祈ることの絶ゆることなし野路菊の花へ

肉腐して消ゆるこの身にあるなれど只に残さん野路菊への灯

吾夢は夢にあらざり野路菊の青き花弁今もて咲けば

二月二日（日曜日）

恨むもの月にありけり又今宵恨みを呑みて更けにけるかな

二月三日（月曜日）　道路作業

梢洩れる月の光に似た道を工事為しつつ森の奥へ進む

白雲の空に太るを見てあれど雨も来らず風も吹き来ず

二月四日（火曜日）

登る坂胸先くるしいつかしら汗のからだに湧く程流るる

二月五日（水曜日）　監視兵「抜作」よりチョコレートをもらう

萱の穂の伸びて砲台さびにける戦終へて二年すぐれば

魂を打ち込み磨き手入れせし海の防人いまはいづくか

二月六日（木曜日）　木の実

秋の日の山峡を思わせるような薄暗い谷間を通って作業に向かう。谷の両側に並び立つ木々は、その巨大で白い幹を真っ直ぐ空に向けて伸ばしていた。そして枝を四方に張って、赤道直下の熱い太陽の光をさえぎっている。この幹には、ドス黒く不気味な形をした蔦が、そこを離れまいとしてへばり付いていた。

これらの木の下を通りがかったときに、風もないのに高い梢からヒラヒラと大きな白い蝶のようなものが幾つも舞い降りてきた。

手にとって見ると木の実である。大きさは幼い子の手のひらくらいで、和紙を薄くしたように白く透き通っている。まるで羽根のように見えるその片隅には、小指の先ほどの堅い茶色の核が付いていた。この核が全体の重心をとりながら、蝶が舞うように落ちてくるのだ。

振り仰ぐとなおも梢から、みどり色を背景にして白く光りながら、この美しい木の実が生き物のように乱舞して地上に落ちてくる。まるで木々の命をつなぐように絶え間なく。

何という美しさだろう。吾々は思わず歩行を止めて見とれた。そのひとときを、監視兵の叱咤さえも忘れたかのように。

蝶の如く木の実の散りて山の森のふるさとに似て秋をば想ふ

二月七日（金曜日）

風靡く茅の原を横切りて椰子の実探す日本人あり

二月八日（土曜日）

風吹きて病葉《わくらば》とべば胸先をかすめるものはふるさとの秋

二月九日（日曜日）

三月ぶり海に入れば潮の香のかぎ足りぬ程なつかしきかな

二月十日（月曜日）

切り株の根元に腰をかけおれば朽ちし落ち葉のかおりあふるる

二月十一日（火曜日）

ふるさとの方に向ひておろがみぬ紀元節の今日涙こぼしつつ

二月十二日（水曜日）　脱走今宵も未遂

押してこそ扉開かる運命も明日に見らるる死か又生か

明日知らぬ人の生命のおかしさは一人想ひつつ一人笑ひつつ

ひろごれる雲の流れを見上げつつ我歩み来し道ふりかへる

ふるさとは冬の最中にあるならむましろき雪の尺余に積りて

子にてあればいつも親達想ふらむスマトラにまだ生きている吾を

つくし得ぬわれにありけり日の本の民に生まれし吾にてありしに

二月十三日（木曜日）

うつし世はまさにうまけれくらす人の心わずかにかかわりもなければ

二月十四日（金曜日）

星めぐる空を見上げて吐息してまだ生くことを今宵も想ふ

二月十五日（土曜日）

種痘あり。歌日誌の鉛筆の消ゆるを案じて、ペンにて撫書して整理す。

ひげ伸びて鏡のぞけば眼はくぼみわがやつれいる姿見出せり

二月十六日（日曜日）

やせたりと人の謂ふことききつつもわれ一人して微笑み見たり

二月十七日（月曜日）　脱走まだ諦めず

人間は誰でも死なねばならない。死ぬべき運命を持っているもの、それが生きとし生けるものの定めである。

小ざかしい智慧を持つ人間は、何とかしてこの運命から一刻でも逃れようとあせり、もがいている。そのために多少なりとも人生の問題に関心を持つ者は、誰しも「死」という問題について考えている。しかし考えることは考えても、まだ死に直面しているわけではないと思い直して、自分の心をだましたりする。それを思う恐ろしさから、つい自分をだまして、そうしたことは忘れようとしているのである。

吹く風の北か南か今宵また一人かかずみ空を仰ぎぬ

二月十八日（火曜日）　オランダ女王誕生日

つるはしを振りつつこの日も暮れにけりサバンの苦役八ヵ月も続いて

二月十九日（水曜日）

はる、なつ、あき、ふゆの本を見る落ちぶれし身に涙流るる

二月二十日（木曜日）

草むしる爪の痛かり目つむれば瞼に浮かぶ野路菊の花

汗落つる額を腕にこすりあげ椰子の彼方の雲を見るかな

乙女等の袖振る如く若椰子の豊かな枝の風に靡きぬ

二月二十一日（金曜日）

尻つきて小石拾へば頬の辺を吹きすぎて行く風のつめたさ

道へこむ水の溜りに手をつきて道路工事の苦力となりたり

桃色の鳳仙花咲く垣根にてうづくまりをれば故郷おもふ

二月二十二日（土曜日）

つるはしを振れば石割れ我腕の骨の芯まで響き来るかな

汗の肌へ岩の粉とび斑《まだら》なりつるはしを振るサンゴ礁の道

二月二十三日（日曜日）　　脱走未遂

海の底へ沈むが如く眠り落つ日曜の日はひねもすいねりて

二月二十四日（月曜日）　英国人よりラッションをもらう

（ラッション＝携帯用の圧搾された食料）

口笛を吹きたき程の日和なりブラックキャンプの溝を掘りつつ

二月二十五日（火曜日）　部下の兵長の頭上に椰子の実が落ちて驚く

打倒る我部下のもと駆けゆきて息つくことも忘れたるかな

軽き故に打笑ひつつ離るれど胸のどよめきしばし止まざり

二月二十六日（水曜日）　パンの木

「あそこにパンなっていた、早う行ってもいで食おう」

そんな童謡を子供の頃歌ったことを覚えている。

そのパンの木がこの島に生えているのだ。葉は八手《やつで》と無花果《いちじく》の中間くらいで、見上げるような喬木《きょうぼく》である。成熟した実の大きさは西瓜くらいで、表面はざらざらした薄みどり色をしており、無造作に大きな葉の陰にぶら下がっている。

これを作業の合間にひそかに取っておき、昼の休憩時間になってから丸のまま火の中に投げ入れる。しばらくしてから表面が黒く焦げて実が柔らかくなる頃、火中から取り出して真っ二つに割るのである。ほかほかと熱い湯気の立つ白い果肉を口に入れると、北海道のジャガイモのような柔らかい舌触りと、薄甘い味がして噛まないまでも、とろっと口の中で溶けていく。餓鬼道にあえいでいるわれわれにとっては本当の珍味であり、食欲を満足させてくれた。その名のとおり、パンのごとき木の実であった。

パンの木の下に一日仕事してパンの木仰ぎ帰り来にけり

二月二十七日（木曜日）

草の根を鍬に叩きて暮れにけりサバンの町の道仕事せば

二月二十八日（金曜日）　**われわれをサバンより移動するという噂あり**

むんとして草いきれする背戸裏の地べたに這ひて草叩きたり

三月二日（日曜日）

日曜日であったが二回海水浴に行く。

わが脱走計画に部下の伍長と兵長が同行せんとす。

夕食後にキャンプの外で荒海伍長と松田兵長の二人が、自分の脱走にぜひ参加させてくれと申し出た。

「君たちはこのままでいれば無事日本へ帰れるのだから、参加の必要はない」

このように言って拒否したが、二人はどうしても参加させてくれという。その主な理由はこうであった。

「脱走参加者の中で、一軍曹の行動に疑問を持つ」

そういう懸念を持っていた。

そして二人は自分の説得にも頑として意志の変更をしなかった。自分は二人の厚意に謝して一応承知したことにして別れたが、このような二人をどうして巻き添えにすることなどでき得よう。二人の参加の意味は、九九パーセント死への道連れにする、ということなのだ。自分としては絶対にそんなことはできない。それが人として許されるはずもない。

二人が言うように、たとえ不穏分子が参加者の中に紛れ込んでいようとも、第一次脱走成功後は次々に手を打てる確信はあった。

そして、隊員たちが最後まで自分のことをかばってくれる心情に感激した。

この夜はなぜだか星のきらめきが眼に痛い。

夜遅く、脱走参加者中のさる軍曹たち二名の脱落の申し出があった。


今宵又苦しみ一つ増えにけり吾部下二人吾につづくと

三月三日　最終戦犯者の確定

一昨日のこと、構内の一隅の空き地、約五十坪ばかりに鉄条網を張り巡らせて小屋を造った。

聞けば、この小屋に現在いるわれわれの中から重要戦犯者を抽出して隔離するとのこと。その真偽を確かめるために監視兵を買収して、情報を聞き出した。

その結果、噂の内容は真実であることが判明した。高等官以上の作業隊が一昨日この使役に出て、やりきれない思いで働いた。

「新しい檻《おり》は居心地が良さそうだ」

そんなふうにわざと冗談を言ったりして、その思いをまぎらした。

そして今日、運命の朝に所長からの命令があった。

「全員各自の衣類および装具を持って舎外に整列せよ」

とうとうその日が来たのである。

予期していたことがいよいよ明らかになるという不安と焦燥がキャンプ内に溢れ返り、瞬時にして火の着いたような騒ぎに包まれた。それがあまりにも騒然とした有様なので、オランダ側の手前、槌本通訳が一人気をもんでキャンプ内を駆け巡り静かにするように説得した。しかし、それはなかなか徹底しなかった。それでも騒然たる中に各人の準備が終わる頃には、ようやくいつもの平静さに戻っていた。

狭い構内に四百人余りがぎっしりと整列すると、所長は高い箱台の上から通訳を通じて該当者の呼びだしにかかった。アルファベット順に並んだ列の中で、自分のすぐ後には滝中司政官がいた。この人は元鉄道輸送隊所属で、長野県の出身という。

自分の後から耳に口を寄せて言った。

「大尉どの、どうか俺の名前が呼ばれるときには、あなたが代わって聞いてください」

「どうして君が聞かないのか」

「イヤ、とても自分は怖くて聞くことができません」

「聞いてやってもよいが、何も心配することはないだろう。どうせ君も呼ばれるに決まっているのだから」

笑いながらからかうと、彼は顔を蒼白にして、弱々しい眼に不安を漂わせて落ち着かない様子だった。

所長が日本語の片言交じりで隔離される人の名を呼ぶと、通訳が同じく明瞭に階級を付け足して、さらに念を押すようにして再度読み上げた。呼ばれた者はリュックサックや水筒、飯盒、缶詰の空き缶等を持って、一昨日建てた新しい小屋の鉄条網の前に進んだ。その人たちは、諦めてはいたもののそれでも一縷《いちる》の望みを抱いて、もしや日本へ帰れるのではなかろうかと思っていただろう。それが今はっきりと重要戦犯該当者として抽出され、その心中やいかばかりであろうか。そしてその指名が、A、B、Cの順を追って刻々と自分にも迫ってきた。

次々に呼ばれてアルファベットもTの項に入る頃、ふと後ろを振り返ると、哀れにも滝中司政官はリュックを地べたに降ろしてその陰に消え入るようにしていた。両手でしっかりと耳を押さえて、立てた両膝の間にその顔を埋めているのであった。おそらく心中では大きな恐怖におののいて、身体の震えがやみ難いのであろうと見えた。

この人は然る日の消灯近くなる頃に、キャンプの外に出て空に向かって両手を合わせて何事かを祈っていた。その晩は大して気にもしなかったが、ここにも敗れた日本人がいて、本当に人間としての苦しみを信仰によって乗り切ろうとしているように思えた。あるいは人間の弱さを信仰によって強くなろうとしているのかとも考えたりしたが、次の夜も同じ場所で天に両手を合わせていた。それから毎晩同じ頃そこを通ると、決まったように彼は星に両手を合わせて何か祈っていた。

格別言葉を交わしたわけではないが、彼はどことなく自分の目に付いていた。彼は判任官待遇で、持ち前の大声と濃い頬髭と、そして大きな眼がその特徴であった。気質は非常に朗らかであり、四百人余りもいるこのキャンプ内でも目立っており、いつかしら自分もその名を覚えたのだった。その人がこうして今ここに、かがみ込んで地獄と極楽の分かれ目を自分の耳で確かめることを避けている。

ああ、われらの名が呼ばれるや否や。緊張の一瞬であった。

幸いにして自分も彼も、呼び出されることはなかった。自分はおもむろに、うずくまっている彼に希望の言葉を伝えた。

「滝中司政官！　呼ばれなかったぞ！」

振り向きざまに肩をたたくと、彼は、気が狂ったように目を大きく見開いて、瞳を据えて自分に飛びついてきた。

「大尉どの！　大尉どの！」

そう連呼しながら自分に抱きつき、足で地面をバタバタ蹴りながらその喜びの感動をたたきつけた。身体の奥からわき出る喜びを押さえきれないようにして、しっかりと両腕に力を入れた。

「良かったね」

自分は相槌を打ちながらも、彼の大げさな仕草が大勢の手前みっともないので引きはがすようにして身を退いた。見ると、彼の両眼からは大粒の涙が黒い髭面に、ポタポタと伝わって落ちているのが見えた。

しかし、隔離されて残される人たちを前にしてこの人の喜びようはあまりにも見苦しい。だが自分は彼をたしなめる勇気もなく、ただ心の中で、胸にぽっかり穴が開いたようにうら哀しい思いがした。抽出された人は全部で七十五名になり、その中に同僚の二人の大尉がいた。それからこのキャンプに後から入ってきた同僚の中尉と、部下の光井准尉がいた。さらに昨夜脱走企図者から脱落した軍曹たち二名も隔離された。特に自分の隊員である准尉が抽出されたことは身を切られるように辛かった。

この准尉は和歌山県の出身で、自分の部隊で班長を務めて隊の中堅であった。自分が一昨年の一月に、崎山少佐の後を受けてブキチンギからパンカランブランタンに赴任した当時から、血気あふるる隊員たちを掌握してここまで連れてきてくれた彼であった。故郷には二子があると聞く。

この日の夕食のときには隊員の計らいで、各人の夕食をかき集めて飯盒にいっぱい満たした白い飯を、鉄条網の間から光井准尉に差し入れた。自分より年配者の彼はすでに悟りを開いたごとくであり、大して動じたふうにも見えなかった。しかし眼鏡の奥の瞳には、隠し切れない哀しさが漂っているように見えて仕方なかった。

哀れなり残るその人ゆく人もただ言葉なく別れ離るる

三月四日（火曜日）　夢

うつし世は夢よりも又奇なりてふ歌をうたひつこの世を想ふ

三月五日（水曜日）　第二作業隊に出る

おぼろ月見上ぐる吾の立つ庭も残る人等も同じ庭かな

三月六日（木曜日）　構内作業、なぜか身体痛し

ひねもすは身体痛かり寝転びて明日の苦役を思ひ見るかな

三月七日（金曜日）　構内作業

茅しげる草の根方に腰おろし羊羹の喰ふ事など語る

三月八日（土曜日）

このひるもいちにちいねて暮しけりいまだ身体の痛みとれずば

三月九日（日曜日）

作業班長となりてパイヤ、バラワン、サバンに至る。作業隊班員百五十名の大所帯。

一五〇人道細長く蟻の如く茅の原や密林を行く

海底の透いて照る日もうららなりサバンの島の周囲巡れば

磯近く添ひ立つ高き椰子の木の葉の先まで見ゆアチェの国かな

アチェ富士に雲の懸かりて聳えけり裾長々と印度洋に浸して

珊瑚礁のめぐり美はし萌黄色の芝生と見違う茅の原かな

三月十日（月曜日）　**朝鮮作業隊の育成せる野菜畑に入る**

靴底に泥重なりて菜畑の畦潰れたる午後の雨かな

三月十一日（火曜日）

鳶舞へば又も暴風雨の来るならん岩叩くごとく波音きこゆ

三月十二日（水曜日）　同僚の大尉との別れ

重要戦犯者の選別が行われる前のことだった。夕食後に中司大尉と二人で、構内の掃き溜めのちりを焼いている火のそばに寄って、その中に小さな鶏卵大の生の馬鈴薯を二つくべた。すると、火の粉が立って、一瞬付近がパッと明るく輝いた。その光の中に髭面にふちどられた大尉の赤い顔が浮かんで、そして消えた。火を受けた瞬間の彼の瞳は、凄絶なほどにギラッと光って見えた。そのとき二人の話は相も変わらず、日本のこと、ふるさとの話だった。日本に帰ることなど絶望的な二人であったが、であるからこそ生に執着し、悟り切れず弱い人間同士であることを互いに認め合った。しかしこの大尉は特に自分の子供たちのことを口にして、戦争に負けて戦犯容疑者として命を絶たれようとも、最後まで日本の隆盛を祈って喜んで死途につくことを、わが子たちに伝えたいと語った。

まだ焼け切れない馬鈴薯を棒でつつきながら、空腹を押さえるまじないのように、きらきら光る瞳を炎の中に据えた。それから待ち切れずに馬鈴薯を取り出して、火ぶくれて皮のむけたのを、ほとんど生のままでガリガリかじった。食べながらそばにある大八車の腕木に二人は腰掛けて、人目をはばかりながら別れを惜しんだ。あのときの彼の言葉や輝く瞳は、今でも自分の心の底に息づいている。そして今宵は自分一人でこの大八車の腕木に腰掛けて、今は隔離された大尉をしのんだ。彼とはもう語ることもできない。そして、この島で生別と死別を兼ねる立場を迎えたのだ。

急に磯の珊瑚礁を打つ波の音がする。

隔離されし戦友と語りし荷車の腕木に今宵腰かけて見る

三月十三日（木曜日）

沖の海の遥か彼方は光りいて濁れる空との境なしあり

草かげの風の淀みに蚊の群れて憩う身体につきて離れず

三月十四日（金曜日）　屈辱

今日は印度洋側の海岸に出て、重さ四、五トン程度の石の運搬だった。足場が悪くて重い石を抱えての動作はなかなか思うようにいかず、監視兵からすればまるで怠けているように見えるらしい。人に遅れて行動している者を、追いかけては足で蹴ったりした。蹴られる者はいつも決まって年老いた行政官連中だった。いつものことながらのこうした屈辱であったが、今は近く帰れるという目安がついての我慢である。どうか我慢してくれ。もう少しの辛抱だ。
海水に膝までぬらした日本人の苦力《クーリー》であった。一様に頬骨が尖って痩せた顔、鋭い目、無精髭、それから両手で抱く石の重みに腰をかがめた姿も痛々しい。
そして印度洋の白い波が静かに岸を打っていた。

小波の寄せる磯辺にこの吾も銃剣に追はれ石拾ひけり

足蹴せる石を拾ひて黙しいるこの日の我も忍び耐へむか

三月十五日（土曜日）
乗船延期して四月一日となる。日本へは四月二十八日着の予定なり、と。

この吾をかへり見ること多かりき作業班長に出て声荒立てし日に

三月十六日（日曜日）

干し物のかげに憩える人多し日曜のひる屋根の灼ければ

三月十七日（月曜日）　第八作業班長となる　溝さらいなり

火蟻追ふその手の濡れて苦しかり汚物を掬ふ苦役の一日

三月十八日（火曜日）

打ち寄せる磯辺の波の狂い居りアチェの山の遥かかすみて

三月十九日（水曜日）

陽に焼けし背中ゆがめて列崩し飛行場への坂急ぎて帰る

三月二十日（木曜日）　埠頭作業班長となる　使役人員九十名

汽笛鳴る港に雨の降りしきて哀れ濡れたる日本人の苦力

敗けし民にあれど掛け声大きければ競ひ学びし学生時代思ふ

三月二十一日（金曜日）　第二作業隊となり飛行場へ行く　使役兵四十五名

夕ぐれて手許暗がる頃までも追はれて苦役のつとめをするか

三月二十二日（土曜日）　作業忌避

夕刻の点呼のときに、明二十三日は日曜日返上の作業指示があった。休日日本に帰還だとほぼ決まったわれわれは少しばかり元気づいて、捕虜収容取り扱い規則にない休日の作業実施は拒否すべきという意見が出てきた。そしてキャンプ内日本人指揮官の磯村少佐を通じて、オランダ側と交渉すべきだということになった。それで四百人余り全員の者は舎外に集合の後も解散せず、少佐の交渉態度を見守った。

ところが少佐は全員の意向をオランダ側に伝える意志はなくて、そうすることによって先方の感情を害してはならないと皆を制止した。そこでこの処置を不服だとする者が声を大にして少佐に詰め寄って、過激にも思われる言葉で反駁《はんばく》した。その中の一人が自分であった。

激しい意見が次々に出されてキャンプ内の広場はざわめき、怒号が飛び交った。一時は不穏の情勢とも見えたが、オランダ側の立場に明るい槌本通訳が説得に乗り出した。

「大事の前の小事、一応明日の作業を受け入れるのが得策だ」

その言葉で解散はしたが、これまでのキャンプ長としての少佐の消極的な態度に割り切れないものがあった。


腕組みて四百余る人並ぶ明日の苦役を厭ふなりとて

背筋まで汗を流して団子焼く部下等の仕草いとしく思ふ

隔離されし准尉を思う

居ながらに只の一人は加はらずわびしきままに団子をば喰む

三月二十三日（日曜日）　人の好い日本人

作業隊百名の班長となり、今日もバラワンに向かう。ジャングルを縫っていくわれわれは、長蛇の列をなして荷を背負っての徒歩作業だ。あんなことがあった昨日の今日である。やはり日曜日の作業は嫌だ。班長となって指示するときにも、何か心に重苦しさを感じてしまう。日本人というのは、あまりにも人が好いのではなかろうか。日本へ帰すというオランダ側の言葉をただ信じるのみで、自分の権利をも放棄してしまう。

日本人とはそんなに弱い民族なのだろうか。

今日の行軍で朝鮮作業隊の一人が、川岸に生えた毒草に触れて重患となる。桑の葉に似た毒草には注意すべきだ。

声からし作業班長になる朝は我の自ら苦役を厭ふ

海の面の遥か彼方に雲立ちて見知らぬ国のある心地する

三月二十四日（月曜日）

砂の上に舟のみ残り白波の引いては返し返しては引く

三月二十五日（火曜日）　薪取り作業

鳥啼きて山は静かに雨降りぬ葉末鳴る音も微かに交じりて

朽ちし葉の香り来りて手に掬う谷川の水つめたかりける

三月二十六日（水曜日）　**監視兵特に機嫌可**

切り開く藪の蔓草汁垂れてむせかえる程香りしにけり

三月二十七日（木曜日）

草刈り作業午後七時まで行う。この付近は窪地のために風がなく、やぶ蚊が著しい。

草の根を叩き一日暮れにけり腕は茅と蚊に傷つきて

草の果て海の光りて陽の沈む海より出でて海に入る陽は

三月二十八日（金曜日）

玉石の並ぶ磯辺に今日もまた苦役の石を運びけるかな

三月二十九日　サバン島最後の夜

いよいよ明日の乗船と決まった。まさかと思っていたことが現実になったのだ。脱走まで行おうとした自分が帰国乗船なんて、全く、夢に似たるかな、である。

ここで自分がやらなければならないことは、隠した手榴弾の処置である。居室の床下の土中に置いたままでは、キャンプの取り壊し作業のときに爆発する恐れがある。夕食後のざわめきの中で自分は用心しながらこの手榴弾の掘り返し作業をやった。だが、はしゃぎきった同僚たちには全く気づかれなかった。包んでいた木綿の靴下は土中の水分を吸ってボロボロになっていたが、それを一つ一つ衝撃を与えないようにキャンプの鉄柵の北側に深く穴を掘って埋め替えた。

場合によってはこの手榴弾が脱走のために炸裂して、自分が生きる道を開いてくれたかもしれない。しかし、幸いにもそのお世話にならずに済んだようである。痩せた手に重い手榴弾よ、本当に世話をかけた。ゴツゴツした亀甲型の窪みのある表面をなでながら、自分は一つ一つ安全栓を確かめて舎外の砂中へ葬った。

作業中に苦労して持ち込んだ八個の手榴弾よ、どうか静かにこのサバン島で眠ってくれ。それは実に、自分が生きるための希望の存在だった。

消灯時間になっても一向に収容者のざわめきは終わらない。

今宵も例の小屋の場所でパンカランブランタン残留者全員の会合を行った。早い頃この場所で谷本曹長と別れの会をやり、そのほかの曹長や軍曹などともここで別れを惜しんだ。また、通訳官の送別会もした場所である。今度は残留者全員がサバン島とのお別れの会合になった。残念なのは光井准尉の顔を見ることができないことである。

特に今宵は、脱走せずしてこの幸運に遭遇し得たことを隊員のおかげだと深謝して、谷本曹長の提案した毎年三月三日の会合を再び誓い合った。

聞き慣れたインド洋の波の音が聞こえてくる。行動を制限された自分たちは、鉄柵の中まで聞こえてくるこの波の音を、外の世界へと通じる自由の音色として幾夜聞いたことだろう。それも今宵限りでさらばである。

人間の悲嘆や苦悩のどん底から一変して、歓喜と希望の絶頂にいきなり来てしまったものがあるとするならば、まさに今宵の心境であろうか。人間にとって大切なことは、とにかく生きることを保証されることである。生きる希望を持つことである。自分は今までの理不尽な戦犯容疑や一方的な戦後裁判に憤りを感じていたが、それもまた生きているが故の思いであった。

こうして生き続けることができることに感謝しつつも、心の一隅には、なお警戒心を失ってはいけないと自重するところがあった。戦犯追及の手は、手段を変えてくるかもしれないのだ。そして戦犯として残る七十五人の運命の、一日も早く開かれんことを祈った。

三月三十日（日曜日）

午後一時日本へとサバン港にて乗船終了、出発する。
さらばサバン島よ。

出港準備

声からし只人々の入り乱れ整理はつかずときはたてども

行軍

銃剣に囲まれながら行軍すサバンの町を軍服を着て

船室

荷に似たる人の群れかなうす暗き船倉の隅場所を定めて

出港

動きゆく落葉松並木見てあれば九ヶ月の我苦役を想ふ

キャンプの影微かなり

岬めぐるその草かげに屋根見えて言ひ知れぬ我胸掻きむしる

沖へ出る

島影のうすれ遠のく波の上に恨みも今は泡と消え行く

船に夢を

エンジンの音を腹底に受けながらいつか汗して眠りに落つる

さらばサバン島

夢に夢　夢にまぼろし重ねつつサバンの島をわれら離るる

十章　ワニの棲む川の流れ

1　回想

愛しきものとの別れは、いつも辛いものである。ベラワンからサバンに向かう船の中で、市田憲兵曹長はスマトラ島で生きた日々を回想していた。

心の中に浮かぶのは、あの丘あの川あの海岸の景色と、そこに暮らす現地の人々の姿だった。スマトラの風土は日本とはあまりにも違っていたし、宗教も違えば言葉も違っていた。マレー語、つまりインドネシア語に類似したものはマスターしたものの、そのほかの少数民族の言葉については、正直なところ手がまわらなかった。毎日忙しく走り回って、夜遅くまで報告書を作る毎日だった。日本から遠く離れた島での生活は、刺激に満ちたものだった。島とはいっても別名を小アマゾンと呼ばれるように、その東部には湿地帯のジャングルが果てしなく続く不思議の場所であった。そして島の西部高地には農業を営む人々が多く住んでいた。

去年の今頃は、日本の戦況不利だとは知りつつも、そうやすやすと降服はすまいという気がしていた。英軍の反抗に備えて、そのルートの予測と実地調査に駆けずり回っていたものだ。ブキチンギの司令部の予測では、英軍はまず、九月中旬頃アチェに上陸して逐次南下してくるというものだった。中北部スマトラでは海岸部での陽動作戦も考えられた。実際にも、マラッカ海峡では英軍の潜水艦が出没しているという情報が多く寄せられていた。そんな状況の下で、「百年自活」という軍方針によって自分たちは日々生きていかねばならなかったのだ。現地に溶け込んで、そのまま生きていけというのだ。軍方針を貫徹するならば、もはや日本の妻子には会うこともかなわない。日本の将兵は皆、そのことに対して一抹の寂しさを感じていた。

そんな中でも市田曹長の心を和ませるものがあった。メダンから西南部にあるトバ湖の美しさは心に残るものだった。赤道直下の高原の湖は、その名のとおり疲れた憲兵曹長の心を癒してくれた。この付近に住むバタッ族の音楽なども特に心に残るものだった。民族音楽に民族舞踊など、市田曹長はいわゆる歌舞音曲が好きだった。

一年前の今頃は、バタッ族の若者に案内されて、山中の道を探索のために駆けずり回っていた。昼なお暗い林間を縫って小さな村から村へと訪ね歩くのは、なかなか骨の折れる仕事だった。歩き疲れて、ようやくたどり付いた小さな村でやっと口にした食べ物は、どんなに粗末なものでも全部おいしかった。空きっ腹にまずいものなしとはよく言ったものだ。

ちょうど今はバタッ族が稲刈りをして、村祭りをする頃だ。暗いジャングルの中から小さな村に出てきてみれば、祭りをしていた。そんなときは、自分が考えていなかったことだけに予想外の嬉しさがあったものだ。バタッ・カロ族の祭の衣装は今でも頭に残っている。肩から下げた色とりどりの布は華やかで、祭りの雰囲気をさらに盛り上げていたように思う。生贄《いけにえ》の水牛の頭を前にして歌を歌い、音楽に聞きほれるひとときがあった。祭りとはいいものだと思うばかりだった。

歌といえば、隊長は和歌がとても好きだった。自分自身は和歌など作るような人間ではないと思っていたが、少しくらいは作ってもよかったかもしれない。

「隊長、一首作りました。見てください」

そう言って隊長に自作の和歌を披露している同僚もいた。野戦憲兵隊の庁舎の中だというのに。全く浮き世離れした憲兵分隊もあったものだ。しかし、あれはあれでよかったのかもしれない。何かと緊張のほぐれないときだったから、ひとときの心の癒しになったのかもしれない。そうして楽しく隊長たちと歓談した日々が、今となっては無性に懐かしくもある。

とはいえ自分も一度だけ詩作に挑戦したことがあった。あれはバタッ族の祭りの歌をヒントにして作ったものだった。

言葉は分からないながらも、バタッ族の悲しい民謡の物語を聞いたときに、ふと心に浮かんだ言葉だった。

シンシンソ　シンシンソ
深きトバの湖よりも
悲しみ色のなお深く
シンシンソ　シンシンソ
湖に垂れ込めし
霧のごとく
シンシンソ　シンシンソ
誰がために泣く
シンシンソ
ああ　シンシンソ　シンシンソ
誰がために泣く
シンシンソ

詩作など思いもよらぬ自分であったが、バタッ・カロ族の民謡を聞いているうちに、ふと心に浮かんだ言葉だった。この詩とも落書きともつかぬものをノートの端に書いて忘れていた。それを何かの機会に見つけた隊長に言葉をかけていただいた。

「おい、市田。なかなか詞心があるではないか。和歌を作れ、和歌を。そして俺に見せてくれ」

軍人でありながら、ときに見かける文人を気取った隊長であった。しかし自分の性格として、ほかの隊員のように隊長の好きな和歌をことさらに作って、おもねるようなことはしたくなかった。特別に和歌が好きというわけでもなかったこともあった。今から思えば、少しくらいは作って隊長に見ていただくのも悪くはなかったかもしれない。こうして戦犯容疑者として収容所に連行されていく身であれば、あのような悠長《ゆうちょう》とも思える時の流れが、かけがえのない貴重なものであったと、身に染みて分かるのだ。何事によらずそうである。日頃の何気ない生活の端々が、それが失われて、初めてとても貴重だったことが心に理解されるのだ。

ダンダンダンダン　ダンダンダンダン。

輸送船のエンジンの音が、狭い船室に押し込められたわれわれの体の芯まで響いてくる。

ダンダンダンダン　ダンダンダンダン。

それはまるで、われわれを愛しき日々から無理やり遠ざける邪悪の響きに聞こえた。この船に乗せられた戦犯容疑者の、すべての者に同様の響きであるだろう。陰気な船のエンジンの音を聞いていると、このまま海の底の冷たい世界に連れていかれるような気がしてくる。

別れといえば、バタッ・カロ族の青年との別れも心に残るものだ。わが憲兵隊で現地案内人として一緒に働いてもらったのは、名前をギンティンという二十歳すぎの若者だった。メダンからトバ湖に行く途中にある、ブラスタギ近くの村の出身だった。アチェからトバ湖に至る山中の道を調査するのに、あのあたりを案内してもらった。なかなか気持ちの良い若者だったし、現地の風俗・習慣について教えてもらうことも多かった。

バタッ・カロ族の村に最初に案内されたときには、こんなに遠い南の島なのに、どこかしら故郷の中国山地の農村に案内されたような気持ちになったものだった。山の中のわずかな平地に、稲を作って暮らす人々がそこにいた。最初に出会った村人が、竹篭を背負って鎌を手にして霧の中から突然現れたときには、故郷の叔父さんの姿と何ら変わるところがなく、思わず日本式の挨拶をするところだった。そのほかにも鎌にしろ鍬にしろ、形はそれぞれ様式の違いがあったが、基本的にはどれも懐かしい故郷のものと大差はなかった。竹篭の細かい編み目さえも、自分の故郷を思い出させるものだった。この稲作農民の多くがキリスト教徒であると聞かされて、自分は少しだけ違和感があった。しかしそれも村人と付き合ううちに重要なこととは思えなくなった。村人の生活のどこをとっても、それはすべて稲作を基本にした小さな社会を築いているように見えたからだ。

ところでギンティンの村というのは丘陵地帯で、主にトウモロコシを作って暮らす人たちが多かった。田んぼを作るような地形ではなかった。焼き畑に近い粗放的な畑作がされていた。耕して天に至るといった景色は、どこか瀬戸内海の段々畑を思い起こさせて、自分には大変懐かしい景色に見えたものである。

このバタッ族は青年に達すると出稼ぎに行く者も多くいて、辺鄙な山村の住人とはいえ意外に外の世界の事情に通じた人もいた。そしてあのギンティンもわが憲兵隊に出稼ぎに来て一時働いたのだろう。
バタッ・カロ族の村々を訪問するのは楽しかったが、それも長くは続かなかった。昭和二十年の八月、日本は歴史的な敗北の時を迎えたのだ。英軍の侵攻に対する迎撃どころか、連合軍に命ぜられて現地の治安維持を行わなければならなかった。昨日に変わるこの違いよと、われわれは嘆いたものだった。憲兵隊に集まってくる情報の中には、戦後裁判で憲兵の大半を死刑に処するという物騒なものもあったりして、心の動揺は大きかった。まさかそんなことはと思っていても、そうしたことは一面の真実を伴って繰り返し知らされた。ついほかからの誘惑に乗ってしまう人間がいたとしても、誰がそれを止めることができただろう。

去年の秋には自分も脱走を誘われたことがあった。憲兵隊の夜間当番で、部下の伍長と二人が庁舎の警備をしていたときのことだった。庁舎の前には小川が流れており、夜ともなればホタルなどが飛び交って、なかなかの雰囲気であった。敗戦国の軍隊による治安維持という、考えるのもばかばかしい境遇を一時でも忘れさせてくれるものだった。この小川の堤防の上は気持ちの良い散歩道になっていて、熱帯の花がいつも太陽を追いかけていた。日に酔う花が濁った小川の水面に映えて、それを見るとき故郷の家族のことを思ったりした。

「市田曹長、見てください」

部下の荒海伍長が事務机についていた自分のところにやってきた。言われた玄関前の道を見ると、暗闇の中を地べたを這うように二つの小さな光がさまよっていた。まさかこんな町中に虎は来まいと思っていた。大方は野良犬でもと思っていたのだが、よくよく見ると野豚だった。暗闇に紛れてこんなところまでやってきたのかと思った。敗戦以来ろくなものは食べていなかったし、こいつを捕って食えば、さぞおいしかろうと思ったのも、致し方なかっただろう。自分は小銃を構えて二つの光の真ん中に照準を合わせた。

しかしここで頭の中に浮かんでくることがあった。現地人の動向に刺激を与えないようにという命令のことだった。その日の昼間にもあったことだが、インドネシア独立軍と称する現地人の若者たちが、わが隊の武器を譲り受けたしと言ってやって来ことである。隊長は連合軍の命令に従わなければならないとして、これを拒んだ。しかし日本が敗戦した今となってみれば、現地人が自ら立ち上がって植民地からの独立を希求するのは当然のことだった。独立義勇軍の組織を最初に作ろうとしたのは、ほかならぬ日本だった。そもそも大東亜戦争の大義名分は、西欧列強からのアジア植民地の独立と地域での自立というものだった。戦争に負けて日本がそれを放棄せざるを得なくなったのなら、現地人がこれを継続するとするならば、手持ちの武器を供与することこそが正しい道である。そんなふうに独立軍の若い指導者は言った。そしてそれが正論だった。現実にほかの隊では武器を軍隊の門前に放置して、わざと現地人に引き取らせているところもあった。連合軍への報告では、現地人に強奪されたということになっていた。そしてわれわれも表向きは武器の供与を拒否していても、陰では少なからぬものを独立義勇軍に与えていた。

そうした状況の中では、夜間に小銃を発射することは少々ためらわれた。それと気が付かなくとも、あの物陰やその道の向こうには現地人の義勇軍の見張りが付いていて、じっとこちらの様子をうかがっているかもしれないのである。市田曹長は、しばらくそうして地べたをはう光の点に小銃の照準を合わせていた。そして、すぐにそれは再び夜の闇の中に消えていった。

「やれやれ」

そう思って照準から目を離そうとしたときだった。市田曹長の視界の中に、今度は怪しい人影が入ってきた。小銃を構えたまま見ていると、その人影はあたりに気を払いながらも、こちらに向かっているではないか。今度は本当に緊張する時であった。

夜の闇の中から現れた怪しい人物は、両手を上げて静かにこちらへ近づいてきた。その物腰と風貌は、どうやら市田曹長がよく知る人物であるように思われた。徐々に近づいて確認できる距離まで来たときには少々驚いた。確かに見覚えのある人物だった。

「市田曹長、ワタシダヨ、ギンティンダヨ」

「おお、ギンティン。今頃どうして」

それは決して見忘れない、スマトラの深い山中を共に歩き回ったバタッ・カロ族の若者だった。懐かしいギンティンの姿がそこにあった。褐色に日焼けして、黒い瞳がいつもキラキラ輝いていた若者。いつも冗談やら本当やらつかぬ話をして、市田曹長の気持ちを和ませてくれた若者だった。背格好は市田曹長と同じくらいだったが、均整のとれた体は南の島の若トラといったところだった。そのギンティンが、一体何の用でこんなときに会いにきたのだろうか。

「市田ソーチョー、元気ソーダネ。嬉シイヨ」

軽いお世辞を言うところなど、以前と全く変わっていない。あれから日本は戦争に負けて、いかに憲兵隊とはいえども何かと侮蔑の態度が見られる現地人が多かった。そんな中で昔と変わらない態度で接してくれるギンティンには、正直なところ泣きたいくらい嬉しかった。

「ギンティンも元気そうでなによりだ」

「私、長イ話デキナイ。明日十二時ニイツモノ喫茶店デ会イタイ」

「うむ」

こんな時にこんな所までやってきて話があるというのなら、それは必ずや重要なことに違いなかった。この夜はこれだけを言って、ギンティンは再び暗い闇の中に消えていった。

翌日、市田曹長は以前もそうしたように、昼前に例の喫茶店に都合をつけて出向いた。そしてギンティンも以前と変わらず喫茶店のお気に入りの席に座っていた。まるで以前のように、打ち合わせの後はすぐにでも部下と彼の三人で現地調査の旅に出ていくような気さえした。

「市田ソーチョー、来タネ。良カッタ」

「久しぶりにここへ来た気がする」

「ハイ、懐カシイネ」

「ところで、村の人たちは元気か。山の中だとはいえ、何かと大変な時期だろう」

「大変ネ。今日ハオ願イガアッテ来タヨ。区長モ連レテキタネ」

そう言って紹介された男は、市田曹長にも見覚えがあった。確かにギンティンの村の区長を務める人物であった。確か五十歳すぎのはずだったが、日本人と比べれば十歳くらいは年老いて見える。

「今日ハ頼ミタイコトガ在リマス」

言葉のよく通じないところがありはしたが、その区長は市田曹長に村へ来てくれと訴えた。

「私ノ村デモ独立義勇軍ヲ組織シマシタ。村ニ残ッタ若者ハ少ナイケレド、インドネシアノ独立ノタメニ戦イマス」

それを聞いて、市田曹長はギンティンの村の平和なたたずまいを思い出した。山懐に抱かれた静かな村には、高床のゆかしい農家が点在していた。食事時に立ち昇る炊事の煙にさえ日本の故郷を思い起こさせて、真に平和な時代が来るまではそっとしておきたいような、そんな気持ちになる村だった。そんな村にも物騒な独立軍を組織したとは、時代の変化とは恐ろしいものであると思わずにはいられなかった。そして、そうせざるを得なかった目の前の区長の立場にも、同情の念を禁ずることができなかった。植民地の静かな村のままであるよりも、独立国の苦労多い村である方が良いことは良いであろう。その良いことを成就するための痛みを日本が教唆《きょうさ》して、そして村人が立ち上がったのである。遅かれ早かれそうしたことが持ち上がることは予想されていた。しかし実際にそうしたことが起きてみれば、市田曹長の胸には言い知れぬ感慨がわき起こってきた。

「そういうことになりましたか。村の将来に幸運があればいいですな」

「今ハ毎日、軍事訓練ヲシテイマス」

「大変ですな」

「ソコデオ願イガアリマス」

「何か」

市田曹長がうすうす感じていたとおり、その区長は軍事教練の指導者になってくれと申し出た。独立義勇軍といえば聞こえはいいが、軍とは名ばかりで、ただの烏合の衆というのが実際に近かった。武器もなければ教育された兵士もいない状況で、実際に連合軍の実戦部隊と戦うことは無謀なことだった。誰が見ても日本軍の武器と、軍事教練を指導する兵士を手に入れることしか、インドネシアの独立に役立つものはなかった。そして戦後の裁判では日本の軍人の多くを処刑するという噂が流れていた。日本の兵士を勧誘して、あるいは勧誘されて独立軍に加わる者がいたとしても、それを誰が止めることができただろうか。そのほかにさまざまなケースで日本に帰国できないことも多くて、目の前の自己の安全のために現地軍に加わった者も多かった。

区長はおもむろにその話を切り出した。言葉は不十分ながらも、誠実な人柄がその態度に表れていた。

「私ハ、村ノ者タチヲ守ラナケレバナリマセン」

「大変ですな」

「義勇軍ガ戦ウノハ、英軍ヤオランダ軍ダケデハアリマセン」

「そのようだな」

この時期のインドネシア国内は、独立義勇軍に限らず多くの勢力が群雄割拠していた。それらは連合軍に敵対するものばかりではなく、少しの立場の違いで互いに争った。

「経験ガ豊富ナ日本ノ兵隊ガ必要デス。市田ソーチョー様、私タチヲ助ケテクダサイ。私タチノ村ニ来テクダサイ」

予想どおりの話が持ち出された。部隊脱走の勧誘があることは承知していたが、いざ自分の身に降りかかってみると、それはひどく悩ましい問題だった。そして市田曹長の頭の中に真っ先に浮かんできたものは、日本にいる妻と子供の顔だった。今ここで自分自身が生きるために脱走すれば、妻や子に会える機会は永遠に失われるかもしれない。しかし脱走を思いとどまれば、戦犯として処刑されるかもしれない。戦犯の罪に該当するような事柄は、自分の記憶には一切なかった。にもかかわらず戦後裁判の悪い噂は、憲兵隊員の心に重くのしかかっていた。脱走すべきか否か、その場で容易に結論を出せそうにはなかった。そうした市田曹長の心中を知ってか知らずか、区長は自分の村の窮状を切々と訴えた。

この時期のインドネシア国内は、大勢としては独立義勇軍と英軍・オランダ軍との戦いであった。しかしそのほかにオランダ復古派とか華人集団の勃興とか、さらには時勢に翻弄《ほんろう》されるだけの武装集団の存在があった。これらが互いに疑心暗鬼となって、変転常なき混沌状態を現出させていた。したがって個人の戦闘能力としては圧倒的実力を持つ日本人兵士の参加が、各陣営ともものどから手が出るほど欲しかったのだ。区長が言うには、村の義勇軍の訓練をやってほしいということであった。生命の保証とインドネシア国軍の大尉の階級が与えられるという条件だった。さらに聖戦の完遂と植民地解放の勇者の称号が得られるというのは魅力である。男としてこれほど誇らしい仕事はなかなか見つけられるものではなかろう、という気にもなる。

「私ハ、村ノ人タチヲ守ラナケレバナリマセン。強イ義勇軍ヲ組織シナケレバ、他ノ勢力ニアナドラレマス。市田ソーチョーノ人格ニツイテハ、ギンティンカラヨク聞イテイマス。デスカラ、ドーゾ私タチノ村ニ来テクダサイ」

このときの区長とギンティンの眼は、それこそ純粋な、ただ自分の村を守りたいということのみに輝く光を宿していた。会話能力が不十分で、決してすべての気持ちが伝わったわけではなかった。しかしこの場合、多少の言葉の不足が何であろう。心は十分、いや十二分に伝わっていた。

「話はよく分かりました。ですが、自分にも考えるべきことがたくさんあります。もう少し考えてから返事をします」

市田曹長は、やっとそれだけを答えることができた。

この日の話は終わって、二人は村へと帰っていった。見送る市田曹長の心中には、脱走すべきか否か、激しい葛藤が渦になって脈動していた。生か死か。戦いか忍耐か。隊長の下か義勇軍か。二つの命題が次から次へと浮かんでは消え、消えては浮かんできた。

しかし、それは容易に結論の出ない問題だった。ただ一つだけの望みを優先させるならば、それは、生きて日本に帰ることだった。いずれ戦後裁判によって裁かれようとも、自分は誇りある憲兵であるという思いが強かった。法を守るべきが、すなわち憲兵であるという思いであった。国際法の下に水のごとく流れていくわが身。それが呪術師ラブマートの予言であるように思えた。わが隊長の判断を信じて、どこまでも行動を共にすると誓った自分であると思い直したのだ。あまり守られそうにはない国際法だとしても、それを破った敗戦側の兵士になるとすれば、唯一の正当性が失われるのである。

結局のところ、市田曹長は脱走の機会を見送って隊にとどまった。

その後、日増しに悪くなってゆく憲兵隊を取り巻く状況にも耐えて、ついに英軍監督下からオランダ軍監督下の戦犯容疑者となってしまったのだ。ベラワンからサバン島に送られる船中の捕らわれ人となったのだ。


こうして連れていかれたサバン島のブラックキャンプでは、戦後裁判への召喚におびえる毎日だった。いつ呼び出されて裁判にかけられ、そして処刑されるか。その不安が一日一日強まりこそすれ、決して弱まることなどないのだ。それは肉体的拷問よりもなお、人の心にダメージを与え続ける地獄の環境ともいえるものだった。人間にとって先が見えないということが、こんなにも恐ろしい拷問であったということに初めて気づかされた。そして聞こえてくる噂というものが、すべて予想した以上に悪いものだということも気を滅入らせた。それでもこのキャンプに来てしばらくは、同じ隊の者が大勢いてくれたことで少しは気も紛れた。

だが、運命の日は、意外と早くやってきた。

それはサバン島のキャンプにもようやく慣れたかという頃だった。例のごとく朝の舎外に整列させられたのだが、この日は所長の隣に英軍の尉官が付き添っていた。その尉官はシンガポールからやってきたのであるが、目的は言わずもがなである。シンガポールで捜査中の戦犯容疑者名簿を携帯していた。サバン島のキャンプから容疑者を抽出して、シンガポールに連れ帰る任務を帯びていた。シンガポールで勤務の経験がある憲兵隊員はすべて、このことを知らされた瞬間から、恐怖の時間に貼り付けられた。

英軍尉官から受け取った連行者名簿を読み上げる所長の声は、地獄からの招き声だった。シンガポール法廷からの恐るべき招待状だった。

そして、市田曹長の耳に、紛れもなく自分の名前が届いた。

「とうとう来たか」

かねて覚悟は決めていたものの、やはり恐怖の心がわいてくることを、どうすることもできなかった。一瞬目をつぶり、震える足で一歩前に踏み出した。身体の中では心臓が激しく鼓動して、自身のすべてが恐怖の律動の支配に屈した。

一体どういう基準で決められたのか、パンカランブランタン在籍の憲兵隊員からは三名の曹長が連行されることになった。シンガポール法廷での取り調べは覚悟のこととはいえ、隊長をはじめとして生死を共にすると誓った同僚たちと別れるのは辛かった。しかしそれも敗軍の兵士の定めである。わが身一つもままならぬ戦犯容疑者という身分であった。

わずかな荷物を持って、これがこの世の見納めかもしれぬと、振り返ってそのほか全員の収容者の顔を確かめた。そして隊長の顔を見つけたときは、さすがに万感胸に迫るものがあった。この状況で市田曹長たちは、隊長に対して軽く挙手の礼をするのがやっとだった。それさえもはばかられるものだった。隊長は礼を返して、部下に近づいて別れを惜しもうとした。だが、それは監視兵に制せられて果たせなかった。互いに監視兵に制せられるなか、市田曹長たちは連行されていくのだった。

キャンプの前に待っていたのは連行者を運ぶトラックだった。自動小銃にせかされて、十名足らずの連行者は荷台に上がっていった。土埃にまみれた荷台に上がったときには、短い期間滞在したキャンプが、これから先連行される見通しの立たないところに比べてさえ愛着のある場所のように思えるのだった。人の心は不思議なものである。屈辱と空腹の場所にさえ、この期に及んで少しでも愛着を感じてしまうとは。

戦犯容疑者が全員トラックの荷台に落ち着いたとき、英軍尉官の号令でサバンの港へと発車した。

ああ、ああ、生死を共にすると誓った隊長や隊員たちと離れて、この先何が待っているというのだろうか。生きて再び巡り合う日のあるべきか。トラックは行く、土埃をけたてて。監視所の前を急カーブしたとき、座席のない荷台の上で連行者たちは折り重なって倒れた。それでもなお最後のその眼にキャンプの様子を焼き付けようとして、起き上がった市田曹長たちに見えたものがある。監視兵の目を逃れて収容者の列から抜け出した高根隊長の姿であった。右手で白い防暑帽を力いっぱい振っている。

「元気でなー。生きるんだぞー。地に這いつくばってもー、生き抜くんだー!」

「隊長もお元気でー!」

「お前たちは何も悪いことはやっておらーん。すべて俺の命令でやったことだー。そう答えるんだー!」

「至らぬ部下でしたー!」

力いっぱい叫ぶその声はエンジンの騒音にかき消されて、とぎれとぎれに遠ざかっていった。

高根隊長の左手は鉄条網をつかんで、貧血気味の血がにじんでいた。

2 戦犯容疑者

懐かしのシンガポールであるはずだった。四年前の春頃は、英軍が置き去りにした大型オートバイで市内をさっそうと乗り回す市田軍曹だった。水上分隊でマレー海峡の検索を続ける憲兵軍曹であった。何もかも目に見えるものすべてに意味を見出して、職務の遂行に気力充実した自分だったと思う。

それが今は戦犯容疑者として連行されてきた身の上である。その落差のあまりの大きさに、ともすれば気力の減退を感じる市田曹長だった。栄養失調で身体に力の入りようもなく、ともすれば視力さえも落ちてきたように感じることもあった。

このとき、市田曹長のいた場所は、チャンギの丘の上にある未決囚の監房だった。戦犯容疑に対する取り調べは、彼の場合にそれほど厳しいものではなかった。いや、ここまで運命の大波を潜り抜けてきた身にとっては、厳しささえも苦にならない達観した境地に達していたというべきか。もともと戦争犯罪を犯した意識など全く持ち合わせていなかった。憲兵学校で学んだとおりに、法律に従って生真面目に職務を果たしてきたという誇りがあった。ただ敗軍の兵士として、ことさらに報復の対象に選ばれたことに対する諦めはあった。負けてしまったからには致し方なし。ただ運命に従うしか、この場合にはやりようはなかった。

ここではカロリー不足の収容者たちにとって、楽しみなことが一つあった。週に一度の所外作業だった。炎天下の草取りは辛いものだったが、故郷での農作業を思い出させてくれるものがあった。草取りに没頭している時間は、たとえその身が異国にある戦犯容疑者であろうとも、自由な空の下で働く農夫と変わらないという気がした。

そして、この作業を楽しみにしていた最大の理由は、草取りのときに見つかる小さな名も知らぬ芋にあった。監視兵の目を盗んで見つけたこの芋を口に入れると、青臭い香りが口の中いっぱいに広がった。乾燥食や薄い粥ばかりの食事しか与えられない身にとっては、青臭く硬くて小さい名も知らぬ芋が、この上もなく貴重なものに思えるのだった。ともすれば力の入らない身体でありながら、この草取りだけは真面目に取り組んでいると監視の兵は見ただろうか。あるいはそんな姿に軽蔑の気持ちを持ったかもしれない。とにかくそんなことだけが収容所内でのわずかな楽しみだった。

食事に関してはもう一つ、週に一度のゆで卵を楽しみにしていた。半分に切られたその卵を、殻ごと味わって食べ尽くした。歯の上を転がして細かく細かくすりつぶすようにして食べたゆで卵は、明日をも知れぬ身にとって数少ない娯楽の一つだったかもしれない。食事の絶対量が不足していた身にはカルシュームの摂取となったかもしれないが、いずれにしても切ない状況であった。

ただ耐えること。それのみが、自身に課せられた現世での修行ではないのかと思うこともあった。しかし本人がいかように思おうとも、戦犯容疑者という事実は片時も精神に休息を与えてはくれなかった。

唯一の楽しみである草取り作業に向かうときも、ひどく気の滅入る関門を通らなければならなかった。雑居房から出て整列した市田曹長たちは、監視所の近くの、ある建物の前を通らなければならなかった。ここでは整列して進んできた隊列を一時止めて、一人ずつゆっくりと通らなければならなかった。そう、できるだけゆっくりとだ。その建物の中には、戦犯容疑者の罪状を申し立てるために来た人たちが息をひそめて見つめていた。チャンギ収容所での首実検は、このようにして行われた。そうして抽出された容疑者は、シンガポール市公会堂で一人ずつ公衆の面前に引き出されて、お祭り騒ぎの首実検に付せられたという。そこに引き出されたが最後、いかように釈明しようとも無駄なあがきでしかなかった。小さな噂が真実の装いと変化して、罪なき人に重罪を強要した。それはシンガポール攻略戦の後の中国人の運命と似たところがあった。時と場合と社会のタイプの違いによってやり方が異なるとはいっても、行き着くところは同様であった。民主的な裁判の美名のもと、市田曹長の仲間の憲兵は、次々と罪びとに変えられていった。

半年近くたったある日、人民裁判からの召喚におびえる市田曹長たちのところに、とてつもない噂が流れてきた。それは無罪放免の噂だった。それこそがすべての戦犯容疑者の求めてやまない、この世でたった一つの望みであった。待ち望んでいたことがすぐ近くに来ているかもしれないと思うと、収容者たちの態度は微妙に変化していった。希望の見えなかったときに比べて、少しなりとも希望の見え始めたときの方がかえって苦痛が大きくなる場合もみられる。何となれば帰国者の人数は二名という噂であったから。

二名というのは誰と誰なのか。選ばれた者は自分かもしれない。いや、自分であるはずはない。しかし自分には罪もないし、これまでの首実検を無事に通り抜けている。だが多くの収容者の中で、自分がその二名の中に入るほど運が強いかどうか疑問であるし。いやそれよりも、収容者をおとなしくさせるための作為的なデマかもしれない。というように、次から次へと噂に対しての思いがわいてくる。皆が等しく困窮にあるときには助け合って生きていくものを、わずかの人だけがそこから抜け出すとすれば、人間の心理として集団の中に不安定の要素が紛れ込むことになる。それは一見したところでは分からないかもしれない。だが、二名釈放の噂は静かに収容者たちの間に流れていった。

そして、ついにというべきか、市田曹長のところへ連絡が入った。

荷物をまとめて取り調べ室に来るように、という報せだった。市田曹長は取り調べ室に行く道すがら、さまざまな思いにとらわれた。自分が釈放者の一人なのだろうか。いや、オランダの要請でメダン法廷からの召喚だろうか。それは分からない。いずれにしても自分は、ただ命令に従っていくしか今の場合やりようはないのだ。

釈放か、召喚か。このときの市田曹長の頭の中には二つの思いが激しく交錯して、希望と恐怖が互いにぶつかった。

取調室は殺風景な部屋だった。この部屋で多くの日本人戦犯容疑者が尋問されたかと思うと、代わり映えのしないこの場所が、何か特別な因縁に彩られたところに思えてくる。そこに自分を取り調べる英軍の尉官が座っていた。そして席についた市田曹長に対して個人の確認と、容疑の読み上げが行われた。日本人二世通訳は、ことさらに事務的な翻訳をするように感じた。

その次に、いよいよそこに呼んで説明すべき内容が読み上げられた。

取調室に座った市田曹長の耳に届いた言葉は、日本帰還というものだった。その言葉を聞いた瞬間、市田曹長の心に小さな喜びが走った。何となく予感はしていた。自分が憲兵になるときにもそうだった。同年兵の中で二人が選ばれたのだ。であれば今回も、二人の釈放者の中に入るのではないかという予感がしていたのだ。やはりそうだったのか。

しかし長年の職業柄か、単純に喜ぶだけではいけないという気持ちもあった。ほかに何かあるのではないかと、次の言葉を待った。そして取り調べの尉官は当然のごとく言った。

「ただし、日本へ帰還するためには一つの条件がある」

やはり、であった。

「現在の軍事裁判では、憲兵の分遣隊長以上には厳罰をもって処する方針である。従って、君の隊長についても、犯罪行為を立件しなくてはならない。何か記憶にあることを一つでも申し立てるならば、このまま日本に帰還する手続きを取ることにする。例えば、シンガポールにおいて捕虜の虐待はなかったか」

つまりそういうことだった。何でもいい、取り調べに協力するだけで釈放されるという条件が目の前に示されたのだ。そして、日本に残してきた妻子の顔が、どうしようもなく自分の視界の中に入り込んでくるのだった。無理もない。辛く苦しい収容所での生活が、今まさに去って行こうとしていたのだから。そして、市田曹長は言った。

「隊長は、自分の隊長は」

絞り出すような声だった。

「ジョホールバルで英国の歩兵大尉と少尉を捕虜にしました」

「なんだって」

「その二人の将校には、現地人から背広を買い求めて着せてやりました」

「二人の名前は」

「忘れました。二人はシンガポール陥落後に、憲兵隊本部へ護送させました」

「それで」

「それだけです」

「その間に捕虜虐待をした事実はあるか」

「私は戦闘の間は、ほかの歩兵小隊を指揮して戦闘に参加していました」

「捕虜に暴力を振るった事実はないか」

「私はそのような所は見ておりません」

「重ねて聞く。捕虜虐待はなかったか」

「見ておりません」

しばらくの沈黙があった。

何事か考えていた取り調べの英国人将校は、もう一度詰問した。

「隊長に捕虜虐待の事実はないか。それを申し立てるなら、今すぐここで釈放の手続きをしよう」

それは甘い誘惑のようでもあり、自分を陥れる罠のようにも思えた。一度でも嘘をついたとすれば、そこを突破口にして自身のすべてを論破されるような気がしたのだ。心ならずもついた小さな嘘が、己の人生のすべてを縛り付けることにもなりかねない。知っていることは知っていると言い、知らないことは知らないと答えるしかないのである。この場合、相手の望むような事実を知っていたとして、それを言えば無事に日本に帰してくれるという保証は何もないのだ。かえって連帯責任をとらされるかもしれないのだ。

　今しばらく沈黙が続いたその後に、英国人将校は意外な事実を知らせた。

「実は、君が隊長の犯罪を言うと言わぬとにかかわらず、今回釈放されることは決定済みである」

　何と、もう少しで魂を抜き取られるところだった。市田曹長は釈放されるということがいまだ実感できず、隊長に対して真心を失わなかったことに対して安心する気持ちの方が大きかった。

　英国人将校は、なおも言葉を続けた。

「助命嘆願の書類が二通来ている。君はよほどのフェミニストらしいな」

「フェミニスト？」

「一通は華人の若い女性からだ。いつか暴行されそうになったときに救助されたそうだ。心当たりはないか」

　市田曹長に心当たりは少なかった。憲兵の職務として、そんなことは意識にも上らぬ、ささいなことだった。戦場では掃いて捨てるほどある話だった。

「いつ、どこの話ですか」

「あまり記憶にないようだな。まあいい。この女性は、ある思想的グループのメンバーではないかと英軍もマークしている。こうして助命嘆願に現れることは、かなり勇気が必要だったことだろう」

　英国人将校は次の書類に目を移した。

「もう一通の助命嘆願書だが、これは意外な人物からだ。わが軍の情報将校を通じて出されたものだ。

スマトラ島に住むラブマートという男を知っているな」

こんなところでジャングルの中に住む呪術師の名前を聞こうとは驚きだ。全く予想もしなかった人物の名前を聞かされて、市田曹長は一瞬、ジャングルの奥深く住まう呪術師の顔を思い出した。薄墨色をした、ワニの棲む川の流れを思い出した。

「情報将校とは大戦以前から長い関係があったらしいが、わざわざこうして嘆願書を提出するとは、一体君とはどんな関係があったのかな」

取り調べの将校のその言葉に市田曹長は、何とも知れぬ不思議な感慨が心の中にわいてきた。あの呪術師は、おそらくそうだと思っていたが、やはり英軍の諜報員だったのか。それが故に英軍の情報にも詳しかったに違いない。そう思い当たった。そういう心づもりで接したことは正しかったのだ。自分などは軍の重要な機密などは知らされていなかったのだから、どちらかと言えば呪術師を利用した方である。いわゆる逆用というやつである。

だがしかし、今はそのことについて感謝しなければならない。スマトラでの日々は、呪術師との二人三脚であったわけだ。それが故に職務を遂行することができて、さらに無罪放免の機会を得ることもできたのだ。情けは人のためならずというが、実際にそのような気がする。生かしておいてよかったのだ。

そのときの市田曹長の心の中には生を得た喜びがあったが、いまだに各地で収容されている隊長をはじめとした仲間の憲兵たちの身の上も心配だった。自分の知りえた範囲でも、その扱いはひどいものだった。日本帰還と聞かされても、素直に喜ぶ気持ちにはなれなかった。おそらく自分を含めて憲兵隊員のすべては、たとえ帰国を果たせたとしても、恐怖の日々を終生忘れることなどできはしないのだ。

さほど喜びの見られない市田曹長を見て、英国人将校は話を続けた。

「シンガポールの華人からは、攻略戦後の粛清事件について、憲兵のすべてを処刑すべしという要求がある。そのことは君も知っているだろう。君の同僚はそのことを心配しているかもしれないが、英軍としてはそのことに関して罪を問わない。法律は、時として非情なものだ。正当性があれば殺人をも許してしまう。大戦後の世界は、恐らく世界中の植民地の人間たちがゲリラ戦を挑んでくるものになろう。イデオロギーからの挑戦もある。植民地解放を目指した中の一人である君は、戦争に負けて、植民地を統治するための法律で守られたのかもしれぬ」

何ということか。話をよく理解できない点があるものの、市田曹長は戦後の軍事裁判が担う役割のほんの一部を見せられた気がした。

こうして市田さんは、その人生の中での大きな思い出を作ったシンガポールから生きて日本に帰ることができたのだ。そして苦労多い戦後の日本を生き抜いた。それはそれでまた、戦争中とは異なる苦労を重ねることにもなった。

3　河馬の喧嘩

築山たちのシンガポール観光旅行は二日目の夜を迎えて、一行はそろってレストランの食事をしていた。市田さんのシンガポールに対する思い出は多かったものの、このときは息子と三人で帰国した時の話になった。

築山は尋ねた。

「日本へ帰ったときはどうでしたか」

「あれは、宇品へ上陸したかのう。そりゃまあ行くときとは、ひどう違うとったな」

「はい」

「宇品に上陸して思うたんは」

「何ですか」

「会う娘会う娘が皆、えろう美人に見えたもんだな」

「はあ」

市田さんはあれでなかなか洒落っ気があったので、そんなことを言ったのかもしれない。しかし戦後抑留された日本人の男性で、釈放の後に初めて見た女性をひどく美しく感じたという感想を漏らす人は多い。生まれて初めて目にした者を自分の親だと思い込むという、インプリンティングのようなものかもしれない。苦しい抑留の体験にもかかわらずその国を好きになった人もいるというのは、こんなこともあったのかもしれないなどと簗山は思った。

だが、この話もどこまでが本当のことかは分からない。市田さんがシンガポールから帰還して最初に上陸したのは佐世保のはずだった。宇品に上陸したのは、中国戦線から帰還したときだったろう。このあたり記憶が混乱していたようだが、そう感じたことがあったということは本当だったろう。

それにしても原爆で壊滅していた広島を見て、その最大の感想がこれだけではなかったはずだ。

「原爆のことはどう思いましたか」

「そうよのう、原爆よのう」

それは実に歯切れが悪く、なかなか次の言葉は出てこなかった。あの戦争を戦った旧軍の一員としては、その結果がこれではといった気持ちがあったことは確かだろう。戦闘員でもない親戚・知人の多くを悲惨極まる兵器で亡くしたのである。言いにくいことは言いにくいであろう。

「河馬《かば》もなあ、あれで雄同士が喧嘩をするんで」

「は？　河馬が」

いきなり河馬の話を振られて、簗山は戸惑った。一体この老人は何を言いたいのだろうか。原爆と河馬の関係をどう結びつけるというのか。

「河馬が喧嘩するときは尻の横側だけを攻撃してなあ、相手が死んだりせんように気を付ける。種族全体が滅びんようなルールがあるいうわけじゃな」

「はい」

「核兵器いうのは、人類全体が滅びるもんじゃろう。あんなもんは作っちゃいけん。使うちゃいけん」

真理は常に単純なものである。市田さんは真理というものが見える人だった。それにしても河馬の尻とはよく言ったものである。

市田さんの話はなかなか含蓄のあるものだったが、どこか自分を捨てているようなところが見られた。それは無理もなかったろう。死の恐怖にさらされた長い時間を過ごした経験があるのだ。

そして最後に言った言葉がこの人の本音だったろう。

「現実に持っとるものは仕方がない。なくなるまでは否が応でも付き合うしかなかろう」

その言葉のあとで、ふと息子が言った。

「父さんは戦後間もなく胃潰瘍で胃を全部切り取ったね」

「胃なんかなくても構やぁせん。なけりゃあ癌にもならんし」

粋がって言ってはいたが戦後の苦労もまた大きなもので、胃潰瘍で胃を全部切り取るなどという帰国後の情況がしのばれた。敗軍の兵士はまた、何を語るべきであったろうか。公職追放の旧軍の勇者はまた、いかに仕事を求めたのであろうか。そしてその妻は、いかに家庭をもりたてたのだろうか。築山が聞いた限りではシンガポールで収容されていたときには、もはや帰国は絶望だとの噂を奥さんは毎日聞かされたそうである。

こうしてシンガポールの二日目の夜は更けていった。

三日目のツアーの予定は自由行動だった。それぞれにオプショナルツアーを申し込んで、ある者はショッピングに、ある者はゴルフにと予定していた。

築山たち三人はツアーのほかの人とは別に行きたい所があった。とりあえずは朝の食事をしようとホテルのレストランへと行くと、日本人は少なくて、見知らぬ大柄の人たちが大勢いた。彼らの会話を小耳にはさむと、どうやらロシア人のようだった。この時期ソビエト連邦は解体の危機に瀕しており、こんな所で大勢のロシア人に会おうとは思いもよらなかった。旅行に来る前に聞いた限りでも、ソビエト連邦を構成するロシア人以外の国々は、今日明日にも独立してしまうのではないかということだった。こんな所でのんびりバカンスを楽しんでいる場合ではなかろうという気がしないでもなかった。しかし反面、自分の国が解体の危機にあるときにも多くの人がバカンスを楽しめるとは、国民性というものが日本人には見られない大きさなのかとも感じた。経済的に立ち遅れてしまった共産主義国のはずなのに、優雅に夏のバカンスを楽しむ人がこんなに多くいるのだ。そう思うと築山は、一種の感動さえ覚えた。

食事が済んで築山たち三人はホテルの玄関を出ていった。それからホテル前でたむろする一台のタクシーをつかまえた。運転手は人の好さそうな華人の中年男性だった。

「チャンギ・プリズンに行ってください」

「OK、チャンギ・プリズン」

運転手は少々不思議な顔をした。どうやら日本人が、そんな所にわざわざ行くのは珍しいことのようである。タクシーに乗り合わせた者たちは築山を含めて、すべて英語はさほど得意でもなさそうだったが、運転手はさかんに話し掛けてきた。築山たちは適当に相槌を打っていたが、市田さんはさすがに感慨深い面持ちだった。無理もない、四十年以上も前にその場所で受けた仕打ちは、忘れようとして忘れられるものではなかった。

南国の日差しを浴びて、タクシーのドライブは快適だった。シンガポール島の東部、チャンギといえば国際空港でよく知られた地名である。東南アジア全域と世界の主要都市とを結ぶ立派な空港がある。東南アジアの中で世界に開かれた場所としての存在感は抜群だ。そしてそのすぐ近くにあるチャンギ・プリズンは、名高い空港の影に寄り添って暗い歴史を主張しているかのように思える。少なくともその存在を知る者にとってはそうである。

立派な高速道路を降りたタクシーは、雑木の生い繁るひなびた道へと入っていった。シンガポール市中心部の近代的な街並みから見れば、そこは忘れられた場所のように見えた。幹線道路から外れて、いかにも寂しい場所に思える。その寂しい場所にも南国の熱い太陽が降り注いで、初めてここを訪れた築山は不思議なものの存在を感じた。彼はそういったものに感受性があった。

気候風土とか経済活動によって、人が見る景色というものはある約束のもとに成立している。同じ条件の場所であれば同じような景観を見せるものなのだ。しかし、何か特別大きな因縁のある場所というのは、この約束を無視した景観を示すことがある。説明し難い微妙な違いを感じるのである。そのときの築山にとってはそうであった。言い知れぬ不思議の感情。また、胸騒ぎのようなものといえばよかろうか。

小高い丘のふもとにタクシーは止まった。その駐車場に接して小さなゲストハウスのような建物があった。三人はタクシーに待ってもらい、そこに入っていった。

その建物は、丘の上を望むのに都合の良い造りになっていた。そこから見える丘の上には、南国の熱い太陽の下で、風吹き渡る場所に直立した高い塀の建物が見えた。それは周囲から隔絶された、見る者を不安にさせるほどの高い塀だった。

そして、市田さんはステッキで老いた体を支えながら、その建物を食い入るように見つめていた。そこが忘れることのできないチャンギ収容所であった。

築山と善保の二人はその姿に打たれて、しばらくは声をかけることもはばかられた。言葉もないのだ。かつてその場所に命をつないだ老兵の周りには、開放的な英国人観光客のざわめきがあった。おそらくはチャンギ収容所にゆかりのある家族の人たちであろうが、楽しく語りあい、子供たちがはしゃいでいた。その場所に関する限り、それは平和な観光地のようにしか見えなかった。実に、平和というのはありがたいものである。

築山はここで、来訪者の名簿に記入した。分厚い幾冊かの記名簿をパラパラとめくってみたけれど、そこには英語の名前しか見当たらなかった。日本人には訪れたくない場所であり、記入したくない名簿だったかもしれない。しかし今はもうそこは、英国人の主権が及ぶ場所でもなかった。この小さな島で多くの血を犠牲にした人たち、つまり華人がそこの主人になっていた。日本人の果たした役割は、ここでは歴史を回す歯車だったのだろうか。

それから築山が市田さんのそばに行くと、やっと言葉を取り戻したかのように話した。

「あそこからは、週に一回だけ作業に出た。それが楽しみじゃったのう」

「はい」

「草取りをしょうたら、小指の先ぐらいの小さい芋があってのう、それを食べるのがな」

「そうですか」

「あんなことに、よう耐えられたもんよなあ」

それは重い言葉だったろうが、現実を知らない築山には、どこか遠い世界の話のようにも思えた。人間は忘れやすい動物である。たいていの苦しみも喜びも、時間がたてばそのときの激情からは離れていってしまう。まして現実を知らない築山には、ただ想像することだけが許されていた。そして戦乱の中で死んでいった軍人をはじめ多くの人たちには、はしゃぎ回る子供たちに語りかける言葉などないのだ。その子供たちに目をやった市田さんには、築山などには想像もできない世界が見えていたに違いない。

平和な気持ちでその場所を見ることができた市田さんは、年来の宿願を果たした喜びでいっぱいだった。いや、喜びというのとは少し違っていたかもしれない。来るべき場所に来るという義務感を果たした安堵の気持ちだったろうか。

それから三人はシンガポール市内に引き返して昼食をとった。運転手の案内してくれたのは海鮮レストランだった。中華料理の店である。水槽に泳ぐエビを選んですぐに料理して食べさせてくれるという、おなじみのスタイルだった。それらがあるいはスマトラ島から送られてきたものかもしれなかったが、きっと市田さんにはことのほかご馳走だったろう。食が進まないと言っていた人が、このときばかりは一人前を全部平らげた。築山と善保はビールを注ぎ合って楽しく食事した。

この日はそのまま三人でホテルに引き返して、老体の市田さんに休息をとらせることにした。それからの自由時間は善保が買い物に、築山がチャイナタウンにと繰り出すことになった。

築山がホテルの玄関に出てみると、今朝から半日シンガポール島内を案内してくれた運転手がまだそこにいた。そして彼は再びその運転手の案内でチャイナタウンへと向かった。

一人で眺めるシンガポール市内は、どことなくお祭り騒ぎのような雰囲気だった。オーチャード通りの外れに来たときには、大勢の人垣がパレードを囲んで大騒ぎしているように見えた。その騒ぎの中心が何であるのか見るともなく見ていたとき、突然、築山は軽いショックを感じた。騒ぎの中心には大型の戦車が行進していたのだ。

街の中心を戦車が行進して、それに人々が群がって騒ぐなど、日本人には少し違和感がある光景ではなかろうか。その日はちょうどシンガポールの独立記念日だったのだ。大型戦車に群がって、はしゃぐシンガポールの市民たち。その姿は独立の日から続くものなのだろうか。嬉しそうに、はしゃぎながら、人々は集まり群れ動く。そして戦車は進む。

タクシーの中からこの様子を見た築山は、何とも言い難い感覚にとらわれた。朝のレストランで会ったロシア人の団体観光客。あの人たちの国は原爆を多く持っている。戦車ごときなど問題にもならぬものを。

チャイナタウンで降ろされた築山がにぎやかな鳴り物の音に振り向くと、トラックの荷台の上で獅子舞をやっているのが見えた。けたたましいドラの音に合わせて舞う獅子舞は、南国の街の祭りにふさわしいものだった。こっちの気持ちまで、浮き浮きしてくる。何となく華やかな気持ちになった築山が入った小さなデパートでは、ぜひとも買い求めたいものがあった。フォン・フェイフェイという台湾の女性歌手のディスクが欲しかったのだ。日本ではあまり見かけないが、その女性歌手の歌は築山がいつ聞いても感心するほど良かった。東アジアでは、どこでも人気がある歌手といえよう。日本でだけはそれほどでもないのは、彼女が再三の招きにも決して日本に来ないことが原因していよう。彼女だけの理由であるらしいのだが、どうしてだかは築山には分からない。誰にも他人には知られたくないこだわりというものがあるのかもしれない。

ひとときをチャイナタウンで過ごした築山だったが、夕暮れも近づいていた。ホテルに帰ろうとしてタクシー乗り場に並んだ築山の前には、中年のインド系の夫人が立っていた。黒いサリーを上品に着こなして、腕には幾十ものブレスレットをはめている。そして何より彼女を印象付けたのは香水の強烈な香りだった。日本でなら間違いなく周囲のひんしゅくを買うだろうが、ここはシンガポールの、しかもお祭りのチャイナタウンだった。強烈な香りさえも街の一部には違いないのだ。失礼ながらそのときの築山は、好奇心のこもった目で彼女を眺めた。そして妻にも何か土産でもないかと思い、オーチャード通りのデパートにタクシーを走らせた。

夕暮れのオーチャード通りは昼下がりの人出も収まって、意外に落ち着いたたたずまいをしていた。暮れなずむ歩道をそぞろ歩くと、日本のどこかの都市を散歩するのと変わらず、自分が街に溶け込んでいくようにさえ感じた。デパートも近づいた頃だったが、築山は、三人連れの親子に呼び止められた。いや、正確には一人の母親に呼び止められたのだ。分かりにくい英語で、のどが渇いたので水を飲む所に行きたいと訴えていた。身振り手振りで何とか意思を通じさせようとするその母親は、どうもロシア人女性のようだった。父親はその大きな体を妻の陰に隠して、娘と心配そうに見つめていた。築山はそのとき、かの国のありふれた家庭の姿を垣間見たような気分にさせられた。世界中どこでも、同じ人間だもの。家族のあり方に似通ったところはあるだろう。一人一人は皆、愛すべき人たちばかりに違いないのだ。そして、そうした人たちを時代というものが戦場に立たせたときもある。

この夜は築山も今回の旅行について、満足して休むことができた。ここに来た目的はあらかた達したように思えた。興味の持てる人たちにも会うことができた。これで明日は思い残すこともなく日本に帰れると感じていた。

ツアー最後の一日は、ガイドの案内で買い物を中心にした市内観光に費やされた。夜半にシンガポールを発って、翌朝に日本へ到着の予定であった。

シンガポール最後の夕食はツアーの一行がそろって楽しむ予定になっていた。いつものことながらこうしてツアーの終わりに近づいたときには、限られた時間を使い果たした気持ちになってくる。今まで見も知らなかった人たちが、不思議な親近感を持つようになるものだ。大きなレストランの室内の噴水の近くに席を取った頃には、誰彼なく旅の感想などを話し合っていた。

築山たちのテーブルには、三人のほかに二人の青年が相席していた。どちらも気持ちの良い性格の青年で、聞くところではさる会社の組合幹部だということだった。席に着いた二人は組合員との意識の違いについて話していた。

「組合員から見れば、われわれはエリートに見えるらしいな。偉そうに演説ばかり上手になって。そう言われる」

「事実そうじゃないのか」

「仕方ない面もあるさ。いつもしんどい目にあって、少しくらい言わせてくれという気もするけどな」

「まあ、そう言うなよ。民主主義の世の中だからな。組合員の話はよく聞いておくことだ」

「民主主義か。本当にそうなのかな」

「そう思うよ」

こんなところまで来てなかなか高尚な話をしているではないか。築山は若い組合幹部の話を好ましく思いながらトイレに立った。

築山がトイレから帰ってきたときには、少し意外な感じであったが、市田さんが得意げに話をしていた。どうやらシンガポールやスマトラの思い出を語っていたようである。メンバーの中の最年長で、しかも戦争中のシンガポールをよく知る旧軍の憲兵の話が、面白くなかろうはずはない。皆さかんに盛り上がっていた。市田さんはマレー語の知識を披露して、若い人たちの小さな尊敬の眼差しを受けていた。

そして話は昨日のオプショナルツアーのことに及んだ。青年の一人が聞いた。

「市田さんは昨日どこに行きましたか」

軍隊でマレー作戦に参加したことや、スマトラに駐留したことを話すのは気分も良かろう。しかし昨日行った場所がチャンギ・プリズンで、そこであった思い出を二人の青年に語るのは気が進まないはずだ。そのことには言葉を濁すしかなかった。

青年たちは何も知らぬげに話をついで、セントーサ島の観光について話した。

「あそこのゴルフ場は良かったですよ。何たって芝の育ちがいい」

「そうですか」

築山たちはゴルフをやらなかったので素直に聞くしかない。

「ひとつ悪かったのは暑いことでね。さすがにシンガポールだと思いましたよ」

「一日中ゴルフ三昧でしたか」

「ゴルフの後で博物館に行きました」

「ほお」

築山たちには若者の話のつながりは楽しそうに思えた。南の島でゴルフをやって博物館に行く。日本の若者も豊かになったものだと思うばかりだ。だが、歴史は決して楽しいことばかりではない。その先には市田さんにとって、辛い言葉が待っていた。

「あそこの蝋人形ではちょっと嫌なものを見ました。戦争中にはシンガポールで日本の憲兵が悪いことをしたんですね」

穏やかな表情で話を聞いていた市田さんだったが、一瞬、その目が哀しく光った。加齢による視力の衰えなど微塵《みじん》も感じさせなかったが、その哀しい目の光は、市田さんを近くで見ている者にだけ理解される種類のものだった。

そんなことなどは気が付きもせず、二人の青年は話し続けた。

「『降服の間』という所だったかな。イギリス軍も日本軍も、ここでは降服したんですね。特に日本の憲兵が降服するところは惨めでしたね」

築山には市田さんの心中が察せられて、ただ悲しい気持ちがあるばかりだった。それまでの楽しい会話も途絶えて、どう話を続けてよいやら分からなかった。

「仕方なかったんですよ。そんな時代だった」

築山がそっと漏らした言葉にも力がなかった。そのテーブルにも少々冷たい空気が流れたように感じた。

一瞬の間があって、市田さんはそれまでより力のこもった言葉で意外な話を始めた。それはいままでの話とは一見何の脈絡もない話だった。

「あれはムラユの村に探索に行ったときのことじゃった。村の中の有力者にひどう嫌われた者がおってなあ」

唐突な話の始まりに、その場に居合わせた者たちは市田さんの顔に注目した。何やら大切な話が始まるような気迫が伝わってきたのだ。

「その男は村の人からあくどいことをして利益を独り占めしておった。ところがある日、わしのところに検分に来てくれと村人が言うてきた。何でも呪術師が占ったところでは、ワニがその男を取り殺したというんじゃな。ワニというんは殺した人間を後から食べるために川沿いの砂の中に埋めておくと言うておった。わしに立会人になってくれということで、村人と一緒にその場所に行ったんじゃ。そうして皆がその男を砂から掘り出すところを見ておった。ワニは確かに人を殺して砂に埋めるもんじゃ」

そう言い終わると市田さんはじっと遠くを見つめる目になった。時間と場所を超えて、遠く過ぎ去った日々を回想するように。

それは常識的には、村人がその男を殺して埋めたように思える。だがワニが埋めたという可能性もあるにはあるだろう。事実がどうということよりも、この場合、ムラユの文化とか社会規範などに目が行くことは避けられない。それはプリミティブな民主主義と呼ぶべきものだったかもしれない。聞く限りでは、村人の総意でワニが男を砂に埋めたように思えるのだ。神の意志ででもあるかのように。

果たしてあのときの市田さんは、一体何を言いたかったのだろうか。あのときのことをもう一度聞いてみたいけれど、その市田さんはもうこの世にはいない。

そして高根隊長もまた。

あとがき

作中の登場人物は山下中将などを除けば、高根隊長をはじめすべて仮名です。

わが国の昭和時代前半は実に苦渋に満ちたもので、それを体験した人には平静に振り返ることはできないことです。しかし、そうした時代もあったということは忘れてはならないことです。世界中が混乱して互いに不信の気持ちが高まることは、人間が人間である限りこれからも無くならないかもしれません。しかし、それを防ぐには国の歴史を知り、人々の習慣や考え方を知ることが大切なことだと思います。作中の和歌については実際に戦陣の中で書かれたものですが、ストーリーに関しましては多く創作を取り入れました。

平成十四年二月

莉　啓

参考文献

『大東亜戦史』（富士書苑）
『憲兵正史』（全国憲友会連合会）
『東南アジアの中の日本占領』 倉沢愛子（早稲田大学出版部）
『マングローブに生きる』 高谷好一（ＮＨＫブックス）
『マレー・シンガポール作戦』 森山康平（フットワーク出版社）
『戦争と国際法』 城戸正彦（嵯峨野書院）
『ボクの大東亜戦争』 萩谷朴（河出書房新社）
そのほかは省略

著者プロフィール

莉　啓（りけい）

1950年12月広島県因島市生まれ

日中友好協会会員

東京都品川区在住

著書：『古事記的こころ』（中央公論社刊）

水辺の神々・断片

2002年4月15日　初版第1刷発行

著　者　莉　啓

発行者　瓜谷 綱延

発行所　株式会社文芸社

〒160-0022　東京都新宿区新宿1-10-1

電話　03-5369-3060（編集）

03-5369-2299（販売）

振替　00190-8-728265

印刷所　株式会社平河工業社

ISBN4-8355-3556-1 C0093